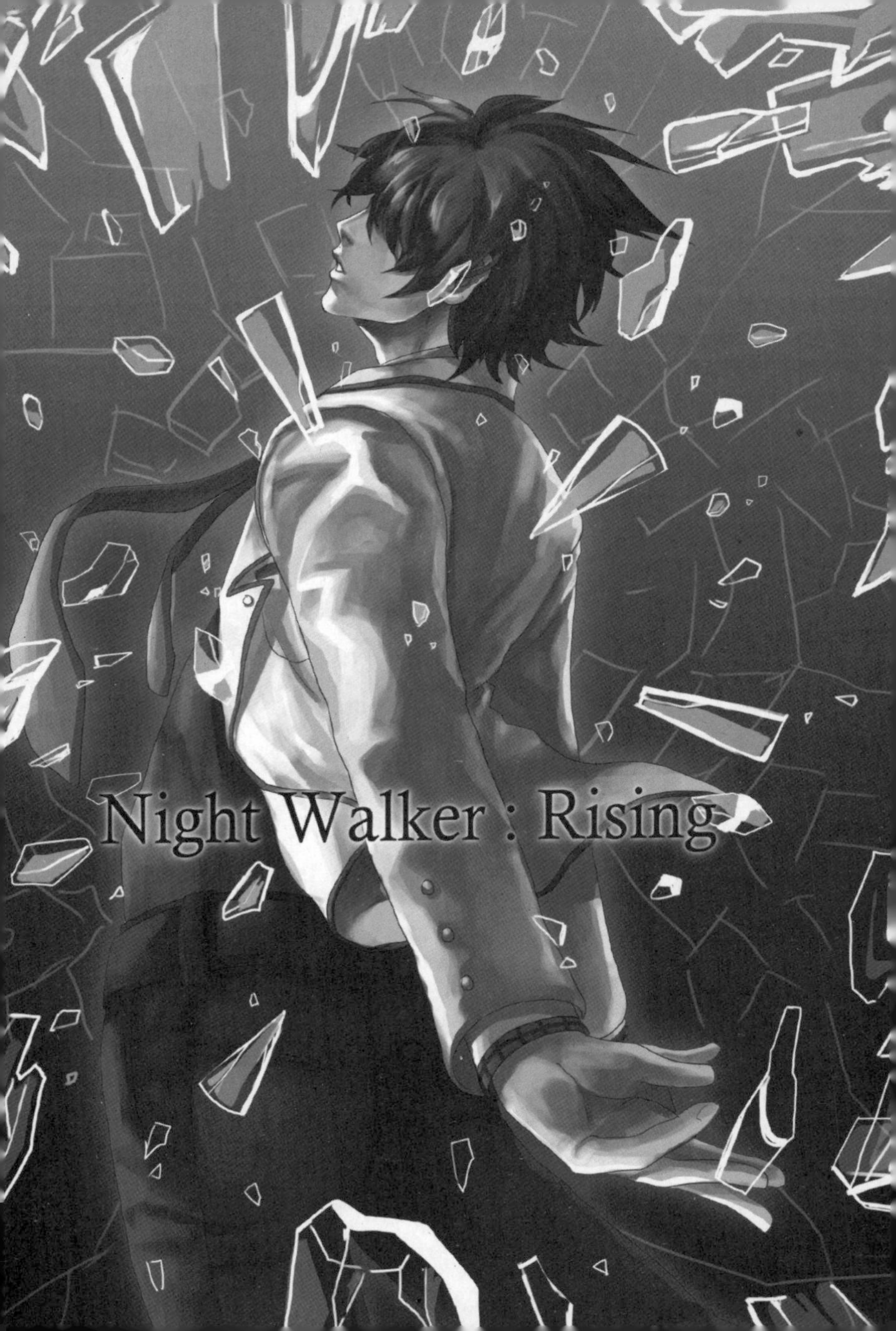
Night Walker : Rising

나이트 워커 2 라이징(Rising)

초판 1쇄 인쇄 / 2011년 9월 16일
초판 1쇄 발행 / 2011년 9월 26일

지은이 / 임동욱

발행인 / 오영배
편집팀장 / 신동철
책임편집 / 박민선
편집디자인 / 신경선
펴낸 곳 / (주)삼양출판사 · 드림북스

주소 / 서울특별시 강북구 송천동 322-10호
대표 전화 / 02-980-2112 팩스 / 02-983-0660
편집부 전화 / 02-980-2116 팩스 / 02-983-8201
블로그 / blog.naver.com/dreambookss

등록번호 / 제9-00046호
등록일자 / 1999년 3월 11일

값 8,000원

ISBN 978-89-542-4531-9 (04810) / 978-89-542-4529-6 (세트)

* 지은이와 협의하에 인지는 생략합니다.
* 잘못된 책은 구입한 곳에서 바꾸어 드립니다.

NIGHTWALKER
임동욱 현대판타지 장편소설
FANTASY STORY & ADVENTURE
나이트 워커
2
라이징(Rising)
dream books
드림북스

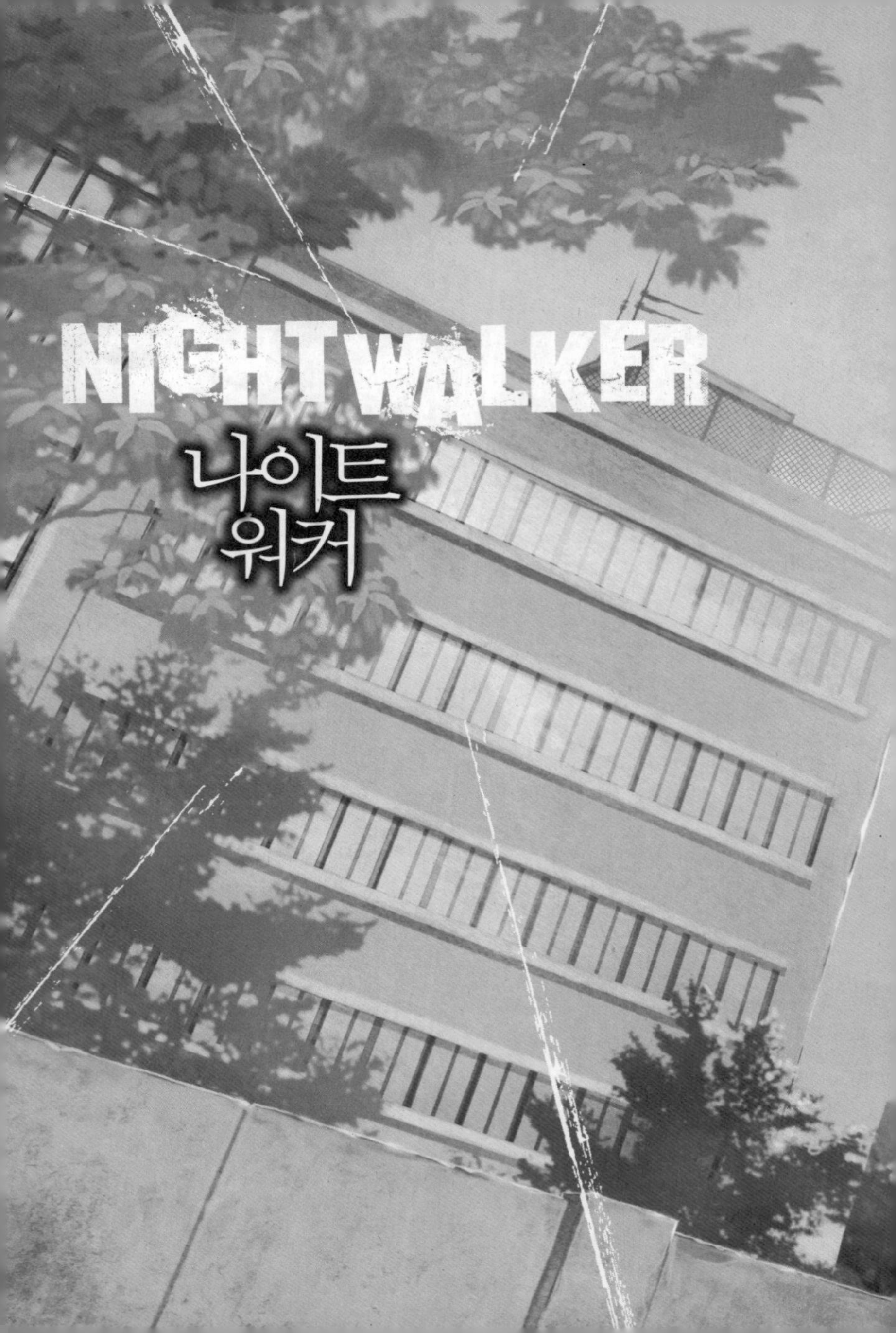
NIGHTWALKER
나이트
워커

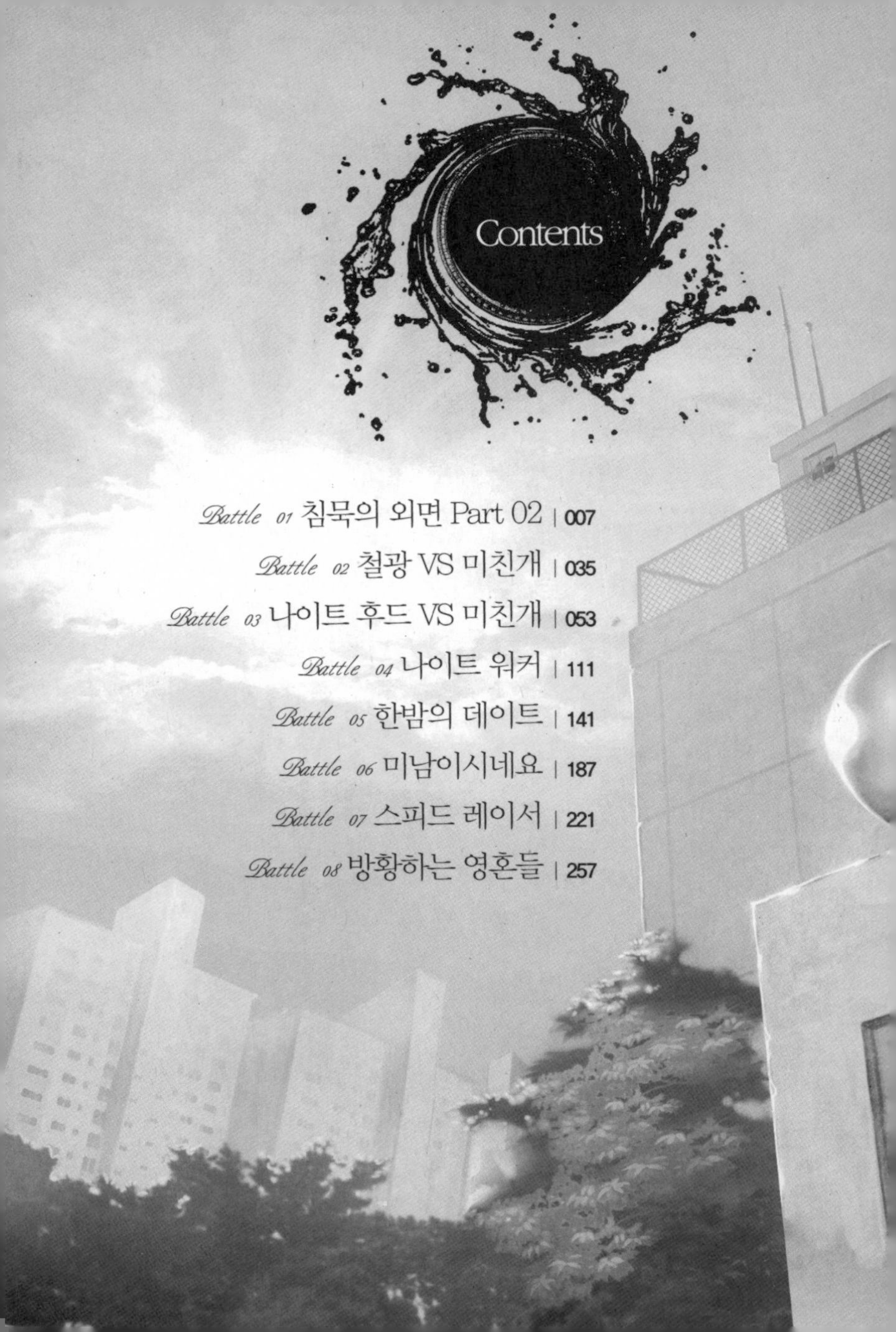

Contents

Battle 01

침묵의 외면
Part 02

때는 아현이 초등학교 6학년생이던 시절이다. 아현은 예나 지금이나 비슷한 성격이었다. 아주 어릴 적 사고로 어머니가 돌아가시고, 아버지는 일을 위해 다른 지역에서 살았다. 어린 아현을 챙겨 줄 이가 없는 탓에 친척들에게 떠맡기다시피 하여 지내야 했다.

천성적으로 소심하던 아현은 친척 집에 얹혀살며 더욱 내성적으로 변했다. 집에서도 학교에서도, 학원에서도, 그 어디에서도 그녀는 늘 조용했고 눈에 띄지 않았다. 그런 그녀에게 유일한 친구가 있다면 바로 서림이었다. 서림은 그녀가 다니는 학원에 새로 들어온 학생이었고 그것이 둘의 첫 만남이었다. 교사가 서림에 대해 설명할 때 아현은 가만히 그를 살폈다. 목 언저리에 닿을 만큼 머리카락도 길고 속눈썹 역시 길었다. 몸매는 호리호리 하고 목소리는 얇은 미성이었다.

'예쁜 애다.'

누가 뭐라고 한 것도 아닌데 아현은 우울해져 있었다. 저 애는 저렇게 예쁜데 같은 여자애인 나는 이게 뭘까, 따위의 생각을 했던 것이다. 아현이 한 가지 착각하고 있는 것이 있었다.

"참고로 서림이는 여자애가 아니라 남자애란다. 오해하지 마렴."

기습적인 교사의 말에 아현은 놀라 푸핫하며 침을 튀겼다. 콧물도 함께 튄 것 같았다. 격정적인 아현의 반응에 교실 아이들의 시선이 몽땅 그리로 쏠렸다. 갑작스런 주목에 아현은 얼굴이 빨개져서는 고개를 푹 수그렸다. 우연찮게도 서림이 아현의 옆자리로 배정되었다. 어색해서 어쩔 줄을 몰라 하는 아현에게 서림은 환하게 웃으며 아현을 대했다.

"안녕? 잘 부탁해."

"응, 어어, 나도."

학원에서 같은 시간을 함께하며 두 사람은 금방 친해졌다. 어디까지나 서림의 힘이었다. 아현은 너무나도 내성적이었고 소심했기에 모든 대화는 서림이 주도해야 했다. 아현의 눈에 서림은 마치 이 땅이 아닌 그 어딘가에서 온 대단한 존재처럼 보였다. 얼굴도 예쁘고 말도 잘하고, 모든 이에게 살갑게 대한다. 심지어 공부마저 잘했다. 어른들이 아이들에게 바라는 모든 것이 서림에게는 있는 느낌이었다. 아현은 아무도 신경 쓰지 않는 자신에게 관심을 갖는 서림에게 독특한 감정을 느꼈다. 그것은 무엇이었을까.

동경? 질투? 호감? 미움?

아직 어린 아현이 판단할 수 없는 복잡한 감정이었다. 어느 날인가 아현은 서림에게 물었다. 얼굴을 똑바로 마주할 수 없어서 어중간하게 시선을 내리깔고 겨우 말했다.

"그, 서림아. 혹시 나 좋아하니?"

"응?"

안 그래도 큰 서림의 눈이 두 배는 커다래졌다. 서림은 시간이 멈춘 것처럼 잠시 굳더니, 이내 배를 잡으며 깔깔댔다.

"아하하! 너 지금 무슨 소리 하는 거야."

그 웃는 소리가 너무 커서 아현이 발갛게 얼굴을 붉혔다.

"우, 우, 웃지 마. 그냥 궁금해서 물어본 거야, 이씨."

"왜 그렇게 생각해?"

"으음, 너는 나한테 잘 대해 주잖아. 아무도 나한테 관심 안 가지는데 너만 나한테 잘 대해 주거든. 그렇잖아."

"그럼 안 좋아하는 사람은 잘 대해 주면 안 되는 거야? 좋아해야만 잘 대해 줘야 해?"

"으음. 꼭 그런 건 아니지만은."

서림은 작은 팔을 아현의 어깨에 둘렀다.
"그냥 친구하고 싶어서 잘 대해 준 거야."
"하지만 다들 날 싫어해."
"그건 걔네들이 잘못한 거지. 꼭 미워할 이유는 없잖아. 조용한 사람도 있고 말 많은 사람도 있고 그런 거지. 우린 다 다르잖아."
"으음, 잘 모르겠어. 어려워."
"그냥 넘어가, 넘어가."
두 사람은 초등학교를 졸업하고 같은 중학교에 입학한다. 아현은 약간이나마 키도 크고 가슴도 조금 부풀어 올랐다. 몸의 윤곽이 전보다는 많이 여성스러워졌다. 성장의 시기인 것이다. 반면 서림은 전혀 키가 크지 않아 불만이 많았다.
"젠장, 나는 왜 키가 안 크는 거지? 이건 뭔가 불공평 해! 아현이 너도 키가 컸잖아? 근데 왜 나는 안 크는 거야."
서림의 투덜거림에 아현은 혀를 비죽 내밀며 웃었다.
"나도 4cm밖에 안 컸어. 그래도 네가 나보다는 크잖아."
"장난 하냐? 넌 여자고 나는 남자잖아."
"어머? 생각해 보니 서림이 남자였지, 참. 깜빡했어."
"죽을래?"
서림은 입술을 비죽 내밀고서 아현의 머리카락을 잡아당겼다. 아현은 그래도 재밌다는 듯 하하하 웃었다. 중학생이 되며 두 사람은 더욱더 친해졌다. 아현은 서림의 영향으로 전과 달리 말도 많아지고 보다 적극적이 됐다. 과거에는 일방적인 관계였다면, 이제는 아현도 서림에게 장난을 치고 대화도 많이 거는 양방향적인 사이로 발전했다. 아현은 서림을 둘도 없는 친구라고 생각했다. 가장 소중한 친구.

'샴푸 냄새 좋다.'

서림은 아현의 머리에서 느껴지는 향긋한 샴푸 냄새에 멈칫했다. 그녀를 가장 가까이에서 지켜본 서림의 눈에는 미묘하게 성장한 아현의 모습들이 드문드문 눈에 띄었다. 목소리도 많이 차분해지고 작게나마 가슴도 솟아 있었다.

간혹 그녀가 외투를 벗고 셔츠 차림일 땐 눈을 어디다가 둬야 할지 몰라 애를 먹어야 했다. 하얀 셔츠 속으로 희미하게 속옷이 비쳤기 때문이다. 전에는 입지 않던, 입을 필요가 없던 속옷이었다. 서림이 아무리 여성스럽게 생겼다지만 일단은 남자였다.

'으악! 아현이도 브래지어를 차고 다니잖아!?'

서림도 아현을 가장 친한 친구라고 여겼다. 하지만 아현이 친구가 아닌 여성으로 보이자 그 균형이 흔들리기 시작했다. 쉬는 시간에 같은 반 남자애들이 아현에 대해 이야기하면 쫑긋 귀가 그쪽으로 움직였다. 여자들이 한 달에 한 번씩 마법에 빠진다는 충격적인 사실을 알게 됐을 때, 그리고 아현이 한 달에 한 번 신경질적이 되면 서림은 어쩔 줄을 몰라 했다.

'이런, 내가 왜 이러지?'

아현이 조금씩 여자로 느껴졌다. 서림은 생전 처음 느끼는 감정에 짜증난다는 듯 머리를 뒤흔들었다.

그러한 점은 아현도 마찬가지였다. 서림과 너무 친해진 건지, 가끔은 서로 몸이 부딪치는 장난을 치기도 했다. 그런 장난을 치다가 서림의 팔꿈치가 자신의 가슴을 스치면 아현은 당황하며 뭍으로 올라온 물고기처럼 팔딱거렸다.

"뭐야, 너 왜 그래?"

"아, 아니. 아무것도 아니야……."

서림이 친구들과 농구를 하다 돌아와 거칠게 세수를 할 때면 가슴이 콩닥콩닥 뛰는 것을 느꼈다. 서림을 완전히 동성친구처럼 대했는데 저런 모습을 보일 때는 보통의 남자들과 다를 것이 없었다. 팔뚝에 성난 듯이 돋아난 힘줄이라거나, 변성기로 인해 낮아진 목소리라거나.

'아, 안 돼. 서림이는 친구라구!'

아현은 근래 들어 연애 소설이나 순정 만화를 보며 연애, 연인에 대한 환상을 무럭무럭 키우는 중이었다. 그때부터였을까. 서림과 아현은 곧잘 장난을 치다가도 어느 순간 어색해지는 사이가 되었다. 어색해졌다가도 다시 장난을 치고 대화를 나누고, 그러다가 또 어색해지고의 반복이었다.

* * *

수업 시간.

4교시 국어 시간이었다. 교사는 교과서에 나오는 시를 읽으며 천천히 교실을 돌고 있었다. 낭송이 끝난 후 반드시 뭔가를 물어볼 것이 자명했기에 학생들은 교사의 목소리에 귀를 기울였다. 교실은 조용했고 그 가운데 늙은 남자 교사의 시를 읊는 목소리만이 또렷했다. 아이들은 저마다 한곳을 멍하니 쳐다보면서도 귀를 바짝 세우고서 시를 경청했다. 느린 걸음으로 교실을 돌던 교사가 어느 한곳에 멈춰 섰다. 아현의 옆자리였다. 교사는 졸린 음색으로 시를 읽으며 한 손으로 아현의 어깨를 만졌다.

'응?'

처음에 아현은 별다른 느낌을 받지 못했다. 하지만 그 손이 계속 살을 주무르자 꺼림칙한 기분을 느꼈다. 어깨를 주무르던 손은 마지막으로 아현의 귓불을 어루만지며 지나갔다. 불쾌한 감각이 일었지만 그걸로 끝이었기에 아현은 아무 반응도 보이지 않았다. 누구에게도 말하지 않고 그냥 그랬나 보다 하고 넘어가려는데 그와 비슷한 일이 몇 번 더 벌어졌다.

갑갑해서 셔츠의 단추를 두 개 정도 풀고 다니다 그 늙은 교사와 마주치면, '윤석아, 방정맞게 여자애가 이게 뭐니? 단추는 하나만 풀어'라고 말하며 자기가 직접 그녀의 셔츠 단추를 채워주었다. 또 어떨 땐 장난을 친다고 가슴과 겨드랑이 사이의 살을 꼬집기도 했다.

그런 일련의 행동은 비단 아현에게만 집중된 것이 아니었다. 몇 번 그런 일을 당하자 아현은 그 교사를 관찰했다. 몰래 그를 살피던 중에 그가 여러 여학생들에게 그런 행동을 지속적으로 한다는 걸 알게 되었다. 교사라는 직함을 이용해 대놓고 성추행을 하는 것이다.

아현은 그것이 너무 징그럽게 느껴졌지만 딱히 어떻게 할 방도를 찾진 못했다. 상대는 교사다. 여학생들도 수다를 떨 때 해당 교사에 대한 이야기를 하며 불만을 토로했지만 거기까지가 한계였다. 교사였기 때문이다. 누구도 선뜻 나서서 교사의 그릇된 행위를 바로잡지 못했다. 여학생들은 두려워했고 남학생들은 무관심했다.

"뭘 그런 표정을 짓고 있어?"

변태 교사에 대한 일로 아현은 자주 멍하니 있었다. 아현의 이상함을 눈치챈 서림이 어깨를 건드리며 이유를 물었다.

"아니야, 아무것도."

아현은 괜스레 놀라며 허둥지둥 얼버무렸다. 예전에도 아현은 특이한 행동을 자주 보였기에 서림은 그것이 대단한 일이 아닐 거라 치부했다.

그리고 시간이 흘러.

서림과 아현의 반 전체 상담 시간이었다. 학생들은 교실에서 대기하다가 번호 순으로 상담실로 가서 교사와 상담을 해야 했다. 여학생들은 불쾌해했고 아현도 예외는 아니었다. 이미 상담을 마치고 돌아온 여학생들은 치를 떨며 교사에 대한 욕을 늘어놓았다.

"진짜 개변태 아니야? 결혼도 하고 자식까지 있는 사람이 이게 무슨 짓이야?"

그에 반대되는 목소리가 남자애들 측에서 흘러 나왔다.

"그냥 너희가 딸 같고 귀여워서 그러는 거 아니야? 너무 과민 반응하지 마."

"뭐? 웃기지 마. 너희가 안 당해 봐서 그래. 안 당해 본 사람은 모른다고."

"막말로 선생들이 성추행 무서워서 학생들이랑 떨어져 지내면 그건 그것대로 문제 아니야? 불만이 있으면 학생회의 때 말하거나 아니면 교장한테 찔러 보든가."

"몰라서 하는 말이야? 그 인간 교장 추천으로 들어온 사람이라고! 그런 거 말했다가는 우리한테 피해가 올 거야."

"뭐야, 아무것도 못할 거면 그냥 조용히 있어. 무슨 말만 들으면 남자들이 다 변태에 범죄자인 줄 알겠네."

"너 말 다했어?"

"다했다. 어쩔래?"

교실이 소란스러워지자 반의 실장이 학생들을 제지했다. 그러는 동안 어느덧 아현의 차례가 돌아왔다. 아현은 잔뜩 겁에 질려서 교실 문을 나섰다.

"흐음."

서림은 입을 삐죽하게 내밀고서 아현의 뒷모습을 한참을 바라보았다.

상담실은 교무실 안쪽에 위치한 좁은 단칸방이다. 중앙에 책상이 하나 놓여 있고 앞뒤로 의자가 있다. 한쪽에는 문제의 교사가 창을 등지고 앉아 있었다. 상담실이라기보다는 취조실에 가까운 느낌이다. 그는 아현을 보자 눈가에 주름이 지게 웃으며 그녀를 반겼다.

"아현이 차례구나. 어서 앉으렴."

그는 손수 자리에서 일어나 아현을 의자에 앉혔다. 그의 손이 어깨에 닿자 아현은 깜짝 놀랐다.

"괜찮아요. 제가 알아서 앉을 게요."

"녀석, 부끄러운 거야?"

교사의 손이 아현의 뺨을 꼬집었다. 아현은 생각했다. 남학생들 말처럼 정말로 여자애들이 귀엽고 딸 같아서 이러는 걸까? 아무런 흑심 없이? 우리들이 괜히 오버하는 걸까? 아무것도 아닌 일에 예민한 걸까? 괜한 사람을 의심하는 걸까? 도무지 해답을 내릴 수가 없었다.

아현이 맞다, 아니다의 문제로 골머리를 썩는 동안 교사는 혼자서 이래저래 열심히 떠들었다. 그는 원래 있던 자리에 가만히 앉아서 이야기하지 않았다. 아예 대놓고 의자를 끌어와 아현의 옆에 앉았다.

척.

자신의 손을 아현의 허벅지 위에 올려놓으며 말했다.

"무슨 생각을 그렇게 하니?"

"아니요. 그냥, 이야기 듣고 있었어요."

"아닌 거 같은데? 내가 봤을 때는 고민으로 끙끙 머리를 감싸고 있는 것처럼 보이는 걸?"

그는 그렇게 말하며 아현의 허벅지 위에 올린 손을 쓱쓱 움직였다.

'히익!'

교사는 계속 말했다.

"고민이 있으면 내게 다 털어 놓으렴. 굳이 지금이 아니어도 좋아. 언제라도 좋단다. 그러니 선생님 너무 어려워하지 말고 언제라도 편하게 찾아오렴. 가족처럼 말이야."

"감사합니다, 선생님."

"후후, 귀여운 녀석."

교사는 두 손으로 아현의 뺨을 꼬집었다. 그러더니 그녀의 입술에 쪽 입을 맞추었다.

"아."

아현의 눈동자 속에 커다란 파장이 일었다. 그녀의 동공에 비친 교사는 마치 악마처럼, 살인마처럼 기괴한 모습을 하고 있었다. 입은 웃고 있었지만 더없이 잔인한 형상이었다. 아현은 마치 필름이 끊긴 것처럼 이후 아무런 생각도 할 수가 없었다. 아현은 얼굴이 하얗게 질려서는 교실로 돌아왔다. 아현의 반응에 여학생들은 그럼 그렇지 하는 반응을 보였다. 서림은 습관적으로 볼펜을 만지작거리며 아현을 뚫어져라 응시했다. 몇몇 여학생들이 아현에게 왜 그러냐고 물었지만 그녀는 아무 대답도 하지 않았다.

"……"

거의 끝 순번이 되어 서림의 차례가 왔다. 서림은 '뭔가'를 주머니에 넣고는 상담실로 향했다. 교사는 의자에 다리를 꼬고 앉아 건성으로 서림을 반겼다.

"앉아라."

서림은 잡아먹을 듯한 눈빛으로 그를 노려보았다. 서림은 평소에도 눈매가 매서웠던지라 교사는 딱히 그 눈빛에 대해 가타부타 지적하지 않았다. 교사가 주저리주저리 뭐라 떠들어도 서림의 귀에는 전혀 들리지 않았다. 서림은 주머니 속에 넣어둔 '볼펜'을 계속 만지작거렸다. 묵묵히 이야기를 듣던 중, 교사의 말을 자르고 서림이 말했다.

"저기요, 선생님."

"왜 그러니."

"그게, 아까 아현이랑 상담할 때 무슨 일 있었나요?"

서림은 끓어오르는 감정을 억누르며 또박또박 물었다. 생각 같아서는 선생이고 나발이고 다 엎어 버리고 싶었지만 참았다. 아무리 그래도 상대는 교사, 선생님이었다. 나름대로 최대한 예를 갖추려 노력했다. 서림의 질문에 교사는 별일 아니라는 듯 웃으며 손을 저었다.

"또 그 얘기냐. 별거 아니다. 그냥 귀여워서 뺨 좀 꼬집었을 뿐이니까. 왜? 또 여자애들이 그거 가지고 뭐라고 하든?"

"아무리 그러셔도 애들이 싫다고 하면 하지 말아야 하는 거 아닌가요?"

"인석아. 그런 거 일일이 신경 쓰면 교사 일도 못 해 먹어. 다 내 자식들 같고 예쁘고 하니까 그런 거지. 너희는 그렇게 이 선생님 마음을 모르겠어?"

"싫다고 하잖아요. 선생님이라고 다 마음대로 할 수 있는 건 아니잖아요. 아닌 건 아닌 거잖아요."

서림의 말이 기분 나쁘게 들렸는지 교사는 벌떡 자리에서 일어났다. 어찌나 거칠게 일어났는지 의자가 뒤로 넘어갈 정도였다. 교사는 울긋불긋해진 얼굴로 씩씩거리며 서림을 내려다보았다.

"어디 지금 선생님 앞에서 꼬박꼬박 말대꾸야? 너 지금 나랑 말싸움하자는 게냐?"

"그런 게 아니잖아요. 왜 갑자기 화를 내세요?"

"네가 화를 내게끔 만들잖냐. 내 참 어이가 없어서. 이만 나가 봐라. 너랑은 더 이상 할 얘기가 없구나."

서림은 교복 주머니 속의 볼펜을 가득 쥐었다. 하지만 이내 손을 풀고 주머니에서 손을 뺐다. 서림은 꾸벅 인사를 하고는 상담실을 나왔다.

정규 수업 시간이 전부 끝나고 서림과 아현은 늘 그래 왔던 것처럼 같이 집으로 향했다. 중간까지는 가는 길이 같아서 이렇게 늘 함께 걷고는 했다. 서림은 유독 말이 없어진 아현을 바라보았다.

"아현아."

"왜?"

"아까 상담할 때 그 인간이 너한테 무슨 짓 했어?"

눈치 없는 아현이라 하더라도 지금 서림이 무척 화가 났다는 걸 알 수 있었다. 평소보다 배로 날카로워진 눈과 구겨진 미간이 그것을 증명했다. 아현은 지레 겁을 먹고 말을 얼버무렸다.

"아무 일도 없었어."

"거짓말하지 마. 그 새끼가 너 손댔지, 그렇지? 사실대로 말해."

"아니라니까, 나는……."

"사실대로 말해!"

큰소리에 아현은 어깨를 잔뜩 움츠렸다. 상대가 저렇게까지 나오는데 더 이상 거짓말을 할 수는 없었다. 아현은 별 수 없이 진실을 털어놨다. 그가 자신의 뺨을 어루만지고, 어깨를 만지고, 가슴을 문지르고, 귓불도 만지고, 허벅지를 주무르고, 심지어 키스까지 했다고. 이야기를 들은 서림은 충격을 받은 듯 눈을 크게 떴다. 어느 정도 예상은 했지만 설마 이 정도일 줄은 몰랐다. 다른 것도 아니고 키스라니.

'개자식이 미쳤나!'

서림은 흔들리는 이성을 바로잡으며 아현의 어깨를 잡았다.

"너 이대로 있을 거야? 그냥 당하고만 있을 거냐고."

"그럼 어떻게 해? 선생님이잖아."

"멍청아! 선생이고 나발이고 성추행은 성추행이야."

말은 그렇게 했지만 서림도 뭘 어떻게 해야 할지 갈피를 잡지 못했다. 상대는 어른이며 교사였다. 못난 놈 두드려 패는 식으로는 아무것도 해결할 수 없다.

"아현아, 일단은 부모님께 말씀드려. 그렇게 해."

서림의 말에 아현은 무어라 말하려다가 멈칫했다. 부모님이라니. 엄밀히 따지면 아현에게는 부모님이 계시지 않는다. 어머니는 돌아가셨고 아버지는 일 때문에 다른 지역에 계신다. 친척들이 대신 거두어서 같이 살고는 있지만 사실상 가족이라고 부를 수는 없는 처지였다.

남의 자식을 대신 기르는 수고야 말할 필요도 없지만, 그것이 진심이 아닌 마지못해하는 행위라면 문제가 생긴다. 아현의 친척들은 그랬다. 그들은 아현을 불쾌해했다. 그녀 아버지의 부탁에 어쩔 수 없이 떠맡았을 뿐, 진심으로 그녀를 사랑하지 않았다. 그리고 그녀는 그 사실을 누구보다도 잘 알고 있었다. 같은 집에 살다 보니 그들이 아버지와 통화하는 걸 몇 번 엿들은 적이 있었다.

'아직도 멀었어? 대체 저 애물단지를 언제까지 데리고 있어야 하는데? 좀 데리고 가면 안 돼? 짜증난다고 진짜. 애 하나 늘어나면 돈이 얼마씩 깨지는데.'

그런 말까지 하는 사람들에게 도움을 요청한다고 그들이 들어 줄 리 만무했다. 아현은 슬픈 미소로 대답을 대신했다.

아현이 집에 도착했을 때 '가족'들은 식사 중이었다. 아니, 식사가 거의 끝나 가고 있었다. 아현과 비슷한 또래인 소녀는 대놓고 불쾌감을 표하며 숟가락을 내려놓았다. 소녀의 아버지와 어머니 역시 자리에서 일어났다.

"밥 먹으렴."

식탁에는 먹다 남은 반찬뿐이었다. 또래 여자아이는 자기 방으로 쪼르르 들어가고 소녀의 아버지는 소파로 가 신문을 펼쳤다. 여인은 아현 몫의 밥을 놓고는 TV 앞에 앉았다. 아현은 조용히 식탁에 앉아 젓가락을 들었다. 먹다 남은, 밥풀이 묻은 나물을 오물거리며 조용히 식사를 했다.

'아빠 보고 싶어.'

다음 날.

아현의 반에서 여학생들의 미묘한 움직임이 있었다. 변태 교사에게 당한 여자애들끼리 모여 힘을 합치기로 한 것이다. 목표는 변태 교사가 더 이상 자신들을 성주행하지 못하도록 하는 것. 학생회의 때 이 일을 거론하기로 했다. 의견이 그리 좁혀졌지만 발표를 누가 하느냐의 문제에서 제동이 걸렸다. 막상 자기가 말하려니 멈칫했던 것이다. 여학생들은 서로 네가 해라, 아니다 네가 해라 갑론을박을 하며 시간을 보냈다. 막상 발표를 하려니 두려웠던 것이다.

"야, 쟤한테 말해 보자."

그러다가 누군가가 의견을 제시했다. 그녀들의 눈이 일제히 한 명에게 몰렸다. 자리에 앉아서 책을 보고 있던 아현이었다. 그녀들은 아현이라면 자신들의 부탁을 거절하지 못할 거라고 생각했다. 그녀가 가장 큰 피해자이니 잘 설득하면 들어주리라 생각했다. 그녀들은 우르르 몰려가 아현에게 학생회의 때 자신들의 의견을 종합해서 대신 발표해 달라고 이야기했다. 아현도 두려웠으나 여학생들의 끈질긴 설득에 결국 승낙하고야 말았다.

여학생들의 감정이 담긴 호소에 왠지 모를 의무감, 혹은 정의감 같은 것이 샘솟았다. 그녀 역시 많이 무서웠지만 누군가는 해야 한다는 생각이 들었다. 그녀는 십자가를 짊어지는 마음으로 학생회의 때 변태 교사의 일을 발언했고, 그것이 시발점이 되었다.

그날 아현은 다시 상담실로 불려갔다. 상담실에는 변태 교사가 기다리고 있었다. 그는 화가 많이 났는지 잔뜩 찡그린 얼굴을 하고 있었다. 누가 봐도 화가 난 얼굴이었지만 그는 애써 입 꼬리를 당겨 웃음 지었다.

"아현아, 네가 말이다. 뭔가 심각하게 오해를 한 모양인데. 선생님은 너희에게 조금도 그런 나쁜 감정을 품은 적이 없어요. 아현아, 응? 물론 네가 힘들었을 거라 생각한다. 하지만 당사자인 나에게 직접 말해야지 그런 자리에서 덜컥 말해 버리면 어떡하니? 선생님 입장도 생각을 해야지. 응?"

처음에는 어르고 달래는 투로 말했지만 점점 그의 어투는 거칠게 변했다.

"막말로 네가 날 고소라도 할 거냐? 성주행했다고 고소할 거야? 아니잖아. 그렇게 못 하잖아. 그리고 이건 고소해도 안 돼. 왜냐하면 성추행이 아니니까. 그래봤자 서로 피곤해지고 너도 많이 곤란해질 거야. 안 그럴 거 같니? 오, 절대 아니야."

"선생님이 잘못한 거잖아요. 소, 솔직히 그렇잖아요."

"이 녀석이 진짜!"

변태 교사는 있는 힘껏 주먹으로 책상을 내리쳤다.

"야, 이 쪼그만 것아. 그러다가 너 진짜 큰일 난다? 선생 함부로 건드리면 큰일 난다고. 알아? 네가 뭔데 나를 모함해? 너 솔직히 말해. 이런 식으로 해서 나한테 뭐 뜯어내려고 하는 거지? 그렇지? 그렇잖아."

"아니에요, 그게."

상담실은 교무실의 구석에 존재했다. 현재 서림은 한 교사의 부름에 잠시 교무실에 와 있었다. 대충 용건을 마치고 돌아가려는데 상담실 안쪽에서 뭔가를 때리는 소리가 그의 관심을 잡아끌었다.

"뭐지?"

볼일을 마쳤으니 돌아가야 했지만 서림은 잠시 주변을 서성거리며 상담실 문에 귀를 기울여 보았다. 다른 선생들의 눈치 때문에 서림은 어설프게나마 다른 일을 하는 척하며 문 앞을 기웃거렸다.

교사의 윽박지름에 아현은 굵은 눈물을 뚝뚝 떨어트렸다.

"그게 아니에요. 저는 그냥…… 흐흑. 왜 저한테 뭐라고 하세요……."

"내가 지금 뭐라 안 하게 생겼어!"

교사는 시뻘게진 얼굴을 하고서 아현에게 말했다. 창피함과 분노로 두 눈을 활활 불태우며.

"잘 들어. 그게 그렇게 싫었다면 앞으로는 조심하마. 하지만 말이다. 네가 만약 끝까지 가보겠다면 나도 가만히 있지는 않을 거야. 네 집도 만만치 않은 손해를 감수해야 할 거야. 잘 기억해 둬. 젠장! 네 부모가 이런 식으로 가르치든? 어른에게 대들고 말대꾸나 꼬박꼬박 하라고?"

툭.

아현은 머릿속에서 뭔가가 끊어지는 것을 느꼈다. 가족 이야기가 나오자 이성을 유지하던 끈이 끊어진 것이다. 아현은 아랫입술을 피가 나도록 깨물었다. 무슨 일이 있어도, 자신이 어떤 잘못을 했든 간에 가족 이야기만큼은 듣고 싶지 않았다. 아현의 머릿속에서는 메아리처럼 '네 부모가, 네 부모가'라는 말이 울렸다.

그동안 친척 집에 얹혀살며 받았던 설움들이 한꺼번에 밀려왔다. 먹고 남은 밥과 반찬을 주고, 자신의 옷은 따로 세탁기에 돌려야 하고, 마음대로 TV도 볼 수 없고, 컴퓨터는 손도 대지 못하게 했다. 경멸의 눈빛, 짐 덩이를 대하는 태도, 길러 봐야 돈만 나간다는 태도, 그리고 자식을 맡겼다는 이유만으로 자신의 형제에게 굽실거리는 아버지까지.

'그런 이야기하지 마. 가족 이야기 같은 거 하지 말라고!'

아현은 가슴속에서 뭔가가 울컥하는 것을 느꼈다. 아현은 책상 위의 컵 안에 담긴 볼펜을 집었다. 아무것도 생각하지 않았다. 그저 본능에 충실했다.

"아아악!"

갑자기 교사의 비명이 터져 나오자 밖에 있던 서림은 당장 문을 열고 안으로 들어갔다. 문을 열고 들어간 서림은 안에 펼쳐진 광경에 입을 다물지 못했다.

"아현아?"

교사는 이마가 찢어져 피를 줄줄 흘리고 있었다. 맞은편에 앉아 있는 아현은 오른손에 볼펜을 들고 있었다. 그 손과 볼

펜에도 피가 묻어 있었다. 아현의 눈은 정신이 나간 사람처럼 반쯤 풀려 있었다. 서림을 보자 멍한 눈동자가 간신히 초점을 되찾았다. 그녀는 정면에서 피를 흘리며 고통스러워하는 교사를 보았다. 일을 저지른 자신의 오른손과 볼펜을 보았다. 그리고 당황한 기색이 역력한 서림을 바라보았다.

"서림아, 나, 그게……."

서림은 경악을 금치 못했다. 어떤 이유에서건 교사를 상처 입힌 건 용서될 일이 아니었다. 그 자체로 퇴학감이었다. 아현에게는 그녀 나름대로 이유가 있었겠지만 그래도 징계를 피할 수 없을 것이다. 서림은 냉큼 아현의 손에서 볼펜을 빼앗았다.

"아아아."

교사는 찢어진 이마를 부여잡고서 신음했다.

"이 망할 년이!"

그는 어찌나 화가 났는지 교사로서의 본분도 잊고서 욕설을 내뱉었다.

"감히 선생한테 상처를 입혀? 네가 이러고도 무사할 거 같아? 응? 서림이 너 마침 잘 왔다. 어서 밖에 알려. 학생이 선생을 볼펜으로 찌르다니, 빌어먹을. 이게 말이나 되니?"

서림은 아현이 휘둘렀던 볼펜을 손으로 문지르며 말했다.

"당신이 처음부터 그딴 역겨운 짓을 안 했으면 됐잖아. 당신이 자초한 일이야."

"뭐라고?"

서림은 교사를 무시하고 아현에게 말했다.

“아현아, 지금 이건 내가 한 거야. 안에서 하는 이야기를 엿듣다가 참지 못해서 내가 벌인 일이라고.”

“서, 서림아. 그게 무슨 말이야.”

“지금 이건 내가 한 거야. 내가 책임질게. 대신 너는 저 인간을 고발해. 경찰에 알리라고. 네가 저지른 건 내가 덮어쓸게. 대신 너는 성추행 건을 까발려서 저 인간을 이 학교에서 쫓아버리자.”

아현은 패닉에 빠져 허우적거리면서도 서림의 말이 제법 일리 있다고 생각했다. 서림의 이야기를 듣던 교사가 버럭 소리를 질렀다.

“이 미친 새끼들! 너희 지금 짜고서 나 엿 먹이려고 이러는 거지! 당돌한 새끼들. 나는 뭐 가만히 있을 거 같아! 엉? 나는 허수아비처럼 가만히 있을 거 같으냐고!”

교사가 번뜩이는 눈으로 아현을 노려보았다.

“경고하는데 그에 대해서 입이라도 뻥긋했다 봐라. 아주 네 집을 콩가루로 만들 테니까. 너 친척 집에 얹혀살지? 네가 만약 이걸로 문제 일으키면 어떻게 될 거 같냐. 응? 어떻게 될 거 같으냐고.”

아현은 불안한 눈빛으로 서림을 바라보았다. 서림이 말했다.

“듣지 마! 날 믿어. 이런 나쁜 새끼는 선생 노릇할 필요가 없어. 다 까발려 버려. 쫓아내야 한다고."

"어른 말 듣는 게 좋을 거다."

서림과 교사는 자기 입장에서 아현을 설득했다. 아현은 서림이 말할 땐 서림을 바라보았고 교사가 말할 땐 교사를 바라보았다. 양쪽으로 시선을 왕복하면서 아현은 어지러움을 느꼈다. 머리가 돌아버릴 것만 같았다.

'어떻게 해야 하지.'

상황은 상담실의 문이 열리고, 다른 교사가 안으로 들어오면서 일단락되었다. 그리고…….

* * *

시간은 과거에서 다시 현재로 돌아온다. 만수는 코와 입술이 다 터져서는 피투성이가 된 얼굴로 킬킬거렸다.

"그 뒤로 어떻게 됐을 거 같냐? 응? 어떻게 됐을 거 같냐고."

만수의 물음에 나이트 후드는 침묵으로 일관했다.

"그 병신 같은 년이 어떻게 했는지 알아? 결국 아무것도 안 했어. 교사에 대한 이야기는 입도 뻥끗 안 했다고. 나서서 도와주려고 한 한서림만 새된 거지. 그 변태 새끼는 며칠 쉬다가 다시 학교로 돌아왔어. 퇴학은 면했지만 계속 그 학교에 다닐 순 없었어."

만수는 카악 가래를 뱉었다. 피 섞인 가래를 뱉은 만수는 손등으로 입술을 훔쳤다.

"그 뒤로 서림이의 성격은 180도 바뀌었어. 모든 걸 불신하고 그냥 되는대로 살았어. 꼭지가 돌아버린 거야. 가장 믿었던 사람에게 배신당했으니까. 버림받은 거지. 아이구, 우리 불쌍한 서림이."

동해는 만수의 이야기를 듣고 나서야 아현이에 대한 모든 걸 깨달을 수 있었다. 왜 그렇게 타인을 멀리 하는지, 왜 그렇게 말수가 적고 소극적으로 구는지를 말이다. 죄책감에 시달렸던 것이다. 누군가를 가까이 한다는 것에 대해, 마음을 연다는 것에 대해, 친구를 사귀는 것, 즐거운 것, 행복한 것. 그 모든 것들을 자기는 누릴 자격이 없다고 배제한 것이다. 불의에 비겁하게 입을 다물고, 귀를 닫고, 눈을 감아 버렸으니까. 한 소년의 정의감과 믿음, 신뢰, 그 모든 걸 깨부숴 버렸으니까.

"클클. 내가 말할 수 있는 건 여기까지야. 나머지는 너 하기에 따라 달린 문제지. 나를 막는다고 해도 서림이는 멈추지 않을 거야. 그리고 네가 그 녀석을 막으려거든 네가 죽든지 아니면 걜 죽이든지 해야 할 거야. 마음 독하게 먹으라고."

"그 마음은 충분히 이해하지만 어차피 지난 일이야. 복수는 옳지 않아. 당시엔 그 여자애도 어렸으니까."

"뭐라고? 지금 그걸 말이라고 해? 서림이는 착한 놈이었어.

지금의 낄낄, 너처럼 말이야! 솔직히 나도 몰라. 자기가 믿고 있던 모든 것들이 무너지고 배신당하는 게 어떤 느낌인지 말이야. 솔직히 당사자가 아닌 이상 어떻게 알겠어?"

만수는 힘이 드는지 벽에 등을 기댄 채 주저앉았다.

"암튼 잘해 봐. 나는 끝났어. 게임 오버라고. 난 조용하게 살 거니까. 더 이상 네 눈에 띌 일은 없을 거야. 잘해 봐. 네가 철광이도 이기고 그 근성은 인정하지만, 서림이는 많이 힘들 거야."

나이트 후드는 길게 한숨을 쉬었다. 아현에 대한 이야기를 들은 건 큰 수확이었지만, 그것과는 별개로 만수의 태도가 마음에 들지 않았다. 나름 복수라고 줘어 팼는데 킬킬거리며 비실비실 웃는 태도라니. 나이트 후드는 제자리를 빙글 돌아 만수의 두툼한 목에 돌려차기를 먹였다.

"끅!"

만수는 자신의 토사물 위에 배를 깔아야 했다. 볼일을 마친 나이트 후드는 그대로 빙글 돌아 골목을 빠져나갔다. 만수는 어둠 속으로 녹아드는 나이트 후드를 향해 외쳤다.

"야이 새끼야! 어디 한번 잘해 봐라! 해 볼 테면 해 보라고! 걘 안 돼. 걘 진짜 또라이라고! 절대 못 해!"

Battle 02

철광 VS 미친개

동해의 부탁으로 철광은 아현을 집까지 바래다주었다. 둘이 별로 친한 사이는 아니어서 둘 사이에 오가는 대화는 없었다. 철광은 머쓱함에 몸 둘 바를 몰라 했다. 아현도 말수가 적은 걸로는 적수가 없는지라 집에 도착할 때까지 두 사람은 몇 마디 나누지 않았다. 아현은 '미안해, 괜찮은데' 정도가 고작이었다. 철광도 '뭘 이런 거 가지고, 괜찮아'가 끝이었고.

아현을 집에 보내고 철광은 곧장 어디론가 향했다. 헬스장이었다. 나이트 후드에게 패배한 이후 급격하게 몸이 안 좋아졌다. 마치 전성기의 운동선수가 살이 찌고 나이를 먹어서 둔해진 것처럼 말이다. 일종의 재활 개념으로 다시 헬스장을 찾았다. 근력 운동보다는 유산소 운동 위주로 했다. 그 엄청난 거구로 쿵쿵거리니 러닝머신이 버거워 보일 정도였다.

"훅훅."

철광은 절도 있게 호흡을 하며 지속적으로 땀을 흘렸다. 운동을 마칠 때쯤이 되자 어느덧 해가 떨어지고 어둠이 내려앉았다. 샤워를 마치고 옷을 갈아입었다.

"누구지?"

휴대폰을 확인하자 전화가 한 통 와 있었다. 휴대폰 액정을 확인한 철광의 눈빛이 기묘하게 바뀌었다. 전혀 의외의 인물의 번호가 찍혀 있었다.

"한서림."

서림에게서 온 전화였다. 철광은 복잡한 심정으로 휴대폰을 만지작거렸다. 계속 휴대폰을 손안에서 굴리다가 철광은 서림에게 전화를 걸었다.

* * *

철광이 운동하는 헬스장에서 30분 거리인 어느 초등학교.

어둠이 짙게 깔린지라 학교는 조용했고 또 스산했다. 학교 운동장의 구석에는 아이들이 놀 수 있게끔 작게 놀이터가 마련돼 있었다. 서림은 그곳에 있었다. 그네에 엉덩이를 맡긴 채 살랑살랑 움직이고 있다. 두 발로 바닥을 직직 그으며 흔적을 남겼다. 마치 누군가를 기다리듯, 서림은 그렇게 한참이나 시간을 보냈다. 얼마나 시간이 흘렀을까. 자박자박 하는 운동장의 모래 밟는 소리가 들려왔다. 허나 서림은 그가 그림자를 드리우기 직전까지 고개를 들지 않았다. 자신의 발 앞으로 거대한 그림자가 넘어오자 그때서야 고개를 들었다. 서림은 특유의 서글서글한 미소를 지었다.

"철광이 왔네? 와 줘서 고마워."

철광은 묵직한 크로스백을 바닥에 내려놓았다. 가방이 떨어지자 작게 먼지가 일었다. 철광은 서림이 자신을 왜 불렀는지 알고 있었다. 웃으며 이런저런 잡담을 나눌 필요 따위는 느끼지 못했다. 철광은 당장 팔을 걷어붙였다.

"싸우자고 부른 거 맞지? 부디 내 예상이 맞기를 바란다."

"아니야. 나는 굳이 너와 싸우고 싶지 않아."

"지금 농담하는 거지?"

"아냐, 아냐."

서림은 사뿐하게 그네에서 내려왔다. 천천히 철광의 주변을 돌며 말을 꺼냈다.

"나는 정말로 너와 싸우고 싶지 않아. 다만, 네가 앞으로 내 일을 방해할 거 같아서. 지금도 충분히 그러고 있고."

"아현이를 괴롭힐 거라면 내가 용서 못 해."

"왜? 아현이가 좋아? 예뻐?"

쿠궁.

철광은 순간 혼란에 빠졌다. 서림은 아무 의미 없이 던진 말이었지만 철광은 아직 가슴속에 순수가 남아 있는 남자였다. 철광은 잠시 아현을 머릿속에 그려 봤다.

'예쁜 것 같기도 하고 아닌 것 같기도 하고. 사실 난 그렇게 귀엽고 아담한 타입이 취향이긴 한데. 만약에 사귄다면 꼭 그런 여자를 사귈 거긴 한데…… 내가 지금 무슨 생각을 하는 거지? 지금 이럴 때가 아니잖아?'

철광은 흠흠 헛기침을 하며 자세를 바로잡았다.

"네가 하려는 건 충분히 잘못된 거야. 그걸 보고만 있지는 않겠어."

"이거 왜 이래? 너도 며칠 전까지 이렇게 놀았잖아? 어떻게 사람이 하루아침에 바뀔 수가 있어?"

"예전엔 그랬지. 하지만 지금은 아니야. 난 변했어. 그리고!"

철광의 검지가 당당하게 서림을 가리켰다.

"너 역시 변할 수 있어!"

어딘가 유치한 동작에 서림은 피식 비웃었다. 올라간 입꼬리가 미세하게 떨려 왔다. 철광의 말에 서림은 가볍게 맞받아쳤다.

"하지만 지금은 아니야."

"그럼 대화는 이걸로 끝이군. 덤벼라! 너의 그 썩어 빠진 정신머리를 고쳐주마."

"알았어. 그럼 마지막으로 하나만 더 물을게."

"또 뭔데."

서림은 두 팔을 뒤로 넘기며 어깨를 움츠렸다. 그리곤 한껏 쑥스러움을 타는 소녀 같은 표정으로 말했다. 가성으로 목소리도 최대한 여성스럽게 변조했다.

"그럼 나는 어때?"

"으응? 뭐, 뭐라고!?"

그 순간, 서림이 짐승처럼 날아올랐다. 자신보다 머리 두 개나 큰 철광의 이마에 자신의 이마를 갖다 박았다. 퍽 하는 경쾌한 소리가 나며 둘 다 바닥에 나동그라졌다. 공격한 사람은 서림이었지만 그도 만만치 않은 타격을 받았다.

"아우우! 너 엄청 돌머리구나?"

"이 자식이, 치사하게 기습을."

철광은 당장 자리에서 일어나 손을 뻗었다. 아무리 나이트후드에게 당해 몸이 약해졌다지만 철광은 자신 있었다. 서림과 싸워 본 적은 없었지만 딱 봐도 힘으로 보나 체격으로나 그가 더 우위였다. 절대로 질 리 없다는 믿음으로 철광은 성난 황소처럼 돌진했다.

"읏차차."

서림은 뒤에 있던 정글짐 속으로 미꾸라지처럼 들어가며 철광의 손을 피했다. 마치 그 안이 자신의 집이라도 되는 것처럼 서림은 매끄럽게 정글짐의 꼭대기에 올랐다.

"철광아, 진지하게 해 줘. 안 그러면 너 진짜 다친다?"

"너나 진지하게 해라!"

도발에 흥분한 철광은 바닥을 살폈다. 정글짐의 주변에는 구역을 나누기 위한 타이어가 바닥에 박혀 있었다. 철광은 그 중 하나에 손을 갖다 댔다.

"으어어어!"

타이어는 절반이나 바닥에 박혀 있었고 흙을 꾹꾹 눌러서 고정되어 있다. 지렛대를 이용해도 힘든 마당에 철광은 타이어를 단순히 팔 힘으로 뽑아 버렸다.

"맙소사."

철광은 정글짐의 꼭대기를 향해 타이어를 집어 던졌다.

"이거나 처먹어!"

서림은 몸을 던져 측면의 미끄럼틀로 이동했다.

"멍청아, 난 여기 있다고."

서림은 미끄럼틀에 몸을 맡겼다. 경사로 미끄러지며 내려오다가 중간쯤에 틀을 박차고 철광에게 돌격했다. 서림은 무릎을 뾰족하게 세웠고 그것으로 철광의 이마를 찍었다.

"끅!"

뇌가 흔들리는 듯한 충격이 철광의 머리를 강타했다. 그럼에도 철광은 다리에 힘을 주어 쓰러지지 않았다.

"어랍쇼? 빨리 쓰러지라고."

서림은 그대로 철광의 턱을 손바닥으로 쳐올렸다. 동시에 다리를 걸어 그를 쓰러트렸다. 쓰러진 철광의 몸 위에 올라탄 서림은 잔인하게 미소 지었다.

"감히 날 방해하겠다고? 너 따위가? 너 같은 병신이?"

"크윽……."

"뒈져. 너 같은 쓰레기 새끼는 뒈져 버리라고."

한껏 턱을 치켜 올린 서림은 이마로 철광의 이마를 내리찍었다. 그걸로 끝이 아니었다. 서림은 둘 중 하나는 죽어 보자는 심산인지 한 번, 두 번, 세 번, 연이어 머리로 철광의 머리를 내리쳤다.

쿵, 쿵, 쿵, 쿵, 쿵!

철광의 이마가 찢어져 피가 흘렀다. 서림의 이마 역시 마찬가지였다. 살과 살이, 뼈와 뼈가 부딪치며 피가 튀었고 두 피가 섞였다. 열 번 넘게 박치기가 이어지자 철광이 부들부들 떨며 손을 들었다.

"내, 내가졌다. 그만해."

서림은 고개 저었다.

"아니, 이제부터가 시작인데 뭘 그만해. 나는 널 죽여 버릴 거야. 날 가로막는 새끼들은 다 쳐 죽여 씹어 먹을 거라고."

그의 눈은 완전히 맛이 간 상태였다. 정신병자처럼 흐릿하고 짐승처럼 안광이 번뜩였다. 그는 쓰러진 철광을 내팽개치고 주변을 두리번거렸다. 그리고는 주먹 두 개 정도 크기의 돌을 주워 왔다.

"헤헤, 널 본보기로 삼을 거야. 방해하는 새끼들은 어떻게 되는지 널 본보기 삼을 거라고."

철광의 머리 쪽에 쪼그려 앉은 서림은 언제 자신이 미친 것처럼 그랬냐는 듯이 다시 환하게 웃었다. 순수한 얼굴과 잔인한 얼굴을 귀신처럼 바꾸는 서림에게 철광은 질린다는 표정을 지었다. 돌을 집어든 가녀린 손이 위로 올라갔다. 철광은 눈을 감았다. 도와줄 사람은 없었다. 서림은 멈출 생각이 없었다. 그리고 자신은 서림을 막을 방법이 없었다. 도저히 지금의 상황을 타개할 수가 없었다. 날카로운 돌이 철광의 얼굴을 찍으려는 찰나.

"어이! 거기 니들 뭐야!"

어디선가 밝은 플래시 빛이 둘을 비추었다. 눈을 시리게 할 만큼 강렬한 빛에 서림은 손으로 얼굴을 가리며 눈을 찌푸렸다.

"씨이, 뭐야?"

학교의 수위였다. 흰머리가 희끗희끗 하고 얼굴이 주름진 수위는 두 사람을 보고는 깜짝 놀라 뒷걸음질 쳤다. 양쪽 다 얼굴에 피를 뒤집어쓰고 있었으니 놀랄 수밖에 없었다. 그래도 그는 학교 수위로서의 본분을 다했다.

"니들 뭐야? 이게 무슨 짓이야! 겨, 경찰을 부르겠어!"

"짜증나네."

서림은 돌을 든 채로 자리에서 일어났다. 인상을 잔뜩 구기고서 그에게 가려는데 철광의 손이 그의 발목을 붙잡았다.

"하지 마. 절대 하지 마."

"왜? 왜 그러면 안 되는데?"

"나쁜 짓이니까."

철광의 대답은 간단했다. 그것이 나쁜 짓이기 때문에 말린 것이다. 어이가 없었는지 서림은 손에서 돌을 놓았다. 수위에게 해코지하는 대신 그는 철광의 배를 발로 짓밟았다.

콱!

서림의 잔인한 폭력에 수위는 어쩌지 못하고 앙상한 두 다리를 떨었다.

"그래, 그렇지. 나쁜 짓이지. 나쁜 짓은 가만히 두고 보면 안 되지. 안 되는 거지. 너처럼 말려야 하는 거지. 그렇지."

서림은 혼자서 중얼대고는 교문 쪽으로 걸어갔다. 그가 사라질 때까지도 수위는 아무것도 하지 못했다. 귀신에 홀린 사람처럼 멍한 표정을 지을 뿐이었다. 조금 시간이 지나고 나서야 그는 뒤늦게 허둥지둥 철광에게 다가갔다.

"학생, 괜찮아?"

철광은 정신을 잃기 직전 짧게 답했다.

"안 괜찮아요."

서림은 대충 옷깃으로 이마의 피를 닦으며 야밤의 거리를 거닐었다. 바다 위의 부표처럼 갈 곳도 없이 그저 방황하듯 걸었다. 길을 지나는 사람들은 저마다 한 번씩 서림을 보고는 놀랐다. 첫째는 입고 있는 옷을 보면 남자인데 여성스럽게 생겼다는 이유에서, 그리고 두 번째는 그 예쁘장하게 생긴 남자가 이마에 잔뜩 피를 흘리고 있었기 때문에 놀랐다. 서림은 타인의 시선 따위 아랑곳 하지 않았다. 다만 술에 취한 사람처럼 이리저리 비틀거렸을 뿐이다. 그렇게 서림은 위태위태하게 걷다가 기어이 누군가와 어깨를 부딪쳤다.

"잉? 너 뭐야?"

얼마나 술을 마신 건지 딸기코가 된 중년 남성이었다. 그는 직장 동료로 보이는 다른 남자들과 어깨동무를 하고 서림과 마찬가지로 흐느적흐느적 거리를 걷고 있었다. 그에게서 확 풍겨져 나오는 역한 술 냄새와 고기 냄새에 서림은 이맛살을 찌푸렸다.

"어이, 으아가씨. 앞을 잘 보고 다녀야지, 때끼!"

서림은 고개를 갸웃하며 중년 남성을 바라보았다.

"잉? 왜 이마에서 피를 흘리고 있어? 안 아파? 이리 와. 이 박 부장 오빠가 호 해 줄게. 으흐흐."

서림은 고개를 흔들어 눈을 가리는 앞머리를 정돈했다. 그리고 술 취한 중년 남성, 박 부장을 향해 재밌다는 듯이 일그러진 미소를 보냈다.

서림은 마침 잘 걸렸다는 듯이 남자들에게 폭력을 휘둘렀다. 누구는 전신주에 머리를 부닥치게 하고, 또 누구는 무릎을 걷어찼다. 또 누구는 손가락을 부러트렸고, 마지막으로 누군가는 가랑이 사이를 세게 걷어찼다.

잔인한 폭력 사태에 길을 가던 사람들은 놀라움을 금치 못했다. 서림은 잠시 주변을 둘러보고는 그들을 향해 어깨를 으쓱였다.

"뭘 봐? 나는 개야. 개새끼가 개처럼 구는데 뭐 문제 있어?"

서림은 쓰러져 신음하는 남자들을 뒤로 하고 가던 길을 마저 걸었다. 서림은 여전히 불안정한 걸음으로 잠들지 않는 도시의 네온사인 속으로 녹아들었다.

* * *

다음 날.

소식을 접한 동해는 철광의 병문안을 갔다. 저번에도 병문안을 갔었는데 또 병문안을 가려니 이상한 기분이 들었다.

'다 나은 거 아니었나? 갑자기 웬 병원이지?'

철광이 하루아침에 다시 병원에 입원했다는 소식에 아현도 따라 같이 가기로 했다. 며칠 전까지만 해도 보호해 준다고 같이 집에 가기도 했으니 작게나마 정이 붙기도 했고 걱정도 됐기 때문이다. 그리고 혹시나 했는데 역시나, 신이나도 함께 했다.

"어머, 동해야. 나만 빼두고 둘이서만 가겠다고? 이게 무슨 시추에이션이야?"

그녀의 겉은 웃고 있었지만 등 뒤로는 질투의 불꽃이 활활

타오르고 있었다. 그 위압적인 아우라에 영문을 모르는 아현은 동해의 뒤로 숨었고 동해는 당황하여 식은땀을 삘삘 흘렸다.

"왜, 내가 싫어? 함께 가는 게 싫어? 아현이랑 단 둘이 오붓하게 지내고 싶은 거야? 그런 거야?"

"하하, 그, 이나야. 그럴 리가 없잖아. 나랑 아현이는 아무 사이도 아니라고. 그냥 친구야 친구."

"치인구우?"

"그래, 친구. 그렇지 아현아?"

아현은 눈치껏 고개를 끄덕였다. 동해가 말했다.

"일단은 철광이 면회 가는 거니까. 우리 철광이만 생각하자, 응?"

"흥, 그 근육 덩어리가 이번에는 또 무슨 일로 병원에 입원했대? 의외로 유리 몸이라니까. 쯧쯧."

동해는 왼쪽에 토끼를, 그리고 오른쪽엔 호랑이를 끼고 걷는 기분으로 병원으로 향했다. 시끌벅적한 분위기로 입원실에 들어간 세 사람은 철광의 꼴을 보고는 일순 입을 다물었다. 얼굴에 큼지막한 거즈와 붕대가 감겨 있었다. 누가 봐도 얼굴만 집중적으로 구타당한 모습이었다. 질투에 연신 도끼눈을 뜨던 이나 마저도 그 몰골에 입을 다물었다. 동해가 급히 침대 쪽으로 다가갔다.

"철광아! 이게 대체 어떻게 된 거야? 어제 무슨 일이 있었던 거야."

철광은 힘이 없는 게슴츠레한 눈으로 동해와 아현을 바라보았다.

"동해 왔냐. 아현이도 왔네."

그리고 신이나를 보며 한마디 했다.

"으으, 너는 여기 왜 왔어."

"……!"

철광의 차별 대우에 이나는 가운뎃손가락을 들어 올렸다.

"됐고, 대체 뭐야. 뭘 어쨌기에 이런 꼴이 된 거야? 트럭이 덮치든?"

이나는 반은 농담으로 반은 진심으로 물었다. 철광 정도면 트럭 정도는 날아와 줘야 부상을 입을 것이다. 적어도 이나는 그리 생각했다. 이나의 농담 아닌 농담에 철광은 피식 웃었다. 웃다가 상처가 쓰린지 인상을 찌푸렸다.

"한서림."

그 이름이 나오자 아현의 표정이 급격하게 어두워졌다. 동해 역시 티는 내지 않았지만 속으로 많이 놀랐다. 이나도 마찬가지였다. 천하의 박철광이 그 작디작은 한서림에게 당했다는 사실에 세 사람 다 놀람을 금치 못했다. 이나의 경우 미친개의 소문에 대해 누구보다도 잘 알고 있었다. 일개 고등학생에게 그런 별명이 붙을 정도로 잔인하고 폭력적이라는 건 알고 있었지만, 철광을 상대로 이런 결과를 낼 줄이야. 이나는 고개를 절레절레 저었다. 둘이 싸움이 붙었다는 것도 충분히 놀라웠지만, 싸워서 서림이 이겼다는 사실이 더욱 충격적이었다. 동해는 심각한 표정으로 철광에게 물었다.

"왜 싸운 거야. 이제 안 싸우기로 했잖아?"

"크으. 어쩔 수가 없었어. 꼭 어제가 아니었어도 언젠가 한번 붙었을 거야. 놈이 아현이를 노리고 있어."

아현은 자신의 이름이 언급되자 짐짓 어깨를 떨었다. 동해는 그 어깨를 손으로 덮어 주었다. 동해와 눈이 마주친 아현은 어설프게 웃으며 자신을 위안했다. 철광의 병문안이 끝나고 동해와 이나는 아현을 집에 바라다 주었다. 그리고 동해의 집까지는 이나가 함께했다.

"어떻게 할 거야?"

동해의 정체를 알고 있는 이나는 단도직입적으로 물었다. 동해는 다른 곳을 쳐다보며 지나가는 식으로 답했다.

"어쩔 수 없잖아. 움직여야지."

"그랬다가 너……. 그냥 하지 마."

"왜?"

이나는 걸음을 멈추고 동해의 앞을 가로막았다.

"내가 전에 말했지? 미친개는 건드리지 말라고. 무슨 일이 있어도 개는 건드리지 말란 말이야. 잘못했다간 너 진짜로 몇 군데 부러지고 병신될 수도 있어."

"그럼 어떻게 해. 이대로 아현이가 당할 때까지 기다려? 아니면 무슨 다른 방법이 있어? 말마따나 미친개라며. 나이트후드 밖에는 방법이 없다고."

"한서림이랑 아현이 사이에서 무슨 일이 있었는지는 알고서 끼어드는 거야?"

"알고 있어. 다 들었으니까."

동해가 자신의 말을 듣지 않자 이나는 고운 미간을 콱 구겼다. 동해는 그녀의 위압감에 눌리면서도 눈을 치켜떴다.

"너는 아현이의 친구잖아. 친구가 지금 위기에 처했는데 모르는 척할 거야? 그건 아니잖아. 그건 친구로서 할 일이 아니잖아."

"말 똑바로 해. 모르는 척하는 게 아니야. 애초에 일을 자초한 건 송아현이야. 남이 처음부터 끝까지 도와줄 수 있는 문제라고 생각해? 절대 아니야. 이건 송아현의 문제야. 네가 걔를 미친개로부터 지켜낼 수 있을지는 몰라도 본질적으로는 해결할 수 없어. 그건 송아현 본인에게 달린 문제니까."

"그래, 아현이가 스스로 해결할 수 있을 때까지 서림이로부터 지켜낼 거야. 어쩔 수 없다고. 그때까지 무슨 일이 벌어질지 모르는 판에 두 눈 빤히 뜨고 지켜볼 순 없잖아."

고집에 질렸다는 듯 이나는 눈썹을 찌푸렸다. 동해는 완고한 이나를 보며 생각했다. 저 아이는 왜 이 정도로까지 자신을 생각해 주는 걸까? 자신한테 대체 뭐가 있다고 이렇게까지 위해 주는 걸까? 그래서 직접 물어보았다.

"이나야."

"왜?"

"너는 내 어디가 그렇게 좋아?"

조금 뜬금없다고 느꼈는지 이나는 의외라는 표정을 지었다. 장난을 치는 걸까 하고 생각해 보았지만 동해의 눈빛은 진지하기 그지없었다. 한참을 고민한 이나는 자신만의 대답을 늘어놓았다. 동해에게는 매우 익숙한 말이었다.

"야, 사람이 사람을 좋아하는 데 꼭 이유가 있어야 하니?"

"그게, 그래도 이유가 있는 게 보통 아닐까?"

"그럼 그 이유가 없어지면?"

"뭐라고?"

"만약에 내가 네 얼굴을 보고 좋아한다 치자구. 그런데 네가 사고로 얼굴이 이상해진다거나, 혹은 나이를 먹어서 얼굴이 변했어. 그럼 좋아하는 이유가 사라지는 거잖아. 그럴 바에는 그냥 이유 없이 좋아하는 쪽이 더 순수한 거 아닐까?"

"흐음."

동해는 뺨을 긁적이며 이나의 말을 몇 번이고 곱씹어 봤다. 일리가 있는 말이지만 현재는 받아들이기 어려운 말이었다.

Battle 03

나이트 후드 VS 미친개

철광의 병문안을 갔다 온 뒤로 아현은 안절부절 못 했다. 저번에 마스크를 쓴 괴한들도 그렇고 이제 본격적으로 서림이 행동에 돌입한 것 같았다. 아현은 사형을 기다리는 죄수처럼 1분 1초를 공포와 불안 속에서 보내야 했다. 아현에게 제일 두려운 건 내일이 오는 것이었다.

혼란스러움 속에서 시간은 잘도 흐르고, 새벽 1시쯤이 되니 견디지 못할 만큼 잠이 쏟아졌다. 잠을 자고 싶지 않았다. 잠을 자고 일어나면, 눈을 감았다 뜨면 당장 내일이 올 테니까. 혼자서 끙끙 앓던 아현은 자기도 모르는 사이에 잠들어 버렸다. 결국 잠을 쫓지는 못했다. 아침이 되어 잠에서 깬 아현은 답답한 한숨을 팩 몰아쉬었다. 그리고 부스스한 머리를 긁적였다. 커튼 너머로 새어 들어오는 햇빛은 왜 이리도 찬란한 건지 타들어 가는 아현의 마음과는 전혀 상관없어 보였다.

*　*　*

동해는 마음의 결정을 내렸다.

바로 오늘, 행동을 개시할 것이다. 나이트 후드를 그만두겠다고 다짐한 게 어제 같았지만 그래도 이번만큼은 다시 나이트 후드로서 행동해야 했다. 동해는 아현을 지켜주고 싶었다. 그리고 서림의 비뚤어진 행동을 바로잡고 싶었다. 동해는 전신 거울 앞에서 교복과 머리칼을 정돈하며 마음을 다졌다. 복수는 그릇된 행동이다. 그보다는 이해와 용서가 앞서야 한다고 동해는 생각했다.

'정말로 그리 생각해?'

갑자기 들려온 누군가의 목소리에 동해는 흠칫 놀라 넥타이를 고정하던 손을 멈추었다. 말을 건 상대는 바로 거울 속의 자신이었다. 거울 속의 동해는 이죽거리며 입을 열었다.

'복수는 옳지 못한 거라고? 네가 그런 말을 하면 안 되지. 너는 이미 개인적인 일로 만수에게 복수를 했잖아? 너는 되고 남은 안 되는 거야?'

동해는 고개를 설레설레 저었다.

"그건 다른 문제야. 만수 일은 내 사적인 감정만 담긴 게 아니었다고. 그건 내 주변 사람들, 그리고 모두를 위한 일이었어."

'그건 너 편하고자 하는 변명 같은 거지. 너나 서림이나 똑같은 거 아닐까? 차라리 서림처럼 아무 변명 안 하는 게 더 보기 좋은 거 같은데, 순수하잖아.'

꾸욱.

동해는 목을 조르듯 넥타이를 꽉 매고는 인상을 구겼다. 스스로가 내뱉는 물음에 마땅한 대답을 할 수가 없었다. 정의라고 이름 붙였을 뿐 어차피 폭력이라는 똑같은 수단을 사용하니까. 그렇다면 서림과 나이트 후드의 차이는 대체 무엇이란 말인가? 동해는 쉽게 답을 내릴 수가 없었다. 허나 이미 서림을 막기로 마음먹었고 다시 후드와 마스크를 쓰기로 정한 이상 동해는 답을 내려야 했다.

"……"

등교 준비를 마치자 거울 속의 동해는 자신과 똑같은 표정과 자세를 취했다. 동해는 헛것이라 본 듯 멍한 표정을 지었다가 눈을 비볐다. 다시 본 거울은 역시 멀쩡했다. 동해는 고개를 갸웃 하고는 가방을 어깨에 걸쳤다.

부으응.

주머니에서 휴대폰이 진동했다. 아현에게서 온 문자였다. 문자의 내용은 학교까지 같이 가자는 내용이었다. 동해는 머리를 긁적이고는 'ㅇㅇ'라고 답장을 보냈다. 두 사람은 적당한 위치에서 만나 함께 걸었다.

특별히 동해와 꼭 학교에 같이 가야 한다는 것은 아니었다. 아현은 혼자서 길을 걷는 게 무서웠다. 그녀의 얼굴에는 먹구름이 잔뜩 드리워져 있었다. 딱히 같이 갈 사람이 동해밖에 없기도 했고. 동해는 그런 아현에게 작게 웃어 주었다. 지금으로서는 그것밖에 해 줄 수가 없었다.

"잘 잤어?"

동해는 예의상 물어봤고 아현은 어색하게 웃으며 고개를 끄덕였다. 하지만 긍정한 것과 달리 그녀는 많이 피곤하고 또 초췌해 보였다. 동해는 아현이를 위해서라도 하루 빨리 서림과 결판을 내야겠다고 생각했다.

한서림은 너무 위험했다. 그에 비하면 만수는 애들 장난에 불과할 정도였다. 어제 철광을 병문안 간 일이 결심을 하는데 결정적인 계기가 되었다. 동해는 잔뜩 위축된 아현에게 자신이 가진 말재주를 총동원하여 최대한 근심을 털도록 했다.

* * *

학교에서 4교시까지 마친 동해는 담임교사에게 조퇴를 요청했다. 그것은 나이트 후드로 좀 더 자유롭게 활동하기 위함이었고 물론 꾀병이었다. 동해는 이제까지 단 한 번도 조퇴를 한 적도 없고 교사들에게 나름 인식도 좋았다. 공부는 못하지만 순하고 성실한 아이. 그게 바로 동해에 대한 교사들의 평가였다.

"복통이라고? 그래, 처음이니까 봐주마. 푹 쉬고, 집에서 약 잘 챙겨 먹고. 내일 보자꾸나."

"헤헤, 감사합니다. 다음부터는 절대로 안 빠질 게요."

"인석."

쉽게 허락을 받아낸 동해는 얼른 가방을 챙겼다. 동해의 조퇴에 신이나가 방방 뛰며 자신도 조퇴하겠다고 했으나 그녀는 결국 학교에 있어야 했다. 이미 그녀는 조퇴와 땡땡이를 밥 먹듯이 해온 탓에 그럴 수가 없었다.

"가, 가는 거야?"

아현은 동해의 조퇴 소식에 충격 먹은 표정을 지었다. 철광은 현재 입원 중이다. 그렇기 때문에 동해가 먼저 가 버리면 집까지 같이 가줄 사람이 없었다. 그렇다고 아파서 간다는 사람한테 병원에 갔다가 다시 와서 같이 가자고 말하는 건 무리였다. 아현은 애써 표정을 감추며 동해에게 몸조리 잘하라고 했다.

집으로 돌아간 동해는 얼른 옷을 갈아입었다. 하의는 움직이기 편한 검은 트레이닝복에 상의는 회색 후드티셔츠를 입었다. 그리고 주머니에는 해골 마스크를 넣었다.

이제부터 몰래 아현의 뒤를 밟을 것이다. 아현이 학교 끝나고 집으로 가는 길에 서림이 따라붙을 거라는 게 동해의 생각이었다. 아현을 공격하기 위해 서림이 나타나면 자신이 나타나서 막는 것이다. 머릿속으로 대충 작전을 그린 동해는 뿌드득 손가락을 풀었다. 대략적인 준비를 마친 동해는 현관문을 열고 나가려다가 멈추었다. 안방에서 드르렁 드르렁 코 고는 소리가 들려왔다. 일을 마치고 돌아와 이 시간에 자는 아버지의 소리였다. 집은 조용한 가운데 코 고는 소리만이 공허하게 울리고 있다.

"……."

쩝, 동해는 입맛을 다셨다. 긁적긁적 머리를 긁고는 밖으로 나갔다.

한편, 혼자가 된 아현은 두려움에 어찌할지 몰라 했다. 수업 시간에도 시선을 가만히 고정하지 못했고 쉬는 시간이 되면 빠르게 화장실로 도망쳤다. 누구도 그녀의 이상 행동에 신경 쓰지 않았으나 딱 한 명 신이나만이 그녀의 행동을 주의 깊게 살폈다. 보다 못한 신이나가 아현에게 다가갔다.

"송아현."

그녀의 부름에 아현은 죄지은 사람처럼 이나를 바라보았다.

"너 진짜 언제까지 그렇게 답답하게 있을래?"

"갑자기 왜 그래."

"왜 그러긴 뭘 왜 그래. 이게 다 너 때문이잖아. 네가 자초한 일이야. 네가 시작이라고."

"나, 나는 잘못한 거 없어. 서림이가 나쁜 거야."

아현은 또 도망치려 했다. 분명 자신에게 그 원인이 있다는 사실을 알지만 다른 한편으로는 그 사실을 받아들이고 싶지 않은 마음도 들었다. 이나의 직설적인 말을 듣고 있자니 더욱 반발심이 들었다. 아현의 외면에 이나는 끝내 참지 못하고 손찌검을 날렸다.

짜악!

날카롭게 터지는 소리에 반 학생들이 모두 놀라선 그녀들을 쳐다보았다. 반 학생들의 이목이 쏟아짐에도 이나는 개의치 않았다.

"똑바로 들어. 서림이의 행동은 물론 잘못된 거야. 그에 대해서 옹호할 생각은 눈곱만큼도 없어. 하지만 네게도 어느 정도 책임이 있다는 걸 잊지 마. 어떤 식으로 책임질지는 네가 알아서 생각해. 대체 너 하나 때문에 몇 사람이 피해를 입어야 만족할 건데? 그렇게 바보처럼 있으면 누가 해결해 주니? 구석에 웅크려선 궁상떨지 말라고. 네가 무슨 비련의 드라마 속에 나오는 주인공인지 알아? 절대 아니야. 너는 그냥 멍청한 겁쟁이일 뿐이야."

"……대체 나한테 왜 이러는 거야, 그만 좀 해. 흐흑."

친구가 윽박을 지르자 아현은 잔뜩 위축되어서 눈물을 뚝

뚝 흘렸다.

"울지 마. 운다고 사태가 해결되니?"

"이러지 마. 왜 나한테 뭐라고 하는 거야? 싫다고."

"아현아."

마구 성질을 내던 이나는 돌연 아현을 품에 안았다. 위로하듯 천천히 그녀의 머리칼을 쓰다듬으며 이나가 말했다.

"네가 바뀌어야 해. 이대로 가만히 있을 수는 없어. 아무도 널 도와줄 수 없어. 그건 네가 혼자라는 의미가 아니야. 오직 너만이 할 수 있는 일이라는 의미야."

"이나야……."

"우리가 고등학교 입학해서 처음 만났을 때 기억해? 그때 내가 막 너에게 친한 척하고 그랬잖아. 내가 왜 그랬을 거 같니?"

"모르겠어."

"네가 먼저 다가오지 않아서야. 그래서 내가 먼저 다가간 거야. 내가 끝까지 다가가지 않았으면 너는 계속 가만히 있었을 테니까. 그러니까 주저앉지 마. 이제는 네가 바뀌어야 해."

이나는 평소에 짓지 않던 부드러운 미소를 지으며 아현의 양 뺨을 문질러 주고 교실 밖으로 나갔다. 혼자가 돼 버린 아현은 손등으로 눈물을 훔쳤다. 그녀는 이나가 열고 나간 교실 문을 우두커니 바라보았다.

*　*　*

쉬는 시간.

만수는 서림과 함께 학교 옥상에 올라와 있었다. 서림은 눈을 동그랗게 뜨고서 만수의 얼굴을 뚫어져라 바라보았다.

"으음."

만수는 그 눈에서 레이저라도 나올까 두려운지 몸을 틀었다. 렌즈를 낀 것도 아닌데도 맑고 뚜렷한 그 눈동자는 어딘가 비현실적인 느낌이 들게 했다.

"누구한테 그렇게 얻어터진 거야?"

"나이트 후드."

"나이트 후드?"

만수의 얼굴은 물에 퉁퉁 부은 호빵처럼 여기저기가 울퉁불퉁했다. 서림은 잠시 고개를 갸웃하더니 손뼉을 마주쳤다.

"아아. 전에 네가 말했던 그거? 아하하. 전에 인터넷 뒤져 보니까 아주 가관이던데. 신기해. 21세기에 아직도 그런 미친 놈이 있다는 게."

미친 걸로 치면 너도 만만치 않다고 말해 주고 싶었지만 만수는 꾸욱 참았다.

"조심하는 게 좋을 거야. 놈이 다음 타깃으로 널 찍었어. 너도 조만간 놈이랑 만나게 될 거야. 그게 오늘이 될지도 모르지."

"그래서? 내가 질 거 같아?"

"아니, 꼭 그런 건 아니지만…… 그래도 조심하는 게 좋겠지. 네가 질 거라고는 생각지 않지만 이겨도 간단히 이기지는 못할 거야."

"그런데 놈이 왜 내게 관심을 가질까? 내가 뭐 어쨌다고."

"나도 몰라. 놈이 직접 말했어."

"아니야, 아니야. 아닐 거야. 조금 더 솔직해져 보지 그래?"

서림의 추궁에 만수는 등골을 타고 식은땀이 흐르는 걸 느꼈다.

"뭐, 뭘 원하는 거야. 그냥 놈이 그렇게 말했다니까?"

"그렇게 말했다는 걸 너는 어떻게 아는 건데?"

만수는 목젖이 출렁일 정도로 크게 침을 삼켰다. 서림은 분명 웃고 있었지만 만수는 서림의 그 표정이 어떤 표정보다도 두려웠다. 짧지만 깊은 고민 끝에 만수는 결국 모든 사실을 실토했다. 전에 계획했던 일을 나이트 후드에게 들켰다는 것. 그래서 나이트 후드에게 얻어맞고 이 꼴이 됐다는 것. 그리고 계획의 중심에 있던 서림의 이야기까지 전부 말한 것까지 전부다.

만수는 더듬더듬 말하며 간간이 서림의 눈치를 살폈다. 허나 예상과는 다르게 서림은 별다른 반응을 보이지 않았다. 이미 예상했기 때문일까? 서림은 손가락 하나 까딱하지 않았다.

"그래서 나이트 후드가 나를 노리는 거구나. 오지랖도 넓으셔. 꼴에 지가 무슨 영웅이라고. 혹시 그놈, 우리 학교 학생이 아닐까? 그렇지 않은 바에야 우리에게 관심을 보일 리가 없잖아? 어디 문제아가 우리 학교에만 있나?"

"역시 너도 그렇게 생각하지? 나도 나이트 후드가 우리 학교 학생일 지도 모른다고 전부터……."

"닥·쳐."

열심히 입을 놀리던 만수는 딸꾹질을 하며 입을 다물었다. 서림은 시계추처럼 고개를 좌우로 까딱거렸다. 그렇게 눈을 감고 한참을 생각에 잠기더니, 불현듯 딱 눈을 떴다.

"좋아. 용서해 줄게. 너도 어쩔 수 없었던 거겠지. 그 대신 부탁이 있어."

"마, 말 만해."

빙그레 웃으며 서림이 말했다.

"나한테 몇 명만 붙여 줘. 그리고 내가 하란 대로 그 녀석들에게 시켜. 저번처럼 그리 대단한 걸 시키지는 않을 테니까 너무 긴장하지 말고."

"그거면 충분해?"

"그렇고말고. 나이트 후드라 그랬지? 어디서 뭘 하는 놈인지는 몰라도 날 방해하는 새끼들은 가만 안 둘 거야. 이번 기회에 다시는 그딴 영웅놀이 못 하게 아주 병신을 만들어 주지."

잔인하게 웃는 서림을 보며 만수는 형용할 수 없는 두려움을 느꼈다. 그러나 동시에 희열도 느꼈다. 미친개라면, 서림이라면 가능하다. 비록 철광은 나이트 후드에게 당해 쓰러졌지만 서림이라면 나이트 후드와 붙여도 할 만할 거라는 생각이 들었다. 이 녀석은 절대로 이길 수가 없다. 상대가 나이트 후드건 뭐건 서림의 복수심을 절대로 막을 수 없을 것이다.

서림이 눈치 채지 못하게 만수는 작게 웃었다.

* * *

"자, 오늘 하루도 잠자느라, 수다 떠느라, 게임 하느라, 만화책 보느라 수고들 했다. 곧 있으면 모의고사 보니까 제발 공부 좀 해라 이것들아. 오늘은 이걸로 끝, 실장."

"차렷, 선생님께 경례."

하루의 수업이 전부 끝이 나고 종례시간 담임교사의 몇 마디 말을 끝으로 학생들은 자리에서 일어나 가방을 챙겼다. 아현은 우르르 빠져나가는 학생들 틈바구니에 몸을 묻었다. 학교 건물을 빠져나온 그녀는 열심히 발을 놀려 교문을 벗어났다. 조금 늦게 나온지라 학교 주변에는 벌써 학생들이 별로 없었다. 아현은 잠시 심호흡을 하고는 서둘러 집 쪽으로 발을 놀렸다. 일부러 사람이 많은 넓은 길로 걸었다. 골목길을 이용하면 집에 좀 더 빨리 도착할 수 있겠지만, 차마 그럴 용기가 나지 않았다. 돌아가는 일이 있더라도 아현은 큰 길을 이용했다.

'으으.'

사람이 많은 탓일까. 길을 지나는 모든 사람들이 힐끔힐끔 자신을 곁눈질로 훔쳐보는 기분이 들었다. 이 수많은 인파 안에 서림이 숨어서 지켜보는 것만 같았다. 쭈뼛쭈뼛 움직이던 아현의 어깨를 누군가의 손이 붙잡았다.

"엇."

모자를 쓰고 입에 마스크를 쓴 남자였다. 남자는 마스크를 턱으로 내리고는 입을 열었다.

"네가 송아현이지?"

처음 보는 남자였다. 전혀 알지도 못하는 상대가 이름을 물어 오자 아현은 덜컥 겁이 났다. 긍정도 부정도 못 하고 가만히 있자 남자는 눈을 내려 아현의 가슴을 쳐다보았다. 그녀의 가슴에 붙어 있는 명찰을.

"송아현. 맞네. 원망하지 마라, 나도 어쩔 수 없으니까."

이름을 확인한 남자가 반대 손을 주머니에 넣었다. 그리고 뒤적뒤적 그 안에서 뭔가를 꺼내려 했다. 아현은 두려움에 숨이 턱턱 막혀 왔다. 왜 주머니에 손을 넣는 것인지. 그 안에서 무엇을 꺼내고 어떤 일을 할 건지 상상하려니 오금이 저려 왔다. 머리는 그 손을 뿌리치거나 도망쳐야 한다고 외쳤지만 몸이 말을 듣지 않았다.

그리고 그 순간 남자가 꺽 하는 소리를 내며 눈을 뒤집었다. 이내 스르륵 자세가 무너지더니 자리에 쓰러졌다. 아현은 난데없는 사태에 뒷걸음질을 쳤다. 누군가가 괴한을 기절시킨 것이다. 하지만 길에는 사람이 너무 많았고 그것이 누구의 소행인지 알 수 없었다. 당황한 아현의 귓가에 누군가의 목소리가 들려왔다.

"도망가, 빨리."

억지로 쥐어짠 낮고 굵은 음성이었다. 다행히 그 목소리가 신호가 되어 아현을 움직이게 했다. 자신을 도와준 사람이 누구인지는 몰라도 일단은 빨리 집으로 가는 게 중요했다. 아현은 쓰러진 남자를 무시하고 서둘러 걸음을 옮겼다.

* * *

동해는 현재 반만 변신한 상태였다. 나이트 후드가 워낙에 유명해진 탓에 마스크까지 쓰고 돌아다닐 순 없었다. 마스크는 벗고 후드만 입은 상태로 아현의 뒤를 몰래 밟았다. 후드만으로는 얼굴이 드러나지만 동해의 평범한 외모는 타인의 눈길을 조금도 잡아 끌지 않았다. 드라마와 나이트 후드의 영향으로 후드티가 대유행 중이라 후드 그 자체로는 이목을 끌지 않았다.

서림이 나타난다 싶으면 곧장 후드를 뒤집어 입고 마스크를 쓸 예정이었다. 그런데 나타날 것이라 여겼던 서림은 안 보이고 엉뚱한 녀석이 등장했다. 다급해진 동해는 그 남자의 뒤로 다가가 허리와 목 뒤를 연달아 가격해 쓰러트렸다. 동시에 놈의 주머니를 뒤졌다.

"어라?"

놈의 주머니에는 아무것도 들어 있지 않았다. 동전 몇 개만이 집힐 뿐 별다른 흉기는 잡히지 않았다. 이상한 기분이 들었지만 혹시나 누가 알아볼까 동해는 다시 인파 속에 몸을 숨겼다. 몸을 숨기면서도 아현과는 미묘하게 거리를 유지해야 했기에 쉬운 일은 아니었다.

'까다롭네. 왜 그 녀석이 안 나오고 엉뚱한 놈이 나타난 거지? 설마 패거리들을 풀어놓은 건가? 그럼 어려워지는데.'

이럴 바에는 차라리 본모습으로 대놓고 다니다 싸우고 싶었다. 나이트 후드에게 기대지 않고 동해 자신의 모습으로 말이다.

하지만 그랬다간 당연히 정체를 들킬 우려가 있었다. 만수가 나이트 후드의 정체에 많은 의구심을 품고 있다. 그것은 저번에 이야기를 나누며 어느 정도 느낄 수 있었다. 본모습으로 싸웠다간 특히 만수의 의심을 더욱 키울지도 모른다. 만수의 경우 패거리가 많기 때문에 제대로 의혹을 샀다가는 귀찮은 꼬리표가 들러붙게 될 것이다.

설령 확증이 없더라도 의혹만으로 동해는 행동에 많은 제

약을 받게 될 것이다. 그리고 정체가 탄로 난다면 그대로 경찰서로 직행할 것은 불 보듯 뻔했다. 뭐가 어찌됐든 간에 나이트 후드가 벌인 짓은 폭력이고 폭행이었으니까. 폭력은 나이트 후드의 몫으로 남겨 놓고 싶었다. 자신은 그냥 평범한 학생으로 남고 싶었다. 설령 그것이 욕심이고 비난받을 일이라도, 동해는 평범한 일상을 포기하고 싶지 않았다.

'지금은 딴생각할 때가 아니야.'

동해는 후드를 좀 더 꾹꾹 눌러쓰며 아현을 따라 이동했다. 그때였다. 똑같은 복장을 한 녀석들이 이번에는 사방에서 다가왔다. 놈들을 확인한 아현은 사방을 두리번거리며 어깨를 움츠렸다.

'이런!'

다급한 타이밍이었다. 동해는 고개를 숙여 입에 후드와 마스크를 썼다. 섬뜩한 해골 마스크를 쓴 동해는 눈을 빛내며 인파를 밀고 달려 나갔다.

"숙여!"

어깨 너머에서 들려온 외침에 아현을 뒤를 돌아보았다. 그곳에서는 아현이 동영상 속에서 보았던 나이트 후드가 전속력으로 달려오고 있었다. 아현은 너무 놀라 두 손으로 머리를 가리며 주저앉았다. 나이트 후드는 쪼그려 앉은 아현을 뛰어넘었다. 그리고 반대편에서 다가오던 놈의 얼굴에 날아 차기를 먹였다.

퍼억!

얼굴을 정통으로 맞은 녀석은 몇 바퀴를 굴러 가 가로수에 머리를 부딪쳤다.

"나이트 후드다!"

하필 일이 생겨도 이런 복잡한 번화가에서 생기다니. 길을 거닐던 사람들은 일제히 걸음을 멈추고 휴대폰을 꺼내 들었다.

찰칵. 찰칵. 찰칵.

사방에서 휴대폰 카메라가 시끄럽게 소리를 울렸다. 저놈의 휴대폰이 문제였다. 사방에서 소란스럽게 찰칵거리고, 수많은 플래시들이 눈을 어지럽혔다. 더구나 사람도 많아서 그냥 걷는 것조차 일이었다. 이러한 와중에 집중을 하기란 여간 어려운 일이 아니었다. 아현에게 해를 끼치려던 무뢰한들은 나이트 후드의 등장에 멈칫했다. 그들은 만수를 통해 들었던 이야기를 떠올렸다.

'이번 딱 한 번만 움직여 줘야겠다. 잘못하면 경찰서 끌려가기 딱 좋으니까 얼굴들은 알아서 잘 가리고. 송아현이라는 여자애가 있는데 건드리는 시늉만 하면 돼. 너희가 그렇게 하면 나머지는 미친개가 알아서 할 거야. 송아현이 사진은 각자 휴대폰으로 돌렸으니 그걸로 얼굴 확인하고, 알았지? 그냥 대충 위협만 하면 돼. 그럼 알아서 잘 진행될 거야. 나중에 경찰이 와도 아무 짓도 안 했으니 금방 풀려 날 거야. 주머니에

칼 같은 거 넣지 말고.'

마스크 패거리들은 서로 눈치를 주고받으며 고민에 고민을 거듭했다. 여기서 물러나야 하는 건지. 아니면 나이트 후드에 맞서 싸워야 하는지를 말이다.

"야앗!"

한 녀석이 쏘아지듯 먼저 앞장섰다. 그리고 나서야 나머지 녀석들도 나이트 후드에게 달려들었다. 나이트 후드는 상대가 다가오는 족족 명치나 인중 같은 급소를 가격했다. 일 대 다수의 상황. 일격에 급소를 노려 쓰러트리지 않으면 불리했다. 어설프게 다가오는 놈들을 간단하지만 예리한 동작으로 차례차례 쓰러트리자 여기저기서 감탄사가 흘러나왔다. 그만큼 나이트 후드의 동작은 짧고 깔끔하지만 힘이 있었다. 마스크 패거리들은 제대로 공격 한 번 못 해 보고 자리에 쓰러졌다. 패거리 다섯 명을 전부 쓰러트린 나이트 후드는 바닥에 주저앉아 덜덜 떨고 있는 아현에게 손을 내밀었다.

"일어나."

"나, 나이트 후드……?"

아현은 눈물이 그렁그렁한 눈을 하고서 손을 들었다. 그렇게 보고 싶어 했던 나이트 후드를 직접 보게 된 것이다. 자신의 작은 손을 나이트 후드의 손 위로 살포시 올렸다.

그 순간 나이트 후드의 뒤에서 누군가의 팔이 다가와 그의 목을 졸랐다. 나무를 휘감는 뱀 같았다. 한 팔로 목을 휘감은 '그'는 반대 손으로 쥐고 있던 무언가로 나이트 후드의 옆구리를 연속해서 찔렀다. 손바닥 길이의 송곳이었다.

슉! 슉! 슉!

몇 초 되지도 않는 사이에 옆구리가 피로 흥건해진 나이트 후드는 신음하며 그 자리에 무릎을 꿇었다.

"여, 네가 말로만 듣던 그 나이트 후드구나?"

상대는 검은 모자에 하얀 마스크를 쓴 소년이었다. 나이트 후드는 그 눈을 보자마자 상대가 누구인지 알 수 있었다. 한서림. 미친개였다. 서림은 피 묻은 송곳을 이리저리 흔들어 보이며 말했다.

"아프지? 그러게 남의 일에 왜 끼어들고 지랄이야 지랄이."

서림은 한쪽 다리를 높게 들었다가 내리며 나이트 후드의 어깨를 내리찍었다. 나이트 후드가 쓰러지자 서림은 길에서 구경하던 사람들을 향해 어깨를 으쓱여 보였다.

"빌어먹을, 뭐 구경났어? 다들 갈 길 가라고. 정 보기 싫으면 신고라도 하지 그래?"

하지만 누구도 선뜻 경찰에 신고하지 못했다. 그만큼 서림의 모습은 보는 이의 정의감을 시들게 할 만큼 무시무시한 모습이었다. 가만 지켜보던 누군가가 몰래 휴대폰을 들었지만 서림이 눈을 크게 뜨며 피 묻은 송곳을 흔들어 보이자 곧장 휴대폰을 내려놓았다.

"어디 보자, 어디 보자."

서림은 귀기 어린 눈빛으로 아현을 찾았다.

"어라?"

그 짧은 사이에 어디를 간 건지 아현이 보이지 않았다. 서림은 한숨을 쉬며 나이트 후드를 내려다보았다. 좀 더 놀아 주고 싶었지만 그의 목표는 아현이지 나이트 후드가 아니었다. 이 정도면 됐다 싶었는지 서림은 나이트 후드를 무시하고는 아현이 도망갔을 만한 곳으로 이동했다. 자리에 혼자 남게 된 나이트 후드는 흐트러진 눈동자로 주변을 살폈다. 수많은 사람들이 자신을 에워싸고 있었다. 그들이 느끼는 감정들이 귀에 직접 들려오는 듯 했다.

우와, 아프겠다.

경찰에 신고해야 하는 거 아냐?

119에 신고할까?

어떻게 생겼을까?

의외로 키가 작네.

피를 많이 흘리고 있어.

나이트 후드는 허리에 손을 얹어 보았다. 살짝 쓰다듬었을 뿐인데도 손바닥에 흥건하게 피가 묻어나왔다.

'주, 죽을 거 같아.'

처음 송곳이 쑤시고 들어왔을 때는 아프다는 감각보다는

차갑고 섬뜩한 느낌이었다. 애초에 너무 순식간에 당한지라 뭐가 뭔지도 몰랐다. 하지만 고통은 시간이 지나면서 점차 허리를 적셔왔다. 피를 봤기 때문일까? 서서히 스산한 감각이 허리를 시작으로 온몸으로 퍼져 나갔다.

"크으."

당할 때는 너무 정신이 없어서 몰랐는데 굉장히 많이 쑤신 모양이었다. 얼핏 상처를 만져 보니 살이 찢기고 너덜너덜해져 있었다. 영화에서 보면 히어로들은 칼에 맞거나 총에 맞아도 오뚝이처럼 잘만 일어나던데, 현실은 그게 아니었다. 머리가 핑핑 돌며 정신을 차릴 수가 없었다.

'이건 너무하잖아. 아무리 복수심에 눈이 멀었다지만.'

나이트 후드는 비틀거리며 자리에서 일어났다. 송곳에 살짝 찔렸다거나, 아니면 날카로운 것에 베었다면 아팠을 것이다. 하지만 살과 근육을 관통당하는 것은 아프다는 것과 전혀 다른 감각이었다. 나이트 후드는 처음 느껴보는 아릿한 감각에 정신이 다 혼미해질 지경이었다.

나이트 후드는 가물가물한 눈꺼풀을 들어 올리며 주변을 훑었다. 이미 그 자리에는 아현도, 서림도 보이지 않았다. 처음 아현을 습격했던 마스크 패거리도 보이지 않았다. 나이트 후드는 피곤한 눈빛으로 한 사람을 주시했다.

"어디로 갔습니까……."

질문을 받은 여성이 덜덜덜 떨며 한쪽을 가리켰다. 꾸벅,

나이트 후드는 고개 숙여 고마움을 전했다.

"저기, 괜찮으세요? 병원을."

"아뇨, 괜찮습니다."

물론 괜찮지 않다. 움직일 때마다 내장이 출렁출렁하는 기분이 들었다. 나이트 후드는 오만상을 찌푸리며 여인이 가르쳐 준 방향으로 걷는 듯 뛰어갔다.

아현은 서림을 피해 열심히 달아나는 중이었다. 하지만 당최 체력이 약한지라 그것이 뛰는 건지 걷는 건지 애매할 정도의 속력이었다.

반면 그 뒤를 쫓는 서림은 여유가 넘쳤다. 무난하게 발만 놀리다가, 통통거리며 튀어 오르기도 하고, 휴대폰 액정에 모습을 비추며 앞머리를 정돈하기도 했다. 서림의 걸음에는 거침이 없었다. 너무 거침이 없어서 마주오던 사람들과 연달아 어깨를 부딪치기도 했다. 어깨를 부딪친 이들은 그냥 한 번 쳐다보거나 인상을 찌푸리는 등 다양한 반응을 보였다. 그리고 다들 서림이 손에 든 피 묻은 송곳을 보고는 하얗게 질리며 외면했다. 거친 숨을 쌕쌕거리며 달리던 아현은 치마 주머니 속의 휴대폰이 울리는 것을 느꼈다. 두려움으로부터 도망치는 와중에도 아현은 무의식적으로 휴대폰을 받았다.

"누, 누구?"

〈안녕? 나야, 네 친구 서림이.〉

아현은 눈을 크게 뜨며 뒤를 돌아보았다. 30미터 정도 떨어진 곳에서 서림이 휴대폰을 귀에 붙인 채 걸어오고 있었다. 아현과 눈이 마주치자 서림은 환히 웃으며 반대 손에 들고 있던 송곳을 흔들어 보였다.

"서림아."

〈왜 도망가는 거야. 나랑 같이 있자. 같이 얘기하고 장난치면서 놀자. 옛날처럼.〉

"그만해. 제발 그만해 줘."

〈그만하라니. 내가 뭘 했는데.〉

"사람들 다치게 하지 마."

〈하지만 너는 손대지 않았잖아. 걱정 마. 너한테는 손 안댈게. 그럼 된 거 아니야? 너만 안전하면 그만이잖아. 그러니까 과거에 네가 눈, 귀, 입을 막고 침묵했던 거잖아. 그렇잖아?〉

"아니야. 다른 사람들도 다치게 하지 마."

〈우와. 그때도 지금처럼 말했으면 얼마나 좋았을까.〉

"제발 부탁할게. 이러지 마."

〈아니. 난 계속할 거야. 계속 널 위협하고 겁줄 거야. 널 보호하려는 새끼들, 날 막으려는 놈들 전부 가만 안 둘 거라고. 나는 말이야. 도무지 이해가 안 가. 넌 예나 지금이나 별로 달라진 게 없어 보이거든. 너의 어떤 점이 친구라는 걸 끌어들이는 건지 나는 참 그게 궁금해. 뭐가 다른 걸까? 너와 내가 어떤 점이 다른 거지? 난 모르겠어.〉

거기까지 이야기한 서림은 휴대폰을 닫았다. 추격전을 벌이는 와중에 통화질이라니, 서림은 왠지 우습다는 생각을 했다. 어차피 이 정도면 충분히 겁을 줬다고 여기던 참이었다. 잠시나마 딴생각을 하던 서림은 다시 정면에 집중했다.

"응?"

정면에 있던 아현이 보이지 않았다. 서림은 순간 당황하며 급하게 눈알을 굴렸다.

'이게 어디로 사라진 거야?'

열심히 아현을 찾던 서림은 어느 한곳에 시선을 고정했다. 그녀는 종종걸음으로 육교 계단을 오르고 있었다. 끙끙대며 계단을 오르는 그녀를 보며 서림은 피식 비소를 흘렸다.

"허억 허억."

육교 위에 오른 아현은 잠시 호흡을 정돈했다. 평소 운동량이 지극히 적다 보니 육교를 오르는 것만으로도 힘에 부쳤다. 뒤를 힐끔거리며 육교 위를 걷던 아현은 돌연 걸음을 멈추었다. 맞은편에서 서림이 환히 웃으며 기다리고 있었다.

서림은 예의 피 묻은 송곳을 흔들며 기분 좋게 웃고 있었다. 아현은 얼굴이 창백해져서는 뒷걸음질 쳤다. 육교 위에는 열 명 정도의 사람들이 있었고 그들은 갑작스런 서림의 등장에 가던 걸음을 멈춰야 했다. 몇 명은 눈치를 보며 반대로 걸어가기도 했다.

"하, 하지 마. 서림아. 이러지 마."

"왜? 내가 뭘 했는데. 아무 짓도 안 한다니까?"

"내가 부탁할게. 이건 너무 심해."

"글세, 나는 조금 더 정중하게 말했으면 하는데."

서림은 장난스럽게 말하다가 살짝 미간을 찌푸렸다. 두려움에 떠는 아현의 어깨너머로 익숙한 이의 모습이 보였기 때문이다.

"나이트 후드."

상의의 사 분의 일을 붉은 피로 적신 나이트 후드였다. 나이트 후드는 잔뜩 피로해진 눈을 하고서 거칠게 숨을 몰아쉬고 있었다.

"멈춰."

나이트 후드는 육교를 올라온 게 용할 정도로 많이 지쳐 보였다. 서림은 휘파람을 불며 나이트 후드의 정신력에 감탄했다. 송곳에 옆구리를 여러 번 찔려 놓고도 저런 힘이 남아 있다니.

옆구리는 인간의 급소 중 하나다. 사람에 따라서는 손가락으로만 찔러도 자지러지는 곳이 옆구리다.

'정말 영웅은 영웅이네. 이건 뭐 거의 초인 수준이잖아.'

서림은 대상을 바꿔 말했다.

"여어, 나이트 후드. 옆구리에 구멍 난 건 좀 어때? 통풍이 잘되니 시원하지? 그렇지?"

"……."

도발에 침묵으로 응수하는 나이트 후드였다.

"이거 어쩌나. 피 흘리고 빌빌거리는 너보다는 내가 더 빠를 거 같은데 말이야. 말하자면, 내가 너보다 아현이에게 먼저 도착할 거 같다고. 이렇게."

말이 끝나기 무섭게 서림이 총알처럼 튀어나갔다. 그는 정면을 가로 막는 사람들을 거칠게 밀치며 앞으로 전진했다. 나이트 후드도 어금니를 꽉 물어 고통을 견디며 달렸다. 둘 사이에 끼인 아현은 앞뒤를 번갈아 쳐다보며 발을 동동 굴렀다. 육교 위에는 이미 많은 사람들이 길을 가로막고 있었다.

안 되겠다 싶었는지 나이트 후드는 난간 위로 올라서서 그곳을 달렸다. 좁은 난간을 밟으며 더욱 속력을 올렸다. 육교의 밑으로는 작은 차 큰 차 할 거 없이 수십 대의 차량들이 빠르게 오가고 있었다. 저 밑으로 떨어졌다가는 부상이고 뭐고 차에 치여 그대로 목숨을 잃을 것이다.

"엎드려!"

나이트 후드의 외침에 아현은 반사적으로 자리에 쪼그려 앉았고 아현과 거리가 좁혀지자 나이트 후드는 난간을 박차고 서림을 향해 뛰었다. 빙글 공중제비를 돈 나이트 후드는 뒤꿈치로 서림의 어깨를 내리찍었다. 회전력이 실린 공격이다.

서림이 공격을 당한 쪽은 송곳을 들고 있는 오른손이었다. 가격당한 충격에 서림은 손을 놓았고, 서림이 놓친 송곳이 데굴데굴 바닥을 굴렀다.

공격당한 서림보다 공격을 한 나이트 후드의 타격이 더 컸다. 옆구리와 연결된 복근은 사소한 움직임에도 반응하는 근육이다. 달리기, 공중제비, 내려찍기, 모든 동작이 복근을 움직였고 나이트 후드에게 고통을 안겨 줬다.

"으윽!"

허리가 찢어지는 듯한 통증에 나이트 후드는 제대로 낙법도 하지 못했다. 나이트 후드는 자기가 공격해 놓고 도리어 자신이 고꾸라지는 어이없는 상황을 연출했다.

"어쭈?"

공격당하고도 오히려 찬스를 얻은 서림은 당장 나이트 후드의 멱살을 휘어잡았다.

"떨어져라!"

체구는 작았지만 그래도 무시 못 할 완력이었다. 나이트 후드를 번쩍 들어 올린 서림은 그의 허리를 난간에 걸쳤다. 배 근육이 당겨지자 나이트 후드가 고통에 찬 비명을 질렀다.

"아아악!"

"떨어져! 떨어져 버리라고!"

상처가 난 근육이 마구 당겨지는 통에 나이트 후드는 제대로 된 반격을 할 수가 없었다. 비명을 지르며 온몸을 떨다가, 이윽고 몸이 훌렁 난간 너머로 넘어갔다.

"안 돼!"

서림은 이겼다는 표정을 지었다. 아현은 두 손으로 입을 가리며 비명을 질렀고, 다른 사람들은 아무 반응도 못 보이고 멍한 눈으로 육교 밑을 내려다보았다.

"끄읏!"

나이트 후드는 육교에 걸린 현수막을 붙잡고 끈질기게 늘어져 있었다. 그에 아현과 시민들은 크게 탄성을 질렀다. 밑으로 떨어졌으리라 생각한 서림 역시 혀를 찼다.

"정말 끈질기구나 너? 왜 이렇게 하는데? 이렇게까지 하는 이유가 뭐야?"

나이트 후드는 현수막에 매달려 버둥거리면서 말했다.

"네가 하려는 짓이 잘못된 일이기 때문이다. 지금 여기서 멈춰. 그러면 다시 돌이킬 수 있어. 돌아올 수 없는 길을 가려 하지 마!"

"돌이킬 수 있다니. 그게 대체 무슨 말이야. 나는 이미 끝났어. 모든 게 다 끝났다고! 다시 그때로 돌아가는 거, 애초에 내가 원하지 않아."

"아니, 거짓말하지 마. 네가 모든 걸 포기했다면 왜 그 송곳으로 내 눈을 찌르지 않았지? 왜 얼굴이나, 목을 찌르지 않았냐고! 그리고 그 모자와 마스크는 뭐야? 너는 아직 두려워하고 있어. 선을 넘는 걸 두려워하고 있다고!"

불현듯 느껴지는 시선에 서림이 고개를 돌렸다. 시선의 끝에는 아현이 복잡한 심정이 담긴 눈으로 그를 바라보고 있었다. 서림은 당혹스럽다는 반응을 보였다.

"개자식이 나불대기는."

분노한 서림은 육교의 끝으로 갔다. 육교의 끝에는 현수막을 고정하는 끈이 묶여 있었다. 서림은 서투른 손길로 끈을 풀었다.

"으윽, 그만둬!"

"잘 가라고, 영웅 씨."

툭.

서림이 손을 놓자 현수막 한편이 풀렸다. 양쪽을 고정하던 끈 중에 한편이 풀리자 무게 중심이 무너지며 현수막이 가로에서 세로가 되었다.

"으아악!"

졸지에 나무줄기를 탄 타잔이 된 나이트 후드는 현수막을 타고 주르륵 미끄러져 도로로 떨어졌다.

빠아앙!

최악의 타이밍이었다. 하필 정면에서 트럭이 빠르게 다가오고 있었다. 나이트 후드는 상처를 부여잡으며 옆으로 달렸다. 부아앙! 다행히 옷깃이 스치는 간발의 차로 충돌을 피할 수 있었다. 하지만 거기서 끝이 아니었다. 도로는 4차선이었다. 이번에는 여러 대의 경차들이 가까운 거리에서 속력을 좁히지 못하고 다가오고 있었다.

"이이익!"

동해는 어금니를 가득 깨물며 발에 힘을 주었다. 밀어내듯 바닥을 박차며 앞으로 몸을 던졌다. 콰지직! 동해의 뒤꿈치에 도로가 파이며 옅게 균열이 퍼졌다.

"하아압!"

지면을 박찬 동해는 밑으로 자동차가 지나갈 만큼 높게 점프했다. 한꺼번에 세 개의 차선을 뛰어넘은 동해는 바닥을 구르며 꼴사납게 인도에 도달할 수 있었다. 육교 위에서 상황을 살피던 서림도 이쯤 되니 평정심을 유지할 수가 없었다.

'저 새낀 사람이야 뭐야!? 저게 대체 뭐냐고!'

자신의 놀라운 도약력에 동해 역시 놀라고 있었다. 이건 인간이 아니라 거의 메뚜기 수준이었다. 인간의 신체에, 메뚜기의 각력이다. 동해는 멍한 눈으로 자신이 부순 아스팔트를 쳐다보았다.

* * *

"뭔 생각을 그리해요?"

이곳은 민서의 포장마차.

민철은 만화책을 빌리고 돌아오는 길에 어김없이 이곳에서 식사를 해결 중이었다. 평소 같았으면 조잘조잘 잘도 떠들었을 입이지만, 그날따라 민철은 깨작깨작 젓가락을 놀리며 먼 산을 바라보았다. 민서의 물음에 민철은 잠시 놀랐다가 아니라는 듯 고개를 저었다.

"별거 아니야. 그냥 좀 생각할 게 있어서."

문득 동해를 떠올렸다. 동해의 귀여운 얼굴……

'민철 형, 민철이 형!'

……이 아니라, 전에 동해가 선보인 '기의 방출'을 떠올렸다.

'사람은 누구나 다 기를 갖고 있지. 하지만 그 자식이 갑자기 그런 폭발적인 기운을 내뿜다니, 누가 가르쳐준 것도 아닐 텐데, 어이가 없단 말이야. 누구나 잠재력을 순간적으로 폭발시킬 수는 있지만…… 그건 도를 넘어선 양이었어. 가만히 놔두다가는 정말 큰일 날지도 모르겠군.'

한참을 생각에 잠겨 있던 민철은 순간 민서가 자신을 뚫어져라 쳐다보고 있음을 깨달았다. 민철이 뭘 보냐는 식으로 눈썹을 꿈틀거리자 그녀가 얼굴을 붉히며 허둥지둥 죄 없는 파를 다지기 시작했다. 그 모습을 보며 민철은 피식 실소했다.

'귀여운 여편네 같으니라고.'

타다다다.

칼이 도마 위를 스치는 소리만이 울리는 가운데, 돌연 포장마차 바깥에서 소란스러운 소리가 들려왔다. 민철은 또 조폭들인가? 하는 생각을 했지만 이내 그것이 아님을 알고는 안심했다. 몇몇의 사람들이 급하게 포장마차를 지나쳐 가는 소리였다. 절묘한 타이밍에 그들이 나누는 대화의 일부가 포장마차 안으로 스며들었다.

"진짜? 정말로?"

"그렇다니까? 나이트 후드가 나타났다니까 그러네."

"경찰관들 출동하고 지금 거리가 난리야, 난리!"

민철은 손으로 이마를 덮으며 탄식했다.

'이 자식이 이제 나이트 후드 안 할 거라더니. 이번엔 또 무슨 일이야!'

민철은 힐끔힐끔 민서의 눈치를 살피다가 과장되게 자리에서 일어났다.

"음! 나, 나이트 후드가 나타났다고? 끼얏호! 나도 구경 가야지!"

누가 들어도 어색한 대사를 날린 민철은 만화책이 담긴 봉투를 집어 들고는 포장마차 밖으로 뛰쳐나갔다. 조금 전 대화를 나눈 사람들이 달려가는 것으로 보아 그들이 위치를 알고 있을 것이다. 민철은 그들의 뒤를 따랐다. 가게에 홀로 남게 된 민서는 입술을 만지작거렸다.

"민철 씨가 나이트 후드가 아니었어? 그럼 대체 누구지?"

그것도 그렇지만…….

"앗! 민철 씨, 또 돈 안 내고 갔잖아?"

그렇다.

* * *

다시 육교.

서림의 이마에는 식은땀이 희미하게 맺혀 있었다. 믿을 수가 없다는 듯이 눈을 크게 뜨고서 어금니를 까득까득 깨무는 중이었다. 육교의 계단에는 핏자국이 선명하게 나 있었다. 그리고 그 핏자국은 점점 위로 향했고, 그 끝에는 나이트 후드가 비틀거리며 올라오고 있었다.

'미쳤어, 미쳤다고!'

미친개라는 별명으로 불리는 서림이 다른 누군가를 보며 미쳤다고 감탄했다. 그만큼 지금 동해의 모습은 누가 봐도 정신이 나간 모습이었다. 피를 철철 흘리며 얼굴이 파랗게 질려 있다. 그럼에도 불구하고 동해는 꿋꿋하게 육교의 계단을 밟으며 올라오고 있었다. 겨우 육교 위에 오른 나이트 후드의 눈은 반쯤 풀려 있었다. 꿈을 꾸듯 몽롱해진 눈빛은 어딘가 조금 감정이 부족해 보였다.

'응?'

서림은 자신의 눈을 의심했다. 비틀거리는 나이트 후드의 등 뒤로 검은 수증기 같은 것이 피어오르는 게 보였기 때문이다. 눈을 비비고 다시 확인해 봐도 그것은 더욱 뚜렷해질 뿐이었다. 확실히 나이트 후드는 몸에서 검은 기운을 아지랑이처럼 내뿜고 있었다. 그가 한 걸음씩 내딛을 때마다 발바닥에 맞춰 육교 바닥에 균열이 퍼졌다.

콰득. 쿠득.

그가 육중한 거인이라도 된 것처럼 발을 내딛을 때마다 균열이 이어졌다. 나이트 후드가 손을 뻗어 난간을 붙잡자 철로 된 난간이 종잇장처럼 구겨졌다. 그 광경에 서림도, 아현도, 육교 위의 사람들도, 그리고 육교 아래서 지켜보던 사람들도 모두 놀라 흠칫했다. 뒤늦게 현장에 도착한 경찰관들 역시 계단을 오르다가 그 모습에 발을 멈추었다. 두 번째로 앞장서던 경찰관 하나가 앞서 가던 경찰관의 등을 쿡쿡 찔렀다.

"선배님, 안 올라가십니까?"

"야 임마, 너는 지금 저 광경 보고도 올라가고 싶냐?"

"저도 그렇기는 합니다만……?"

"저건 대체 어디서 뚝 떨어진 괴물이야? 돌아 버리겠구만."

"총이라도 써야 되는 거 아닙니까?"

"염병, 총은 무슨 놈의 총. 미쳤냐? 함부로 총 쐈다가 무슨 독박을 얻어먹으려고."

인간을 초월한 존재처럼 천천히 한 발 한 발을 내딛는 나이트 후드. 그가 앞으로 나갈 때마다 육교 위의 모든 사람들은 슬금슬금 뒷걸음질 쳤다. 그러다가 이내 서림을 무시하고 완전히 반대편으로 도망쳤다. 반대편에 다다른 그들은 급히 계단을 밟고 내려갔다. 그리하여 육교 위에는 서림과 아현, 나이트 후드만이 남게 되었다. 그리고 그때, 탕 하는 귀를 찌르는 폭음이 울렸다. 계단을 오르던 경찰관 중 하나가 총을 발포한 것이다. 그것은 공포탄이었지만 강렬한 소리만큼은 실

탄 못지않았다.

“큭!”

고막을 찌르는 소리에 나이트 후드가 움찔 어깨를 떨었다. 그 소리가 영향을 끼쳤는지 나이트 후드를 잠식하던 어둠의 기운이 거짓말처럼 사라졌다. 감정이 없던 눈빛도 조금씩 생기를 되찾았다.

‘뭐지? 어떻게 된 거지?’

정신을 차린 나이트 후드가 천천히 주변을 둘러보았다. 육교 아래서 열심히 휴대폰 사진을 찍는 사람들, 구경하는 사람들, 육교 계단의 중간쯤에서 대기 중인 경찰관들, 그리고 정면의 아현과 서림. 그들을 눈으로 확인하니 다시금 현실을 되찾을 수 있었다. 정신을 차린 나이트 후드는 서림에게 말했다.

“이제 그만하자. 제발 그만하자.”

서림은 계단에서 대기 중인 경찰관들을 훑어보고는 말했다.

“아니, 싫어. 난 계속할 거야. 하고 싶은 대로 할 거고, 갈 때까지 가볼 거야. 송아현, 저년을 용서할 수 없어.”

동해는 송아현을 바라보았다. 아현은 두려운지 눈을 감고 있었고 두 손으로 귀를 막고 있었다. 작은 입술 역시 꾸욱 다물고 있었다. 그녀는 이 모든 상황이 너무 무서운 나머지 모든 통로를 닫은 상태였다. 눈을 돌려 서림을 바라보았다. 서림은 온갖 복잡한 감정이 담긴 눈으로 아현을 주시하고 있었다. 그것은 단순히 분노였을까? 동해는 고개를 저었다. 저것은 그냥 분노가 아니었다. 물론 분노도 담겨 있다. 하지만 분노뿐만은 아니었다. 그것 말고도 다양한 감정들이 소용돌이처럼 휘몰아치고 있었다.

'그러고 보니 두 사람 꽤 좋은 사이였지. 그런 일이 없었다면 정말로 사귀었을지도.'

동해는 머리가 복잡해짐을 느꼈다. 만수에게 들었던 이야기가 저마다의 목소리로 사방에서 들려오는 것만 같았다.

동해가 고민에 고민을 거듭하는 와중에도 경찰관들은 천천히 계단을 오르는 중이었다. 조금 전에 나이트 후드가 보인 괴력 때문에 겁을 먹었지만, 그래도 조금씩 계단을 오르고 있었다.

그러거나 말거나 동해는 계속 생각했다.

'안녕? 잘 부탁해.'

'응? 어어, 응, 그래. 나도.'

'으음, 너는 나한테 잘 대해 주잖아. 아무도 나한테 관심 안 가지는데 너만 잘 대해 주잖아. 그렇잖아.'

'그럼 안 좋아하는 사람은 잘 대해 주면 안 되는 거야? 좋아해야만 잘 대해 줘야 해?'

'흠, 꼭 그런 건 아니지만은.'

'그냥 친구하고 싶어서 잘 대해준 거야.'

'하지만 다들 날 싫어해.'

'그건 걔네들이 잘못한 거지. 굳이 미워할 필요는 없잖아. 조용한 사람도 있고 수다스러운 사람도 있고 그런 거지. 차별하면 안 되는 거잖아.'

'아, 잘 모르겠어. 어려워.'

'너 이대로 있을 거야?'

'그럼 어떻게 해. 선생님이잖아.'

'멍청아! 선생이고 나발이고 성추행은 성추행이야.'

'아아악!'

'아현아. 지금 이건 내가 한 거야. 안에서 하는 이야기를 엿듣다가 참지 못해 내가 벌인 일이라고.'

서림과 아현의 목소리가 번갈아 가며 동해의 머리에 맴돌았다. 그리고 흠씬 얻어맞아 퍽 이상해진 만수의 목소리도 들려왔다.

'그 뒤로 서림이의 성격은 180도 바뀌었어. 모든 걸 불신하고 그냥 되는대로 살았어. 꼭지가 돌아버린 거야. 가장 믿었던 사람에게 배신당했으니까. 버림받은 거지. 아이구, 우리 불쌍한 서림이.'

'뭐라고? 지금 그걸 말이라고 해? 서림이는 착한 놈이었어. 지금의 낄낄, 너처럼 말이야! 솔직히 나도 몰

라. 자기가 믿고 있던 모든 것들이 무너지고 배신당하는 게 어떤 느낌인지 말이야. 솔직히 당사자가 아닌 이상 어떻게 알겠어?'

동해는 짐짓, 감았던 눈을 떴다. 왠지 지금이라면 한서림을 이해할 수 있을 것 같았다. 그것이 그가 했던 행동에 당위성을 부여할 순 없어도, 그 감정만큼은 이해할 수 있을 것 같았다. 동해는 힘겹게 손을 들었다. 그리고 아현을, 그 뒤에 있는 서림을 손가락으로 가리켰다.

"한서림, 너는 단순히 분노를 하고 있는 게 아니야."

"뭐라고?"

"너를 움직이는 건 단지 증오만이 아니라고."

서림의 미간이 대폭 구겨졌다.

"그럼 뭔데."

"너는."

나이트 후드는 심호흡을 하고는 답했다.

"단지 사과받고 싶었을 뿐이다."

충격을 받아 금이 간 유리창처럼 서림의 표정이 무너졌다.

"뭐라고?"

"너는 저 여자애에게 사과를, 위로를 받고 싶었을 뿐이라고. 진실을 외면했던 일을, 너를 외면했던 일을!"

"하하. 거 참."

서림은 웃었다. 속내를 들킨 건지, 아니면 어이가 없는 건지 그보다 더 소탈할 수 없을 정도로 순수하게 웃었다. 그러다가 급히 정색하며 외쳤다.

"네가 뭘 알아!"

작은 체구에 비해 목청은 엄청나게 컸다. 얇은 목에 파랗게 혈관이 올라올 정도였다. 몰래 계단을 오르던 경찰관들은 또 멈칫했다. 육교 밑에서 열심히 사진을 찍던 사람들 역시 버튼을 잘못 누를 만큼 그 소리는 넓게 퍼졌다.

"네가 나에 대해서 뭘 아냐고! 뭐를! 무엇을!"

서림은 피가 나도록 아랫입술을 깨물었다. 시뻘겋게 충혈된 서림의 눈은 나이트 후드를 죽일 듯이 노려보았다. 아니, 그 눈은 자신이 지나온 과거를 바라보는 중이었다. 절대로 잊을 수 없는 과거. 서림은 그 짧은 시간 동안 잠시 자신의 과거를 회상했다.

* * *

누나가 죽었다. 자살이었다.

누나는 어느 대기업에서 일했다. 몇 년쯤 일했을까. 어느 날 갑자기 해고를 당했다고 했다. 당시 나는 초등학생이었고 그런 일에 대해서는 아는 것이 없었다. 어린 내게 가족들이 그런 이야기를 허심탄회하게 이야기할 리도 없었다. 누나가 엉엉 울며 가족들과 나누는 이야기를 문틈으로나마 엿들은 게 고작이었다.

그때 기억나는 단어는 단 하나 '내부 고발'이다. 누나는 눈물을 펑펑 쏟으며 어머니 아버지에게 하소연했다. 자기가 그렇게 큰 잘못을 했냐고, 너무 훤히 눈에 띄는 비리가 보여서 상부에 보고했더니 결국 결과가 이거였다고, 내가 뭘 잘못했냐고. 회사를 생각해서 행동한 일이 그렇게 큰 잘못이었냐고. 그리고 누나가 죽었다.

자살이었다.

가족의 죽음이 피부로 느껴지니 그때서야 알 수 있었다. 아무리 어린 나이라 해도 죽음은 그만큼의 무게와 어둠을 느끼게 했다. 누나는 정의롭게 죽은 것이 아니었다.

정의롭기 때문에 죽은 것이다.

그리고 누나가 죽은 후에도 세상은 아무것도 바뀐 것이 없었다. 여전히 가수들은 부르라는 노래는 안 부르고 웃기지도 않은 짓거리를 하고, 개그맨은 누군가를 비하하며 웃기는 짓거리를 하고, 여자애들은 돈 많은 남자들과 명품가방을 위해 냄새나는 몸을 팔았고, 남자들은 그런 여자들을 위해 차를 구입하고 빚을 졌다. 어른들은 자기 자식들을 위해 남의 자식들을 짓밟고, 정치인은 몇 십억을 빼돌렸지만 무죄라 선고 받고, 그럴 때마다 검찰은 만만한 연예인 하나 붙잡아 두들겨 패고, 연예인은 눈물로 호소하지만 악성 댓글은 파도처럼 넘쳐나고, 그 연예인은 자살을 하고, 하지만 반대편에서는 다른 연예인들의 가상 결혼에 즐거워하고……. 그리고 누나의 자살은 뉴스에 나오지도 않았다.

언론은, 뉴스는, 그리고 세상은 우리를 속이고, 기만하고, 감추고, 없애고, 죽이고, 자살하게 만들고 현혹시켰다.

누나의 죽음은 마치 인터넷 게시글에 댓글이 하나 달리는 느낌처럼, 그저 그렇게, 아무것도 아닌 일로 증발했다. 세상은 그대로였고 여전했다. 바뀐 것은 없었다.

다만 몰랐던 것을 알게 되었다. 원래 세상이 그렇다는 것을 말이다. 중학생으로 올라가며 세상에 대한 부정은 날로 커져만 갔다. 누나가 사라지자 가세는 눈에 띄게 기울었다. 그래도 나는 버틸 수 있었다. 아니, 버텨야만 했다. 그래야만 했다. 세상이 아무리 더럽고 빌어먹을 것이라 해도, 내게는 아직 '그 아이'가 있었으니까. 그래도 아직 순수함을 지닌 그녀가 있었으니까.

그리고 그녀는…… 나의 기대와 희망을 철저하게 짓밟고 부셔버렸다. 그 이후로 나는 빛을 잃어버렸다.

'사건'이 있었던 중학교에서 전학 간 뒤 어느 날. 집에 오는 길에 소나기가 내렸다. 미처 우산을 준비하지 못한 나는 추적추적 내리는 비를 맞으며 집으로 가고 있었다. 허름한 아파트의 입구로 들어서니 한 소녀가 눈길을 끌었다.

소녀는 자기 몸집보다 큰 우산을 쓰고서 아파트의 화단

앞에 웅크리고 앉아 있었다. 누나가 죽은 이후 모든 일에 무관심한 나였지만, 그때는 웬일인지 호기심이 생겼다. 가까이 다가가 보니 소녀는 풀잎에 앉아 있는 달팽이를 관찰하고 있었다. 달팽이는 자그마한 풀잎 위에서 꼼지락거렸고, 소녀가 건들면 더듬이를 움츠리며 껍데기 안으로 들어갔다. 소녀가 나를 보며 말했다.

"달팽이에요."

"응. 그건 달팽이지."

소녀에게 대답해 준 나는 달팽이를 집었다. 그리고 엄지와 검지를 이용해 달팽이를 눌러 죽였다. 달팽이가 껍데기와 함께 짓눌리며 끈적한 덩어리로 변하자 소녀가 눈을 크게 뜨며 굳었다. 나는 말했다.

"근데 죽었어."

소녀의 커다란 눈망울에는 점차 눈물이 차올랐다. 그 눈빛은 왜 죽였는지 묻는 듯했다. 그래서 나는 대답해 주었다.

"사실, 아무래도 좋은 거잖아."

이윽고 소녀가 으앙 하며 울음을 터트렸다. 흥미가 식어 버렸다. 현관으로 들어가려는데 누군가가 길을 막고 있었다.

"비켜."

그는 우산을 앞으로 숙여 상체를 가리고 있었다. 비키라고 말하니 그는 우산을 들어 모습을 보였다. 참 신기하게도 그때 당시 무서울 게 없는 나였다. 그런데 그 아이의 웃는 모습만큼은 그렇게 섬뜩할 수가 없었다. 소년은 순수한 듯 흉측하게 입가를 들어 올리며 내게 말했다.

"안녕. 너 한서림이지?"

"너 뭐야? 비켜."

소년이 말했다.

"너와 친구하고 싶어서 이렇게 찾아왔어."

"병신 새끼가 죽으려고 환장했나. 안 비켜?"

정신을 차리고 보니 우리는 친구가 돼 있었다. 처음엔 간단한 한두 마디를 나눴던 것이 며칠이 지나니 어느새 속을 털어놓는 사이가 됐다. 정말 어이없게 말이다. 녀석과 친해지면서 여러 대화를 나누었고 그중 가장 인상 깊은 말이 있었다.

"모든 건 결과가 판가름해. 중간 과정이나 노력, 그런 게 중요한 게 아니라고. 내가 널 처음 봤을 때, 네가 그 쪼그만 여자애한테 했던 말처럼 말이지. 사실 아무래도 좋은 거란 말이야. 결과를 제외한다면 말이야. 너도 세상이 충분히 험악하다는 건 알고 있잖아? 누가 비겁한 수를 써서 이기든 어쨌든, 결국 그것만 감춰지면 땡이라는 거. 마찬가지야. 결국 세상은 아무래도 좋은 거야. 그 변태 교사가 몹쓸 짓을 하고서도 멀쩡하게 돈 벌어먹고 사는 것처럼 말이야. 지금 우리는 중학생이야. 내가 만약에 너를 미친 듯이 두들겨 팼다고 쳐, 왜냐하면 마음에 안 들었거든. 하지만 나한테 오는 책임은 별거 없어. 그냥 청소 좀 하다 끝나거나, 아니면 정학 며칠 당하다가 다시 돌아와 아무 일도 없었던 것처럼 끝나겠지. 왜 그런지 알아? 두 가지가 있어. 첫째는 우리가 중학생이라는 이유야. 학생은 무슨 짓을 해도 용서받을 수 있다고. 이건 사실이야. 미성년자니까. 마음껏 몰아쳐도 돼. 어차피 우린 학생이야. 학교 측에서는 자기네들한테 안 좋은 이미지 퍼지는 거 막기 위해 쉬쉬하면서 적당히 매듭을 지을 거란 말이지. 뉴스 같은 거 보면 고등학생 누가 누구를 폭행했네, 강간했네 하고 사건이 뜨지만 그 학생은 별다른 처벌을 받지 않잖아. 어때? 제법 일리 있게 들리지 않아? 내가 말한 걸 잘 기억해 둬. 하고 싶은 대로 해. 마음대로 해. 마음껏 날뛰라고. 말하자면."

잠시 생각하기 위해 이마를 긁적이던 소년이 입을 귀까지 걸치는 섬뜩한 미소를 지으며 말했다.

"미친개처럼."

* * *

"미친개."

서림은 목이 부러진 사람처럼 고개를 푹 수그린 채 낮게 읊조렸다.

"미친개야. 난 미친개라고."

그리고 두 손으로 마른세수를 하며 다시 고개를 들었다.

"아무래도 좋잖아. 세상은 쓰레기통이야. 우리는 쓰레기고.

뭐가 문제야?"

"아니, 절대 아니야."

나이트 후드가 이어 말했다.

"세상은 쓰레기통이 아니야."

"뭘 믿고 그렇게 장담하는데?"

"내가 그렇지 않게 할 테니까. 세상은 아직 살만한 곳이고 희망이 있다는 걸, 누구나 변할 수 있고 바뀔 수 있다는 걸 알려줄 거니까!"

큰소리로 외쳤지만 이미 나이트 후드의 몸 상태는 한계에 다다르고 있었다. 피를 많이 흘려서 그런지 날씨가 따스한데도 한기가 느껴졌다. 후드와 마스크에 가려져 있었지만 누가 봐도 안색이 파리해졌음을 알 수 있었다.

그러나 동해는 쓰러지지 않았다. 폭포처럼 식은땀을 흘리면서도 굳건하게 두 발로 몸을 지탱했다. 아현은 나이트 후드를 바라보았다. 그녀는 나이트 후드의 정체를 모른다. 그가 외로운 그녀에게 관심을 가져 주고 친구가 되어 준 동해라는 사실을 알지 못했다. 하지만 제삼자라 하더라도 그는 아현을 위해 피를 흘리고 있었다. 그리고 그것은 꼭 아현만을 위한 행동이 아니었다. 나이트 후드는 아현을, 그리고 서림을 위해 싸우고 있었다. 아현은 생각했다. 이 모든 상황을, 꼬여버린 실타래의 처음을 결국 자신이 만들었다는 것을 말이다.

아현은 마침내 이 모든 갈등의 원인 제공자는 바로 자신임을 인정했다. 아무리 나이트 후드가 온몸을 바쳐 서림과 싸우고 자신을 지킨다 해도, 자신이 나서지 않으면 해결되지 않는다는 것을 깨달았다.

아현은 서림을 바라보았다. 그곳에는 삐뚤어져 버린 친구이자 자신이 외면한 진실이 울부짖고 있었다. 문득 신이나가 했던 말이 떠올랐다.

'똑바로 들어. 서림이의 행동은 물론 잘못된 거야. 그에 대해서 옹호할 생각은 눈곱만큼도 없어. 하지만 네게도 어느 정도 책임이 있다는 걸 잊지 마. 어떤 식으로 책임질지는 네가 알아서 생각해. 대체 너 하나 때문에 몇 사람이 피해를 입어야 만족할 건데? 그렇게 바보처럼 있으면 누가 해결해 주니? 구석에 웅크려선 궁상떨지 말라고. 네가 무슨 비련의 드라마 속에 나오는 주인공인 줄 알아? 절대 아니야. 너는 그냥 멍청한 겁쟁이일 뿐이야.'

서림은 몸서리치듯 모자와 마스크를 집어 던졌다. 그리고 바닥에 떨어진 송곳을 주워들었다.

"가만 안 두겠어. 날 가로 막는 것들은 다 죽인다. 죽여 버린다고!"

서림이 나이트 후드를 향해 달리기 시작했다.

"큭."

나이트 후드도 맞은편에서 달려왔다. 둘 사이에 있던 아현은 물끄러미 서림을 바라보았다. 아현은 눈물을 펑펑 쏟으며 서림을 향해 두 팔을 벌렸다.

"거기서 나와! 피해!"

나이트 후드가 외쳤지만 그녀는 미동조차 하지 않았다. 울면서, 웃으면서, 서림을 향해 팔을 벌릴 뿐이었다.

"으아아아!"

서림이 아현을 찔러버릴 듯 송곳을 앞으로 내세웠다. 그때까지도 아현은 피하지 않았고, 결국 먼저 손을 뺀 건 서림이었다. 아현은 무방비 상태의 서림을 포옥 껴안았다. 그녀는 서림의 어깨에 눈물을 묻히며 작게 흐느꼈다.

"미안해."

격한 파도가 순식간에 잠잠해지듯 폭풍이 사라지는 듯했다. 서림은 놀란 눈이 되어 움직이지 않았다.

"미안해……."

서림에게는 마치 이 세계에 아현과 단 둘만이 있는 것처럼 느껴졌다. 경찰관도 구경꾼도, 나이트 후드도 없는 세상에서 아현의 울먹이는 목소리만이 고요하게 귓가를 울렸다.

"내가 용기가 없어서…… 무서워서 널 외면했어. 미안해, 미안해, 정말로 미안해. 이 말밖에는 해 줄 수가 없지만. 그래서…… 그래도…… 내가 미안해."

"아현아……."

"미안해……. 내가 잘못했어. 많이 늦었지만 지금이라도 말할게. 잘못했어……. 용서해 줘. 내가 널 이렇게 만든 거야. 그

착한 너를…… 이렇게 만들었어."

나뭇잎이 떨어진 수면처럼 서림의 눈가에 잔잔한 파장이 일었다. 감정에 혼란이 찾아와 어찌할 바를 몰라 하는 반응이었다. 손에 들고 있던 송곳이 바들바들 떨려왔다. 조금 떨어진 거리에서 나이트 후드는 가만히 상황을 지켜보았다.

"나는……."

서림의 손에 쥔 송곳이 떨어질 듯 떨어질 듯 위태롭기 그지없었다.

"모르겠어. 우리가 왜 여기까지 온 거지? 어쩌다가, 왜, 어째서? 아현아."

서림은 아현을 내려다보았다. 그는 순식간에 초췌해진 인상을 하고서 서림이 말했다.

"우리가 왜 이렇게 됐을까? 무엇이 우리를 이렇게 만든 걸까……."

송곳을 든 서림의 손에 다시 힘이 들어갔다.

"모르겠어. 하지만, 왠지 돌이킬 순 없을 거라는 생각이 들어, 미안해."

"서림아?"

송곳을 든 손이 거칠게 위로 올렸다.

"그만둬!"

그의 돌발 행동에 나이트 후드가 빠르게 파고들었다. 아현을 밀쳐내고 서림의 가슴을 어깨로 밀쳤다. 상당한 충격이 있었는지 서림의 다리가 땅에서 떨어질 정도였다.

"이익!"

서림은 아득바득 나이트 후드의 옷깃을 부여잡았다. 그 상태로 난간 너머로 넘어갔다. 옷을 붙잡힌 나이트 후드 역시 반대편으로 넘어갔다.

"서림아!"

구경하던 사람들도, 대기 중이던 경찰관들도 모두 놀라 소리 질렀다. 누구는 눈을 가리기도 했고, 또 누구는 휴대폰 카메라의 사진 찍기 버튼을 연타했다.

"크으으."

나이트 후드의 왼 손이 난간을 가까스로 붙잡고 있었고, 반대 손으로는 서림의 손을 붙잡았다. 서림은 그의 손에 붙잡혀 축 처진 상태. 만약 손을 놓친다면 서림은 밑으로 떨어질 것이다. 운이 나쁘면 죽을 것이고, 운이 좋아도 몇 군데 뼈가 부러질 것이다. 서림은 이미 죽어 버린 사람처럼 넋을 잃은 눈동자로 중얼거렸다.

"나 괜찮은데…… 놔도 되는데."

나이트 후드가 힘겹게 버티며 말했다.

"그런 말 하지 마. 손잡고 버텨, 버티란 말이야!"

"아무래도 상관없잖아. 난 나쁜 놈이야, 나쁜 새끼라고. 벌써 여러 명을 심하게 다치게 만들었어. 그래서 정학도 몇 번

당했고 학교도 옮겨 다녔어. 나 같은 놈은 아무래도 좋잖아. 난 가치가 없어."

"으으윽."

두 사람의 마주 잡은 손에는 식은땀이 흥건했다. 그리고 땀에 의해 점점 손이 미끄러지고 있었다. 나이트 후드가 어금니를 깨물며 말했다.

"너는 뭔가 착각하고 있어."

"뭐를."

"나는 단지 저 여자애를 구하려고 하는 게 아니야. 애초에 난 누굴 벌하려 이런 짓을 하는 게 아니라고."

"그럼 뭔데."

나이트 후드가 답했다.

"너를 구할 거야."

서림이 깜짝 놀라 고개를 들었다.

"뭐라고?"

"나는 크윽, 송아현을 구할 거고, 그리고 너를 구할 거다. 다 구할 거야."

"이…… 개자식아! 그게 무슨 미친 개소리야! 난 쓰레기라고! 사람을 패고 물어뜯는 개새끼라고! 그런데 대체 무슨 소릴 하는 거야. 내가 한 짓은 돌이킬 수 없어! 그래도 괜찮아! 애초에 그럴 수 없다는 걸 누구보다도 잘 아니까 그런 미친개 같은 짓을 해온 거란 말이다! 꿈꾸는 헛소리 집어 치워, 병신아! 네가 무슨 예수냐, 부처야!? 대체 내게 이러는 이유가 뭔데! 왜!"

서림보다 두 배는 큰 목소리로 나이트 후드가 외쳤다.

"빌어먹을! 사람이 사람을 돕고 싶다는데 무슨 이유가 필요하다는 거야!?"

목소리가 어찌나 큰지 근방 몇 미터는 쩌렁쩌렁하게 울릴 정도였다. 육교의 근처에 있던 사람들은 얼굴을 찡그리며 귀를 후비기도 했다.

"그래, 돌이킬 순 없지. 하지만 다시 시작할 순 있어."

"……!"

서림은 또 욕을 내뱉었지만 그러면서도 눈에서는 폭포처럼 눈물을 쏟고 있었다. 나이트 후드의 이상향 같은 말에 머리는 부정했지만, 그의 가슴은 긍정하고 싶어 했다.

"그때로 돌아갈 수는 없어! 하지만 다시 시작하면 돼! 죄를 짓는다고 끝이 아니야. 엎지른 건 다시 담으면 돼. 무너진 건 다시 쌓으면 된다고!"

서림은 두 눈이 퉁퉁 부을 만큼 울면서 나이트 후드를 올려다보았다. 이미 서림의 뽀얀 얼굴은 눈물로 범벅이 돼 있었다. 어처구니가 없었다. 이리도 뻔하고 유치한 말이 위로가 될 수 있다는 사실이 어이가 없었다. 영화나, 만화, 드라마, 소설을 보면 흔히 나오는 되도 않는 소리들. 억지 희망의 대사들. 현실에서는 씨알도 먹히지 않을 그 따위 소리가 애절할 정도로 고마웠다. 서림은 붉게 부은 눈을 감으며, 웃었다.

"고마워. 그런데 더 이상 못 버틸 거 같아."

서림이 슬픈 듯 기쁘게 웃는 순간, 한계에 다른 두 사람의 손이 떨어졌다.

"안 돼—!"

머리카락이 날리며 서림의 눈을 가렸다. 머리카락 밑으로 드러난 입은 떨어지는 와중에도 웃고 있었다. 그런 서림의 밑으로는 여전히 자동차들이 빠르게 지나다니고 있었다.

"하아압!"

그때였다. 지상에서 뭔가가 튀어 올라 서림의 몸을 낚아챘다. 서림을 붙잡은 '그것'은 육교 위로 안전하게 착지했다. '그것'은 사람이었다. 파란 트레이닝복을 입고, 얼굴에 검은 봉투를 쓴 괴이한 남자였다. 앞은 볼 수 있게끔 두 개의 구멍을 뚫어놨고 초롱초롱한 눈동자가 그 안에서 빛나고 있었다. 검은 봉투를 머리에 뒤집어쓴 남자가 서림을 바닥에 내려놓으며 이곳에 모인 모두가 들을 수 있게 큰 목소리로 외쳤다.

"안녕들 하신가! 나는 어…… 그러니까, 거, 검은 봉투 남자다!"

한창 육교 위를 바라보던 청년들이 있었다. 그들은 열심히 휴대폰의 사진 찍기 버튼을 눌러대며 감탄에 감탄을 연발 중이었다. 그러던 중 한 사내가 눈썹을 움직이며 의아해했다.

"이게 뭐지?"

그것은 만화책이었다. 누가 건물 옆의 화단에 만화책 두 권을 놓고 간 것이다. 사내는 주변을 두리번거리다가 이내 그것을 품에 넣었다. 혹여 누가 볼까 동작이 빠르기도 했다.

검은 봉투 남자의 등장에 구경하던 사람들의 눈이 휘둥그레졌다. 놀랍다기보다는 제대로 상황 파악이 안 된다는 표정들이었다. 누구는 침을 튀기며 웃기까지 했다.

"뭐야. 이거 무슨 몰래 카메라 같은 건가?"

"저게 대체 무슨 꼴이지?"

"지금 영화 찍고 있는 건 아니겠지?"

검은 봉투 남자의 모습은 굉장히 우스꽝스러웠지만 그가 보인 행동은 절대 우스운 것이 아니었다. 보통 인간이 몸을 던져 육교 위로 단숨에 뛰어오른 것이다. 더구나 와이어 같은 속임수도 없었다. 사람들은 이 황당한 경우에 혼란을 느끼며 수군거렸다. 서림은 눈을 깜빡거리며 고개를 갸웃했다.

"누, 누구?"

"알 거 없다. 난 그냥 검은 봉투 남자다."

검은 봉투 남자 민철은 뼛속까지 오그라드는 감정을 느꼈다. 그도 구경하던 무리들 속에서 현장을 지켜보고 있었다. 그런데 사태가 너무 급박하게 흘러가니 가만히 지켜볼 수가 없었다. 마침 그의 손에는 만화책이 담긴 검은 봉투가 들려 있었다. 검은 봉투, 소위 말하는 봉다리 말이다. 다급해진 민철은 안에 담긴 만화책을 빼 버리고 얼굴에 봉투를 뒤집어썼다. 한 박자 늦게 앞이 안 보인다는 사실을 깨닫고는 눈 부분을 뚫었다.

'젠장, 이게 대체 뭐하는 짓이람.'

민철은 문득 호흡하기 곤란하다는 사실을 느꼈다.

후웁, 후웁.

숨을 쉴 때마다 봉투가 코와 입에 달라붙어 호흡을 방해했다.

"칫."

민철은 두 손으로 입 부분을 찢었다. 그러고 나서야 시원한 공기가 얼굴을 스치며 불쾌감을 씻어 주었다. 민철이 상쾌함을 느끼는 동안, 옆에서는 누군가가 죽어 가는 소리를 냈다.

"으으윽."

나이트 후드였다. 나이트 후드가 현재 난간 끝에 힘겹게 매달려 있음을 민철은 뒤늦게 깨달았다.

"나, 나이트 후드. 기다려라! 내가 구해 주겠다!"

민철은 굳이 할 필요 없는 말을 하며 매달려 있는 나이트 후드를 끌어 올렸다. 나이트 후드를 육교로 안전하게 내려놓은 민철은 그 모습에 혀를 찼다. 나이트 후드의 꼴은 엉망진창이었다. 송곳에 찔린 옆구리는 피범벅이었고, 그것도 시간이 많이 지났는지 굳어서는 메말라 있었다. 가까이하는 것만으로도 비릿한 피 냄새가 코를 괴롭혔다.

"……."

이 정도로 심각할 줄은 몰랐던 민철은 당황하여 숨을 삼켰다. 만약 내장에 상처를 입었다면 하루 이틀 치료한다고 끝날 문제가 아니었다.

'방법이 아주 없는 건 아니지만.'

민철은 육교 주변을 살폈다. 양쪽 계단에서는 경찰관들이 서서히 범위를 좁혀오고 있었다. 나이트 후드와 서림의 과격한 싸움, 그리고 민철이 보인 초인적인 능력에 섣불리 접근하지 못하는 모양이다. 민철은 어색하게 굳어 있는 서림을 똑바로 쳐다보았다.

"어이, 소년."

서림은 대답하지 않고 힘을 잃은 눈동자로 마주했다.

"앞으론 똑바로 살아. 너 하나로 인해 많은 사람들이 다치고 마음 아파하고 힘들어 하고 있잖아."

"으……."

민철의 낮지만 또박또박한 음성에 서림은 두 손으로 얼굴을 가리며 눈물을 쏟았다.

"자!"

쓰러져 정신 못 차리는 나이트 후드를 끌어안으며 민철이 외쳤다.

"벌써 시간이 이렇게 됐군. 지옥의 통금 시간이다. 그럼 검은 봉투 남자는 이만 물러간다! 와하하!"

자세는 일명 공주님 안기. 졸지에 왕자님 품에 안긴 공주가 된 나이트 후드는 창피하면서도 가물가물한 정신을 챙기느라 바빴다. 이젠 아프다 못해 감각이 없어지는 것 같았다.

민철은 날랜 고양이처럼 난간 위에 올랐다가 훌쩍 뛰어내렸다. 육교의 난간에서 밑에 있는 가로등으로, 가로등에서 자동차 위로, 그리고 자동차에서 바닥으로. 마치 중력 따윈 느끼지 않는다는 듯 가볍고 날쌘 동작으로 멀찌감치 뛰어 현장으로부터 도망쳤다.

"젠장! 저 봉다리 변태 자식 쫓아!"

민철의 우아한 도망에 넋을 놓고 있던 경찰관들은 겨우 정신을 차리고 뒤를 따랐다. 하지만 한 번씩 뛸 때마다 몇 미터씩 날아가는 민철을 쫓기에는 역부족이었다. 몇 명이 민철을 쫓는 동안 나머지 경찰관들은 서림과 아현에게 접근했다. 그들은 서림이 생각보다 어리고 또 저항 의지가 없음을 깨닫고는 거칠게 대하지 않았다. 서림은 경찰들에게 붙잡히며 아현을 향해 말했다. 들릴 듯 들리지 않을 듯 작은 목소리로.

"고마워. 미안해."

아현은 눈물을 펑펑 쏟으며 서림의 손을 잡아주었다. 그리고 맞잡은 두 손은 경찰관들에 의해 다시 멀어졌다.

Battle 04

나이트 워커

민철은 껑충껑충 뛰어다니며 경찰관들을 따돌렸다. 잠시 인적이 드문 곳으로 피했다가 사람들의 눈을 피해 도장 안으로 들어갔다. 병원에 데리고 가는 것이 도리겠지만 걸리는 점이 많았다. 그랬다가는 동해의 정체가 탄로 날 것이다. 그리고 저번 일은 어떻게 무마된 건지는 몰라도 이번 일까지 더해지면 충분히 수배 물망에 오를 것이다.

병원에 데리고 가는 건 위험했다. 민철은 동해를 바닥에 내려놓으며 머리에 쓴 봉투를 벗었다. 습기 때문에 민철의 얼굴은 땀으로 범벅이 돼 있었다.

"미치겠네."

병원에 데리고 갈 수는 없지만 그렇다고 안 데리고 가는 것도 문제였다. 민철은 고민하며 머리를 벅벅 긁었다. 동해는 괴로운 듯 몸을 떨며 거친 숨을 뱉고 있었다. 민철이 말했다.

"동해야, 그냥 병원 가자."

"아, 안 돼요. 그랬다가는 정체가 드러날 거예요. 안 돼요."

"야 임마, 너 이러다가 정말 큰일 난다고! 죽으려고 환장했어? 너 지금 내장까지 다쳤다고 자식아."

"그래도 병원은 안 돼요."

민철은 한 대 갈겨 주려다가 손을 접었다. 안 그래도 다 죽어 가는 몰골을 보니 차마 손이 가지 않았다. 동해의 말대로였다. 억지로 데리고 갈 수 없는 건 아니지만 금방 정체가 탄로나 붙잡힐 것이다. 그럼 그때부터는 평범한 생활은 물 건너간 것이다. 동해는 이미 몇 번 기를 사용해 초인적인 능력을 보여준 상태다. 그런 사람의 신상이 매스컴을 통해 적나라하게 드러난다면? 그 뒤로는 어떻게 될지 민철로서는 상상할 엄두조차 나지 않았다. 조금 과장을 보태자면 어디 비밀 단체에 끌려갈지도 모를 일이었다.

'어쩔 수 없나.'

고민에 고민을 거듭하던 민철. 그는 누워 있는 동해의 앞에 양반 다리로 앉았다. 피가 말라붙은 동해의 상처에 손을 얹었고 눈을 감았다.

"흐음."

미간을 찌푸리며 집중하자 그의 손끝에 희미하게 하얀 빛이 일렁였다. 고통에 신음하던 동해는 상처에서 점점 고통이 사라지는 것을 느꼈다. 따스하고 부드러운 감각이 상처 부위로부터 시작해 전신으로 퍼지는 듯했다.

"크윽."

번쩍!

민철의 손끝에서 시작된 빛은 도장을 꽉 채우다 못해 넘칠 만큼 확장되었다. 창밖으로까지 뻗어 나갈 정도였다. 폭발할 듯 넘실대던 빛이 사라지고, 민철은 동해의 상처를 확인해 보았다. 여전히 피가 말라붙어 있었지만 꿰뚫린 상처는 감쪽같이 사라져 있었다. 마치 지우개로 지워버린 듯 처음부터 없었던 것처럼 깔끔했다.

"휴우."

민철은 이마의 식은땀을 닦으며 뒤로 엎어졌다.

"이 자식아, 내가 너 때문에 제명에 못 죽는다."

신경질이 났는지 발로 툭툭 밀어 보지만 동해는 움직이지 않았다. 확인해 보니 편안한 표정으로 잠들어 있었다. 아무래도 몸을 극한까지 움직이다가 긴장이 풀리니 그대로 기절한 모양이다.

"누구는 지 때문에 뼈 빠지게 고생했는데 잠을 처자? 이 자식을 그냥 확!"

생각 같아서는 뺨을 후려갈겨 깨우고 싶었지만 딱히 그러지는 않았다. 그냥 이대로 깰 때까지 기다리기로 했다. 해가 뚝 떨어지고 나서야 동해는 눈을 떴다. 피곤함이 채 가시지 않았는지 퉁퉁 부은 눈이 되서는 부스스 상체를 일으켰다.

"으으."

아직 상황 파악이 안 되는지 동해는 게슴츠레한 눈으로 주변을 둘러보았다. 몇 초 지나고 나서야 이곳이 민철의 도장임을 깨닫는다.

"민철이 형?"

민철은 동해의 옆에 의자를 두고 앉아 있었다. 팔짱을 끼고서 날카로운 눈으로 그를 내려다보고 있었다.

"이제 깼냐? 아주 잘도 퍼질러 자더구나."

"어떻게 된 거죠? 제가 왜 여기에 있죠?"

"너는 그때 반쯤 정신을 잃었고 내가 데리고 왔다. 상처도 치료해 놨고."

"그러면 서림이는……."

"그 자식 이름이 서림이구나. 그놈은 아마 경찰서에 끌려갔을 거다."

경찰관에게 잡혔다는 소리에 동해는 벌떡 자리에서 일어났다. 상처 부위가 조금도 아프지 않다는 사실은 알지도 못하나 보다. 어디론가 달려가려는 걸 민철이 동해의 발목을 걷어차 쓰러트렸다. 갑작스런 기습에 동해는 엉덩방아를 찧었다. 꼬리뼈에 정통으로 찍힌 모양인지 동해는 엉덩이를 부여잡으며 한참을 낑낑거려야 했다.

"어디 가려고?"

"크으……"

"너 설마 경찰들을 때려잡아서 그놈을 구하려는 거냐? 집어치워. 너 대체 의도가 뭐냐? 너 괴롭히는 놈들 처바르고 끝나는 문제 아니었어? 그 자식을 구원해서 뭐 어쩌려고? 인터넷에 막 뜨고 그러니까 네가 진짜 영웅이라도 된 거 같아?"

"그런 문제가 아니잖아요."

바닥에 주저앉은 동해는 침울한 표정을 지었다.

"그 새끼는 송곳으로다가 네 옆구리를 쑤신 놈이라고. 그런데도 뭐 도와주고 싶다고? 너 진짜 미쳐도 단단히 미쳤구나."

"처음부터 잘못된 사람은 없잖아요. 바로잡아 줄 수 있는 거라고요. 그게 잘못된 건 아니잖아요."

"임마, 아무리 그래도 정도라는 게 있는 거야. 정도를 넘은 녀석은 바로잡아 줄 건덕지도 없어. 내가 봤을 때 그놈은 그럴 가치가 없어."

"가치 없는 사람은 없어요."

굳건한 동해의 모습에 민철은 입을 다물었다. 잠시 적막이 흘렀다. 그렇게 한참을 침묵하던 민철이 천천히 입을 뗐다.

"내가 말이다. 너를 왜 이곳에 데리고 왔다고 생각하냐."

"글쎄요. 제가 정신을 잃어서, 경찰들이 잡아가면 곤란하잖아요. 그래서 그런 거 아니에요?"

갑자기 화제가 전환되자 동해는 의아한 기분을 느꼈다.

"그러면 네 상처는 어떻게 치료됐다고 생각하냐."

"예? 상처요?"

말을 듣고 나서야 동해는 상처 부위가 전혀 아프지 않다는 걸 깨달았다. 옷을 들춰보니 상처가 감쪽같이 사라져 있었다. 불가능한 일이었다. 송곳에 수십 번을 찔렸건만 그것이 하루도 안 지나서 흉터조차 없이 치료되다니.

"이게 대체 어떻게 된 거죠? 뭘 어떻게 한 거예요?"

"기(氣)라는 거다. 쉽게 말하면 만화에서 나오는 초능력 비슷한 거지. 이 기라는 놈은 말이다. 사람이라면 응당 누구나 갖고 있는 거야. 백과 흑으로 나뉘어 둘 다 인간의 신체적인 능력을 극대화시키지만 결정적인 차이가 있지. 가끔 TV를 보면 나오는 백 살 먹도록 정정한 노인네들은 백의 기가 충만한 경우야. 어느 날 별다른 이유도 없이 요절한다거나 우울증에 빠져서 자살하는 것은 흑의 기운이 포화된 경우고. 물론 양쪽 다 그리 흔한 경우는 아니지만. 내가 이런 말을 하는 이유는, 네가 그랬거든. 널 처음 봤을 때 머리부터 발끝까지 흑의 기운에 잠식돼 있었어. 위험한 상황이었다 이 말이지."

허무맹랑한 이야기였다. 하지만 그렇다고 해서 믿기 어려운 것도 아니었다. 그 증거가 동해의 허리에 있으니 말이다. 동해는 꿈을 꾸는 듯한 느낌으로 민철의 이야기를 경청했다.

"내가 널 제자로 들인 건 별다른 게 아니야. 그냥 어린놈의 새끼가 벌써부터 어두운 기에 잠식돼 있는 모습이 불쌍해서 그랬지. 그간 수련했던 것의 절반은 네 몸 속에 가득 차 있는 흑의 기를 빼는 것이었어."

그럴듯한 이야기였다. 확실히 수련을 하면서 정신적으로 많이 건강해지고 쾌활해진 느낌이었으니까.

"네가 나이트 후드로 활동하면서 몇 번은 인간을 벗어난 힘을 발휘한 적이 있을 거다. 너도 모르게 무의식적으로 기를 방출한 거야. 잠재력을 폭발시킨 거지. 그런데 말이다, 내가 지금 왜 이런 이야기를 하는 거 같냐?"

"잘 모르겠어요."

"너의 성격 때문이다."

"네?"

"네 성격이 흑의 기를 만들기 딱 좋은 타입이거든. 네가 괴롭힘 당해 오면서 느꼈던 증오, 부조리에 대한 분노, 그리고 어떻게든 다른 사람들을 돕고 싶다는 그런 고집스런 성격이 어두운 기운을 만들기에 딱 좋다고. 체질이라고 해도 좋을 정도로, 그래서 말인데 이 형은 네가 이 이상 싸움 같은 거 하지 말고 그냥 평범하게 학창 시절을 즐겼으면 좋겠다. 어차피 억지로 만들어내지 않는 이상 더 이상 싸울 일도 없잖아? 복수는 이미 예전에 다 끝났잖아. 그냥 조용하게 사는 거, 그게 너한테 제일 좋은 일이야. 그러니까 제발 더 이상은 나서지 마라, 응? 그게 널 위한 길이야."

민철의 말에서 진심으로 걱정해 주고 있다는 것을 동해는 느낄 수 있었다. 진심으로 걱정하지 않았다면 애초에 처음 봤을 때 신경 쓰지 않고 지나쳤을 것이다. 그 마음은 충분히 알았다.

하지만 동해는 여기서 끝내고 싶지 않았다. 자신의 또 다른 가능성을 알게 된 이상 더 나아가고 싶었다. 서림과 싸워 일단은 그를 멈추었지만 이대로는 마음이 편치 않았다. 언젠가 또 다른 제2의, 제3의 서림이 나타날 것이다.

그리고 서림이 수준이 아닌, 정말 악독한 사람들이 세상엔 너무 많았다. 또 그런 자들에게 피해받는 사람들 역시 이 세상엔 너무 많다고 느꼈다. 어차피 세상은 그런 거라고, 어쩔 수 없는 거라고, 받아들여야 한다고. 그런 식으로 패배주의에 찌들어 살고 싶지는 않았다. 거기에 반드시 그래야만 하는 이유 따윈 가져다 붙이고 싶지 않았다. 그건 당연한 것이다. 그리고 자신에겐 그럴 수 있는 힘이, 가능성이 있다. 기라는 가능성이 말이다. 마음을 다잡은 동해는 불현듯 민철의 두 손을 꽉 붙잡았다.

"민철이 형! 제게 기를 가르쳐 주세요!"

"뭐, 임마?"

"가르쳐 주세요. 본격적으로 기를 배워 보고 싶어요. 그게 반드시 필요해요."

"이거 안 놔? 이 새끼가 처돌았나."

"제발요! 수강비 더 낼게요! 그러니 제발 가르쳐 줘요!"

"안 돼!"

"가르쳐 줘요!"

"안 돼!"

"가르쳐 줘요!"

"안 된다니까!"

민철의 외침에 다시금 도장의 창문들이 떨렸다. 그리고 뒤이어 가르쳐 달라는 동해의 외침에 창문들이 와장창 깨져 나갔다.

"가르쳐 줘요—!"

챙그랑!

다행히도 도장 밑으로 길을 거니는 사람들이 없어서 피해는 없었다. 동해는 손으로 입을 가리며 숨을 멈추었다. 민철이 아까 전에 말했던 잠재력이 또 드러난 것이다. 유리 값 생각에 민철은 잠시 손으로 이마를 덮었다.

"오, 젠장."

"제발요. 부탁드릴게요. 유리 값도 물어 드릴게요. 형이 안 도와줘도 저 혼자서라도 할 거예요. 형 말대로 검은 기운이 절 잡아먹건 어쨌건 저는 반드시 그럴 거예요."

도저히 말릴 수가 없었다. 조금은 위화감이 들기도 했다. 요즘이 어떤 세상인데 이리도 순수할 수 있는 걸까? 민철은 경직된 얼굴로 물었다.

“기를 배워서 어디에 쓰려고?”

“사람들을 돕는데 쓸 거예요. 이전까지의 나이트 후드는 제 개인적인 복수심을 푸는데 이용했지만, 이제부터는 그보다 더 나아갈 거예요. 사람들을 지키고 나쁜 놈들을 벌하는 데 쓸 거예요. 이젠 제가 뭘 해야 하는지 깨달았다고요!”

“착하고 나쁘고의 기준은 대체 누가 정하는 거지? 그 기준은 지극히 개인적인 것이고 또 상대적인 거라고. 네가 뭐나 된다고 다른 사람을 판가름하고 벌한다는 거냐.”

“그, 그건.”

“힘이라는 게 말이다. 분수에 안 맞게 가지고 있으면 오히려 독이 되는 거야. 물이 많으면 컵이 넘치는 것처럼 말이다. 모자람만 못 하는 거지. 내게 너의 뭘 믿고 기를 가르쳐 줘야 하지? 오히려 너에게 기를 가르쳐줌으로 인해 더 안 좋은 일들이 일어날 수도 있는데?”

민철의 정곡을 찌르는 말에 동해는 입을 다물었다. 동해는 아무런 말도 못 하고 아랫입술만 잘근잘근 깨물었다. 그 동그란 눈에 점차 눈물이 그렁그렁 고였다. 민철은 ‘아이고, 젠장! 사내자식이 울지 마!’라고 외쳤지만 이미 늦었다. 동해는 손등으로 눈가를 훔치며 꺼이꺼이 울어대기 시작했다. 동해는 흐느끼며 옹알이처럼 말을 늘어놓았다.

“저 진짜 흑, 잘할 자신이……. 한번 해 보고 싶어요. 흐

끅…… 제게는 소질이 끅…… 있잖, 흐흑……아요. 다른 사람들을 도와, 흐흑……주고 끅…… 싶다구요."

민철은 손으로 이마를 덮으며 고개를 절레절레 저었다. 분명 동해가 기를 사용하여 나이트 후드로 본격적인 활동을 하게 된다면 예상치 못한 여러 가지 일들이 벌어질 것이다. 동해는 지금까지와는 차원이 다른 문제들을 직면하게 될 것이고, 또 고뇌에 빠지게 될 것이다. 자신의 선택이 한 소년의 인생을 송두리째 망칠 수도 있는 것이다.

한편으로는 반대의 생각도 들었다. 어찌 보면 기묘한 인연이었다. 동해는 과거의 민철 자신의 모습과 판박이처럼 닮아 있었다. 민철도 지금의 동해처럼 남들에게 없는 이 능력을 좋은 곳에 쓰고 싶다는 생각을 한 적이 있었다. 물론 그 결과는 지금 보다시피 되는대로 그냥 그렇게 사는 한량이다.

남들을 돕는 것, 영웅이 되는 것 다 좋다. 하지만 사람이라는 게 결국은 벌어먹고 살아야 하는 존재다. 요컨대 현실이라는 것이 이상을 잡아먹는 것이 바로 세상이라는 것이다. 민철은 그러한 현실을 깨부수지 못했다. 하지만 동해라면 다를 수 있을까? 민철은 바보처럼 펑펑 우는 동해를 한참을 바라보았다. 그리고 덤덤하게 말을 건넸다.

"내가 졌다, 자식아. 어디 너 마음대로 해 봐라."

"아? 그, 고맙습니다! 고맙습니다!"

겨우 승낙을 얻어낸 동해는 땅에 머리를 조아리며 거듭 절을 올렸다. '두 번'이나 절을 올리자 민철은 기분 나쁘다는 듯 동해를 걷어찼다.

"윽!"

"이 자식아, 왜 절을 두 번이나 올려? 내가 죽은 사람이냐! 이거 하나만 기억해 둬. 네가 본격적으로 수련을 하고 어느 정도 기 활용에 능숙해지면 그때부터 너는 어린애가 아니다. 나도 너를 어린애, 미성년자로 대하지 않을 거다. 그리고 만약에라도 그릇된 곳에 힘을 사용한다면 그땐 내가 널 박살낸다. 기억해 둬라."

"알았어요. 감사합니다!"

"사내자식이 울지 마라. 그냥 눈물 한 방울 흘리는 건 멋있지만 흑흑, 꺼이꺼이 대면 진짜 진상이거든."

동해는 눈물을 흘리며 연신 고맙다는 뜻을 전했다. 사내녀석이 질질 짜는 모습을 보며 민철은 생각했다. 어쩜 이리도 사람이 순수할 수 있을 지를 말이다. 순수와 어리숙함이 종이 한 장 차이라는 점에서 마음이 그리 편한 것은 아니었지만.

"그런데요."

동해가 물었다.

"제 상처를 치료해 준 것도 그렇고. 형은 어떻게 그런 걸 아무렇지도 않게 알고 있는 거죠?"

별생각 없이 물어본 것이었다. 그에 민철은 복잡한 표정으로 생각에 잠겼다. 스스로에게 되물었다. 그러고 보니 나는 누구지? 민철은 답을 내릴 수가 없었다.

"나도 몰라, 임마."

민철에게 상의를 빌려 입은 동해는 인사를 하고 밖으로 나왔다. 한바탕 울고 나니 한결 홀가분해진 기분이었다. 동해는 주먹을 가득 쥐었다. 이제부터가 시작이다. 이 힘으로 나쁜 놈들을 벌하고 착한 사람들을 구할 것이다. 아무도 하지 않으니까. 누군가는 해야 하니까. 그리고 자신에겐 그럴 만한 힘이 있으니까. 그것이 어처구니없는 행동이라 해도 할 수 있는 데까지 해 보고 싶었다. 집으로 가는 길에 아현이 걱정돼서 전화를 걸어 보았지만 그녀는 전화를 받지 않았다. 일부러 그런 건지 휴대폰이 꺼져 있었다.

"……"

민철이 등장하고 곧장 경찰관들이 사태를 수습했다고 했으니 큰 문제는 없을 것이다.

*　*　*

전날 너무 진을 뺀 탓인지 동해는 아침 알람을 듣지 못할 만큼 깊게 잠들었다. 덕분에 늦잠을 자 버렸고 학교까지 정신없이 달려야 했다. 제대로 씻지도 못하고 잠도 덜 깬 상태에서 전속력으로 뛰려니 그리 유쾌한 기분은 아니었다. 그렇게 땀범벅이 되어 학교에 도착했다. 그중에서도 제일 먼저 향한 곳은 아현의 교실이었다. 그곳에는 이나와 여러 학생들이 있었지만 아현의 모습은 보이지 않았다.

"이나야, 아현이는? 아직 안 온 거야?"

이나는 평소보다 더욱 앙칼진 눈매를 하고 있었다. 그녀는 다른 곳을 쳐다보며 건성으로 답했다.

"몰라, 연락도 안 받더라고. 망할 계집애."

툴툴거리긴 했지만 표정이나 눈빛에서는 걱정하는 기색이 역력했다.

"그보다 너 상처는 괜찮아? 어제 저녁에 학원 끝나고 인터넷 검색해 보니까 막 피 흘리고 장난 아니던데."

"그거? 어, 음. 별거 아니야. 아무 문제없어."

동해의 어설픈 연기력으로는 한계가 있었다. 그 정도로는 이나를 납득시킬 수 없었다. 그러나 겉보기에 멀쩡해 보이는지라 이나도 그 이상은 파고들지 않았다.

동해는 아현이 걱정스러웠다. 그래도 크게 위험한 일을 당했다거나 하지는 않았을 것이다. 당시의 정황대로라면 경찰관들이 사태를 수습하고 경찰서로 갔을 테니까. 경찰서에서 몇 가지 진술을 하고 곧장 귀가했을 거라는 게 동해의 추측이었다.

'설마 집에서 안 나오는 건가?'

그렇게 밖에 생각할 수가 없었다. 어제 겪었던 일에 너무나 큰 충격을 받아서 위축되었을 가능성이 높았다. 좁은 방 안에서 스스로를 책망하고 질책하고 있을 아현을 생각하니 동해는 안타까운 기분이 들었다. 일단 지금 당장은 어쩔 도리가 없고 수업이 전부 끝나는 대로 아현의 집에 찾아가기로 마음먹었다.

"이나야, 학교 끝나고 같이 아현이네 집에 가 보자."

"왜?"

"걱정돼서 말이야. 직접 찾아가 봐야 할 거 같아. 혼자 가는 것보단 둘이 가는 게 낫지 않을까?"

"됐어, 뭘 걱정하고 그래. 걱정할 필요 하나도 없어."

"예전부터 알고 지내던 친구 사이라며. 어떻게 그렇게 말할 수 있어? 너는 아현이가 걱정되지도 않아?"

"응. 걱정되지 않아."

"너!"

끝까지 퉁명스러운 이나의 반응에 화가 난 동해는 그녀의 어깨를 부여잡았다. 꽤나 세게 잡았는지 이나는 살짝 눈썹을 찌푸렸다.

"아무리 그래도 친구잖아. 그게 친구를 대하는 태도야?"

"나와 아현이와의 관계는 네가 상관할 바가 아니야. 저마다 사람을 대하는 방식이 있는 거라고. 모두가 다 같아야 할 이유는 없잖아?"

"그래도 그렇지."

"그리고 내가 아현이를 걱정하지 않는 이유가 뭔지 알아?

뒤를 돌아봐."

"뒤?"

무슨 영문인가 싶어 동해는 이나가 시키는 대로 뒤를 돌아봤다.

"어?"

그곳에는 아현이 서 있었다. 전보다 많이 수척해진 얼굴이었지만 다행히도 별 탈은 없어 보였다. 아현은 동해가 했던 말을 전부 들었는지 약간 창피해하는 기색이었다.

"거, 걱정해 줘서 고마워."

동해 역시 민망하기는 마찬가지였다. 약간 늦은 것뿐인데 너무 호들갑을 떨어 버렸다. 동해와 아현, 두 사람이 서로 머쓱해하는 와중에 이나가 작게 웃으며 말했다.

"아까 왜 걱정 안 하느냐고 물었지? 그건 믿기 때문이야. 평소였으면 이 찌질한 계집애가 또 방구석에 처박혀 있겠구나 생각했겠지만, 어제 사람들이 올린 동영상을 보니까 괜찮겠다 싶더라고."

어제 있었던 나이트 후드와 서림의 싸움은 그날 바로 인터넷에 올라왔다. 대부분의 영상은 육교 위에서의 싸움 위주였다. 덕분에 이나는 나이트 후드와 서림의 싸움, 그리고 아현과 서림의 포옹까지 세세하게 볼 수 있었다. 당시 아현이 보여 준 용기 있는 행동에 감동한 것이다.

"나름대로 멋졌어."

이나는 아현에게 선물로 윙크를 날려 보냈다.

"아 참, 그러면 서림이는 어떻게 되는 거지?"

이나의 물음에 아현의 얼굴이 굳었다.

"그게…… 그냥 좋게 끝날 거 같지는 않아. 지금까지 서림이가 했던 잘못들이 모두 더해져서……."

이나는 교실에 있는 학생들의 눈치를 보더니 두 사람을 끌고 다른 곳으로 장소를 옮겼다. 아무래도 교실은 탁 터놓고 이야기하기에는 보는 눈과 듣는 귀가 너무 많았다. 세 사람은 곧장 옥상으로 향했다.

"결국 소년원 가나 보네. 어쩔 수 없는 일이지. 걔가 지금까지 벌인 일이 있는데. 아마 이전처럼 경고만 받고 끝나지는 않을 거야."

이나가 대신 말을 매듭짓자 아현은 작게 고개를 끄덕였다. 안타까움에 동해는 한숨을 쉬었다.

'결국 이렇게 되는구나.'

도와주고 싶었다. 나쁜 짓을 했으니 단순히 혼내고 벌을 주는 정도가 아니라 근본적으로 좋게 바뀌기를 원했다. 현재 철광이 그러한 것처럼 말이다.

하지만 서림은 지금까지 해 온 행동이 도저히 용서 받을 수준이 아니었다. 그리고 그것이 철광과 서림의 차이였다. 자신의 한계를 뼈저리게 느끼며 동해는 침울한 표정을 감추지 못했다. 우울한 분위기를 탈피하려는 듯 아현이 달라진 목소리로 말했다.

"별로 좋은 일은 아니지만. 소년원 간다고 인생이 끝나는 건 아니잖아, 아직 퇴학 여부도 모르고. 그러니까 좀 더 지켜볼 거야. 아니, 내가 도울 거야. 서림이가 그곳에서 나온 후로도 성실하게 살 수 있도록, 내가 옆에서 있는 힘껏 도울 거야."

"잘 생각했어."

동해는 아현의 달라진 모습에 기분 좋게 웃었다. 그녀는 전과 많이 달라진 모습이었다. 더 이상 도망치려 하지 않았고 맞서려 했다. 그 모습이 보기 좋았다.

"서림이가 날 용서할지 모르지만. 그래도 해 볼 거야. 나한테도 책임이 있으니까. 두 사람 다 고마워. 덕분에 용기가 생긴 거 같아. 이제부터는 도망치거나 다른 사람에게 의지하지 않을 거야. 이제부터는 스스로 해낼 거야."

아현의 부쩍 달라진 모습에 이나와 동해는 서로 쳐다보며 희미하게 웃었다. 다행이라고, 동해는 생각했다.

며칠 뒤.

동해는 약속했던 대로 민철에게 기 수련을 받기로 했다. 수련 시간은 학교 끝나자마자 바로 시작해서 새벽 한 시까지. 그리고 일주일 내내, 쉬는 날은 없었다. 학생으로서 굉장한 강행군이었지만 동해는 마다하지 않았다. 기회라고 생각했던 것이다. 두 번 다시 찾아오지 않을 일생일대의 기회. 듣던 중 반가운 이야기로 체내에 기가 활성화되면 평상시 느끼는 피곤함도 대폭 줄어들 거라고 한다. 어서 빨리 익숙해지기를 비는 수밖에.

"준비됐냐?"

민철이 물었다.

"너무 오래 기다렸어요."

서로 마주 본 동해와 민철은 의미심장하게 웃었다. 기분 좋게 웃는 것 같으면서도 미묘한 긴장감도 느껴졌다.

"각오는 돼 있겠지?"

"잘 부탁드립니다."

민철은 악수를 건넸고 동해는 소탈하게 웃으며 그 손을 잡았다. 이제부터가 시작이다.

*　　*　　*

서림은 결국 소년원행이 결정되었다. 너그럽게 봐줄 수 있는 요건이 몇 가지 있었으나 그보다는 서림이 벌인 잘못과 폭력의 크기가 더욱 컸다. 그러나 서림은 결과에 대해서 가타부타 말하지 않았다. 순순히 자신의 잘못을 인정하고 받아들이기로 결정했다. 도를 넘어 버렸다는 건 누구보다도 자신이 더 잘 알고 있었다. 차라리 속 시원하게 벌을 받고 싶다는 감정이었다. 고독하다는 감정이 없는 것은 아니었지만 그마저도 받아들이기로 마음먹었다.

소년원도 따지고 보면 단체 생활인지라 처음엔 그도 적응하기가 어려웠다. 시비를 거는 녀석들도 있고, 괜히 친한 척 다가오는 녀석도 존재했다. 둘 다 구분 없이 박살내 버리고 싶었지만 서림은 참기로 했다. 아니, 참는다기보다는 이해하기로 했다. 이런 사람이 있으면 저런 사람도 있는 법이라고. 그리고 기껏 잘못을 인정하고 소년원까지 들어왔는데 이곳에서까지 문제를 일으키고 싶지 않았다. 이젠 함부로 폭력에 기대지 않기로 했다.

간혹 서림의 부모님들이 면회를 오곤 했다. 그 외에 면회는 일절 없었다. 만수 패거리? 서림이 그들을 친구라 생각하지 않았듯이 그들 역시 서림을 친구라 여기지 않았다. 서림은 그것이 당연하다고 생각했다. 그 누가 자신을 찾아올까. 아무런 기대도 하지 않았다. 일말의 희망도 품지 않았는데 또 다른 누군가가 면회를 왔다.

아현이었다.

투명한 플라스틱 벽 너머에 앉아 있는 아현을 본 서림은 자리에 앉지도 못하고 엉거주춤한 자세로 굳었다. 어색한 건 아현도 마찬가지였다. 이렇게 면회를 오기까지 수만 번 생각했고 고민했다. 알 수 없는 두려움과 걱정이 앞섰기에 쉬운 마음으로 찾아올 수는 없었다. 하지만 용기를 냈고 결국 이렇게 찾아온 것이다.

"서림아 자, 잘 지냈어?"

"그…… 응, 어."

플라스틱 벽을 사이에 두고 서림과 아현은 고개를 푹 수그렸다. 둘 다 자신의 손끝만 바라보며 말을 웅얼거렸다.

"고마워, 와 줘서. 설마 면회를 올 줄은 몰랐어."

"앞으로 자주 올 거야."

조곤조곤 말을 잇던 아현은 이내 눈물을 뚝뚝 흘렸다. 그녀는 무슨 말을 해야 할지 몰랐다. 준비해 온 말도 없었고 그냥 무작정 찾아왔다. 채 정리되지 않은 감정은 결국 눈물로 흘러내렸다. 그렇게 아현은 별다른 말도 하지 못하고 그저 흐느끼며 울었다. 그 와중에 흐느끼듯 한 말이 있었으니.

"미안해."

아현의 사과에 서림도 사과했다. 자기가 더 미안하다고, 왜 네가 사과하느냐고, 잘못한 사람은 나라고. 그렇게 두 사람은 서로 경쟁이라도 하듯 면회 시간이 다 끝날 때까지 미안하다는 말을 주고받았다.

집으로 돌아온 아현은 현관문 앞에서 잠시 멈춰 섰다. 이대로 집에 들어가는 것이 잠시 망설여졌다. 아쉬움 같은 감정이 아니었다. 그것은 두려움이었다. 이 문 앞에서 자신을 기다리고 있는 이들은 가족이 아니었다. 서림의 일은 어떻게든 끝을 맺었지만 그녀에겐 아직 한 가지 일이 남아 있었다.

"……."

천천히 문을 열고 집 안으로 들어갔다. 집으로 들어가자 아현의 고모가 그녀를 맞았다. 두 사람의 사이는 이미 소원해질 대로 소원해져 있었다. 그것은 누구 하나의 잘못이 아니다. 두 사람 모두의 잘못이다. 아현의 고모는 금전적인 문제로 아현을 미워했고, 아현 역시 그녀와 가까워지기 위해 어떤 노력도 하지 않았다. 하지만 이제부터는 달라질 것이라 마음먹은 아현이었다.

"아현이 왔구나. 밥 먹을래?"

"그……."

아현은 잠시 머뭇대다가 작게 대답했다. 살포시 웃으며.

"예, 고모."

길고도 짧았던 면회 시간이 끝나고 옆에서 지켜보던 간수가 서림을 이끌었다. 아쉬운 듯 아현은 플라스틱 벽을 어루만지며 서림에게 안녕을 고했다. 면회실을 나오고, 복도를 걸으며 간수는 슬쩍 서림을 살폈다. 고개를 푹 수그리며 걷는 서림의 얼굴은 많이 수척해 보였다.

"너 우냐?"

간수의 물음에 서림이 고개를 들었다. 실실 눈웃음을 지으며 그가 말했다.

"전 태어날 때도 안 울었어요."

"그럼 새로 태어난 셈 치지. 지금 울고 있잖아."

"……아니라니까요."

간수는 서림의 등을 토닥여 주었다.

* * *

모두가 원만하게 해결됐지만 그중에서도 정신적으로 불안감에 휩싸인 인물이 있었으니, 바로 만수였다. 만수는 2연타로 충격을 받아 정신을 못 차렸다. 철광에 이어 서림까지 연달아 패배했다. 인정할 수 없는, 인정하고 싶지 않은 결과였다.

만수는 피시방 컴퓨터 앞에 앉아 줄담배를 피우는 중이다. 교복이 아닌 다른 옷을 입고 머리카락에 왁스를 발라 힘을 준 상태다. 제법 어른 티가 났기에 아르바이트생도 딱히 건드리지 않았다. 도저히 답이 없는 상황이었다. 한 명은 절교하여 사람이 완전히 뒤바뀌었고, 다른 한 명은 소년원에 들어갔다. 나머지 하나는 여자 뒤꽁무니나 좇는 망나니이며 만수 본인은 그리 싸움을 잘하지 못했다. 그렇다면 남은 건 한명뿐인데…….

'사냥개밖에 없나.'

휴대폰을 꺼낸 만수는 곧장 연락하지 않았다. 고민되는지 약간 뜸을 들이더니 한참 뒤에야 통화 버튼을 눌렀다.

"성주야, 나 만수야."

〈오, 어쩐 일이야.〉

휴대폰 너머에서는 청소년답지 않은 부드러운 목소리가 울렸다. 그가 바로 만수 패거리 5인방 중 마지막 멤버인 사냥개 신성주였다. 강렬한 별명과는 어울리지 않게 상대를 배려하는 듯한 편안한 목소리였다.

"아니, 언제 시간 나면 밥이라도 같이 먹자고 해서 연락했지. 너 요즘 대체 뭘 하고 다니기에 학교 아니면 코빼기도 안 비치냐?"

〈하하. 그럴 일이 있어서 말이야. 그럼 만나서 뭘 말하려는데? 무슨 부탁?〉

성주는 부드럽게 말하면서도 곧장 만수의 의도를 정곡으로 찔렀다. 만수의 생각은 간단한 것이었다. 서림이 때처럼 자연스럽게 만나서 나이트 후드를 각인시키고, 둘을 싸움 붙일 참이었다. 하지만 이렇게 대놓고 용건을 물어봐서야 직접적으로 말하기도 애매했다.

〈내가 넘겨짚는 건지는 모르겠지만 말이야. 만약 싸움과 관련된 일이라면 그건 안 돼. 나 이제부터 안 싸우기로 했거든.〉

"후후, 네가?"

〈응. 이제 우리도 고등학생인데 언제까지고 쌈박질만 하면서 살 수는 없잖아? 그래가지고 어떻게 대학교에 들어가고 취

직하겠어. 이젠 정신 차려야지.〉

"많이 변했네."

〈이제 그만 속 썩이고 어머니한테 효도해야지.〉

"그래, 알았다. 어차피 그런 부탁도 아니었어. 반드시 부탁할 게 있어야만 만나냐? 너도 참."

만수의 말에 성주는 작게 웃음소리를 냈다. 아주 작은 소리였지만 만수는 그것이 비웃음이라는 걸 직감적으로 알 수 있었다. 전부터 느꼈던 거지만 성주에게는 상대의 의도를 파악하는 능력 같은 게 있었다. 어디까지나 심증에 불과하지만 그가 말하는 것, 그리고 눈빛을 보고 있노라면 속내를 온통 드러내는 것만 같은 심정이었다. 지금도 마찬가지였다. 만수의 저의를 알고 미리 딱 선을 그어 버리다니. 허탈한 심정을 느끼며 만수는 통화를 끊었다.

"개자식."

통화가 끝나자 만수는 바로 본색을 드러냈다. 어차피 그에게 있어 진정한 친구라는 건 있지도 않았다. 만수가 친구라고 부르는 사람은 어디까지나 이용하고 부려 먹을 장기말에 불과했고, 사냥개라고 해서 크게 다르지 않았다. 그런데 장기말이 명령을 거부하다니. 오랜만에 느껴 보는 치욕이었다.

"제기랄!"

화가 난 만수는 주먹으로 냅다 컴퓨터 책상을 후려쳤다. 덕분에 근처에 있던 다른 이들의 이목을 샀다. 만수는 그들을 한 번씩 째려봐 주고는 인터넷을 검색했다. 웹서핑이라도 하면서 기분을 가라앉힐 심산이다. 이렇다 할 목적지 없이 포털 사이트를 이리저리 돌아다니던 중 뭔가가 만수의 눈길을 끌었다. 인기 검색어 순위였다. 나이트 후드가 순위에 있는 것은 별 문제가 아니었다. 저번에 서림이 사태로 또 한 건 해냈으니 상위권에 있는 것은 당연한 일이었다. 그런데 나이트 후드보다 상위권에 있는 '나이트 워커'는 대체 뭐란 말인가. 궁금해진 만수는 나이트 워커라는 글자를 클릭했다.

"이게 뭐야?"

정체를 감추고 정의를 지키는 영웅들의 팬 카페. 나이트 워커에 어서 오세요!

나이트 워커는 나이트 후드의 팬 카페 이름이었다. 어이가 없어진 만수는 웃는 듯 얼굴을 찡그리며 이마의 식은땀을 훔쳤다.

"같잖은 자식들이 어디서 이런 되도 않는 짓거리를."

성질이 폭발한 만수는 또 다시 컴퓨터 책상을 주먹으로 내려쳤다.

"망할 새끼들이 지금 장난치나!"

만수는 모르고 있었다. 나이트 워커 카페에 올라온 히어로 목록에 나이트 후드만이 있는 게 아니라는 것을, 뜬금없지만

'검은 봉투 남자'도 히어로 목록에 올라와 있다는 것을 말이다. 카페의 대문에는 다음과 같은 글귀가 적혀 있었다.

나이트 워커: 나이트 후드와 검은 봉투 남자와 같은, 자신의 정체를 감추고 악당을 벌하며 정의를 지키는 영웅들의 통칭입니다. 기억해 두세요.

카페에 가입하시겠습니까? [Yes/No]

Battle 05

한밤의
데이트

모델.

굳이 어느 쪽이냐고 묻는다면 청년의 모습은 모델 같은 스타일이었다. 키도 180을 넘을 만큼 쭉쭉 뻗어 있었고 옷도 남이 입었으면 대충 입었다고 할 만큼 평범했으나 옷걸이가 받쳐주니 멋이 살았다.

청년은 테가 없는 안경을 껴서 이지적인 느낌이 짙었고 은색의 헤드폰을 목에 걸치고 있었다. 길가를 걷는 여성들은 청년을 보며 힐끔힐끔 곁눈질을 보내기도 했다. 그러다가 딱 눈이 마주치면 여성들은 어쩔 줄을 몰라 했고 청년은 부드럽게 웃음으로 때웠다.

청년은 걸음을 멈추고 고개를 들었다. 그의 옆에는 2층짜리 상가 건물이 있었다. 허름하고 낡아 빠져서 무슨 용도의 건물인지 분간하기도 힘들었다. 청년은 잠잠히 건물을 살피고는 자그맣게 입을 벌리고 있는 입구로 들어갔다. 2층으로 향하는 계단 입구였다.

"아가야, 여긴 함부로 들어오는 곳이 아니다, 돌아가라."

계단의 끝에는 투실한 체구의 남자가 간이 의자를 놓고 앉아 있었다. 앉아서 신문을 보는 폼이 침입자를 막는 문지기의 느낌이다. 뚱보의 경고에도 청년은 묵묵히 계단을 밟았다.

"이 새끼가 귓구녕이 틀어 막혔나. 이쪽으로 오지 말라고 했잖아."

뚱보가 간이 의자에서 육중한 몸을 일으켰다. 그리고 밑에서 올라오는 청년을 향해 발길질을 했다.

"어?"

그러나 청년의 모습이 순식간에 사라졌다. 즉, 뚱보는 계단의 끝에서 허공에다 발길질을 한 것이다.

"실례하겠습니다."

길은 완벽하게 일직선이었고 옆으로 돌아갈 공간도 없었다. 그럼에도 청년은 순간이동이라도 한 것처럼 통과한 것이다. 청년이 발길질을 피해 균형을 잃은 뚱보는 비명을 지르며 계단에서 굴러 떨어졌다. 몸이 육중한지라 다른 사람보다 데미지가 더욱 컸다. 가장 아래까지 굴러간 뚱보는 몸을 부들

부들 떨며 신음했다. 아무래도 어디 한 군데 부러진 모양이다. 청년은 무덤덤하게 밑을 내려다보고는 복도를 걸었다. 복도의 끝에는 갈색의 낡은 문이 있었다.

"뭐야, 밖이 왜 이리 시끄러워?"

뚱보가 계단을 구르며 낸 소리가 안까지 들린 모양이다. 청년은 문 앞에 서서 얌전히 노크했다.

똑똑똑.

"누구야, 돈가스 너냐?"

다시 한 번 노크 소리가 들렸다. 똑똑똑.

"대답을 해 자식아! 누구야?"

"후우."

청년은 깊게 한숨을 쉬었다. 청년이 다시 한 번 손을 갖다 댔을 땐 노크 수준으로 끝나지 않았다. 분쇄기로 갈아버리듯 문이 바깥에서 안쪽으로 부셔졌다.

콰드득! 콰지직!

문 앞에서 조용히 숨죽이고 있던 사내는 마른하늘에 날벼락 같은 사태에 어이쿠 비명을 지르며 뒤로 넘어갔다. 삐죽삐죽한 나무 파편과 톱밥을 머리에 온통 뒤집어쓴 사내는 돌처럼 굳어서 청년을 올려보았다. 살짝 입을 벌리고 있는데 그 사이로 은색의 치아 교정기가 보였다.

"너 뭐야? 누구야 대체!"

청년은 말이 없었다. 말하는 대신 상대의 발목을 짓밟았다.

쿠득!

발목이 부러진 남자는 눈알이 튀어나올 듯 눈을 크게 떴다.

"끄아악!"

힘도 힘이었지만 그런 무자비한 짓을 하는 청년의 표정에는 어떤 감정도 담겨 있지 않았다. 벌레를 짓밟아도 이 정도는 아닐 것이다. 청년은 이번에는 남자의 반대쪽 발목을 짓이겼다. 행동에는 일말의 망설임도 없었다.

"하아악!"

양쪽 발목이 전부 부러진 남자는 죽어 가는 지렁이처럼 꿈틀거렸다.

"자, 잘못했습니다! 제발, 제발 그만!"

남자는 자기가 뭘 잘못했는지도 모르고 무작정 사과부터 했다. 상대가 이렇게 피도 눈물도 없어서야 저항할 마음이 생길 틈도 없었다. 이유는 모르지만 일단은 죄송하다고 싹싹 빌었다.

"그만두세요."

"예?"

"그만두라고요."

"무, 뭘 말입니까."

"거리에서 장사하는 사람들 자릿세 명목으로 돈 뺏는 거 하지 마세요. 죽여 버리는 수가 있으니까."

"으아아, 아, 알겠습니다. 그렇게 하겠습니다."

볼일을 마친 청년이 밖으로 나가려는데 그보다 먼저 안으로 들어오는 사람들이 있었다. 조직의 다른 인원들이었다. 의도적으로 맞춰 온 것은 아니었다. 때마침 타이밍이 좋았을 뿐이다. 발목이 뭉개진 남자는 조직원들의 등장에 기쁨을 감추지 못했다.

'옳거니! 너 이 새끼 잘 걸렸다.'

세 명이나 등장했건만 청년의 얼굴에는 일말의 반응조차 없었다. 무덤덤한 표정을 유지하더니 이내 피식 비웃음을 지었다.

* * *

나민서는 양손 가득 장바구니를 들고 집으로 향하고 있었다. 오늘은 일요일이라 포장마차를 쉬는 날이었다. 나이트 후드 때문인지 최근 장사가 잘되는 중이다. 여세를 몰아 쉬는 날 없이 장사를 계속하고 싶었지만, 그녀에게는 돈보다 중요한 것이 있었다. 바로 하나뿐인 가족, 아들이었다. 포장마차 일 때문에 대화는커녕 서로 얼굴 볼 시간도 부족했다. 이렇게 주말이라도 시간을 내서 직접 밥도 지어 주고 이런저런 대화도 나누고 싶은 게 민서의 마음이었다.

'사춘기 시절이 특히 부모들의 사랑이 필요할 때라고 하니까. 이제부터라도 많이 신경 써 줘야지.'

경쾌하게 걸음을 옮기던 중 어디선가 챙그랑! 하는 소리가 크게 울렸다. 고개를 올려 보니 상가 2층 건물의 창문이 깨지는 소리였다. 검은 옷을 입은 남자가 온몸으로 창을 깨며 떨어지는 중이었다.

"세상에!"

2층에서 떨어진 남자는 밑에 주차 중이던 자동차 위로 추락했다. 거기서 끝이 아니었다. 그 이후로도 몇 명이 더 창을 깨고 건물 밖으로 튕겨져 나왔다. 불현듯 겁을 집어먹은 민서는 종종 걸음으로 재빨리 집으로 돌아갔다.

집에 도착한 민서는 놀란 가슴을 진정시키며 장 봐 온 재료들을 하나둘 꺼냈다. 방금 본 무시무시한 광경을 잊기 위해 그녀는 서둘러 요리에 들어갔다. 재료들을 손질하고 간을 보며 시간을 보내다 보니 조금 전의 사건은 금방 뇌리에서 잊혀졌다. 오랜만에 아들과 함께 식사할 것을 떠올리니 배시시 미소마저 지어졌다.

"다녀왔습니다."

절묘한 타이밍이었다. 마침 밥과 찌개가 거의 다 완성되어 가던 참이었다.

"아들 왔어? 엄마가 지금 밥하고 있어. 5분만 기다리렴."

"괜찮아요. 안 먹어도 돼요."

그녀가 뭐라 말할 틈도 없이 소년은 쏘옥 방 안으로 들어갔다. 당황한 민서는 일단 밥상 세팅을 완료한 뒤 쪼르르 아들의 방으로 들어갔다.

"아들, 밥 먹어야지."

소년은 민서가 들어오기 무섭게 휴대폰을 닫았다.

"아들, 무슨 통화했어? 방금 보니까 작게 웃던데."

"아무것도 아니에요. 그냥 친구랑 통화 했어요. 다음부터는 노크하고 들어와요, 좀."

"근데 정말 밥 안 먹을 거야? 진짜로? 정말로?"

"아아, 알았어요. 알았어. 먹을 게요, 먹는다고요. 됐죠?"

"자자, 어서 밥 먹으러 갑시다. 고고!"

민서는 만수의 친구이자 사냥개라는 별명을 지녔으며, 동시에 자신의 아들인 성주의 등을 떠밀었다. 아들을 대하는 그녀의 얼굴에는 환한 미소가 만연해 있었다. 젊은 엄마의 등살에 성주는 어쩔 수 없다는 듯 눈을 감고 한숨을 쉬었다. 성주는 가끔 자신의 어머니가 원망스러웠다. 이제 열일곱 살인데 아직도 어린애 취급하는 게 싫었다. 그만큼 자신에게 애정을 쏟는다는 의미니 그리 나쁠 것은 없겠지만.

*　　*　　*

해가 지며 하늘이 서서히 붉게 물들었다. 이후 얼마 지나지 않아 달이 떠오르며 도시가 어둠에 잠들었다. 도시를 깨운 건 각종 휘황찬란한 빛의 네온사인들이었다. 거리에는 아직 잠들지 못한 수많은 사람들로 가득 했다. 잔잔한 물결처럼 넘실거리는 사람들 틈 사이를 전속력으로 가로지르는 사내가 있었다. 그는 마스크를 쓰고 있었고 한 손에는 검은색의 고급 백을 들고 있었다. 그보다 한참 멀리에서는 온갖 악세사리로 몸을 치장한 여성이 고래고래 소리를 지르는 중이었다.

"소매치기야! 누가 저놈 좀 잡아 줘요! 소매치기야!"

여인과 소매치기 사이의 거리는 제법 멀었다. 여인과 가까이에 있는 사람들이 뒤늦게 달려가 보지만 따라잡기엔 거리 차가 너무 많이 났고, 소매치기와 가까이에 있는 사람들은 그가 소매치기인 걸 알지 못했다.

소매치기는 사람들 많은 곳을 피해 골목으로 재빠르게 들어갔다. 아직 경찰관들은 나타나지도 않았고 이대로 도망친다면 고급 백과 그 안에 든 지갑, 그리고 현금은 그의 차지였다. 이대로 순탄하게 도망칠 수 있다면 말이다.

"스톱."

벼락이 떨어지는 것처럼 소매치기의 몇 미터 앞에 누군가가 내려왔다. 그는 굉장히 높은 곳에서 뛰어내렸는데도 큰 소리 없이 고양이처럼 날렵하게 바닥에 안착했다.

"나, 나이트 후드!"

검정 후드와 해골 마스크를 쓴 나이트 후드의 등장이다. 소매치기야 오늘 처음 만나는 것이니 몰랐겠지만 그전까지의 나이트 후드와는 많이 달라진 모습이었다. 겉으로는 달라진

게 없었으나 풍기는 기운이 전혀 달랐다. 결정적으로 눈빛이 달랐다. 그의 눈은 황금을 담아 놓은 듯 금빛으로 빛나고 있었다. 나이트 후드는 별다른 행동을 하지 않았다. 다만 당황한 소매치기를 향해 손가락을 까딱였을 뿐이다.

"내놓으시지."

"칫, 웃기지 말라고!"

소매치기의 동작은 생각 이상으로 빨랐다. 그는 다람쥐처럼 나이트 후드를 지나쳤다.

"자신 있으면 어디 한번 잡아 보라고!"

소매치기가 재빠르게 달리며 약 올리기 위해 뒤를 돌아보는데, 뒤에 있어야 할 나이트 후드가 보이지 않았다. 방금 제쳤으니 뒤에 있어야 할 텐데 어디로 간 건지 사라진 것이다.

'어디로 갔지?'

"여기."

놀랍게도 나이트 후드는 소매치기보다 한 발 앞에 있었다. 미처 확인하지 못한지라 소매치기는 속력을 줄이지 못했다. 소매치기는 나이트 후드가 미리 뻗고 있던 주먹에 이마를 부딪치고는 발라당 뒤로 넘어갔다. 가벼운 일격에 정신을 잃었는지 소매치기는 일어날 생각을 하지 않았다. 그가 기절한 걸 확인한 나이트 후드는 다시 어둠 속으로 몸을 숨겼다.

얼마 지나지 않아 백을 빼앗긴 여성과 사람들이 골목으로 들어왔다. 그들은 바닥에 쓰러져 정신 못 차리는 소매치기를 보며 한숨을 쉬었다. 사내의 옆에는 나이트 후드의 전용 상징인 해골이 그려진 명함이 놓여 있었다. 명함에는 해골 상징과 함께 짧은 글귀가 적혀 있었다.

나이트 후드가 지켜보고 있다.

* * *

육교 사건 이후 석 달이 지났다.

석 달 동안 나이트 후드의 활약이 워낙에 뜸했던지라 사람들은 그가 사라진 것 아니냐며 말이 많았다. 당시 검은 봉투 남자까지 등장하고 초인적인 능력을 대대적으로 보여 준지라 사람들의 반응은 굉장히 컸다. 초능력 히어로의 등장이라느니, 그의 정체는 과연 무엇이냐, 육교 사건 때 피를 너무 많이 흘려서 죽은 것 아니냐 등등. TV 방송부터 인터넷까지 전부 그들의 이야기로 난리법석이었다.

팬 카페의 영향 때문인지 검은 봉투 남자와 나이트 후드의 통칭은 나이트 워커로 굳어졌다. 어둠의 길을 걸으며 정의를 세우는 히어로를 뜻하는 말이다.

석 달이 지난 다음부터 나이트 후드의 활약이 다시 시작되었다. 나이트 후드는 지금까지와는 완전히 다른 움직임과 싸움 실력을 드러냈다. 벽을 타고 3, 4미터는 가볍게 뛰어오르는 그의 모습에 사람들은 열광했다.

좋은 반응만 있는 것은 아니었다. 반대의 여론도 만만치 않았다. 결과적으로 보면 나이트 워커들은 범법자다. 당연하게도 폭력이 가미된 자경단 활동은 위법인지라 진즉에 수배 명단에 올라간 뒤였다. 검은 봉투 남자는 민철이 위기를 타파하기 위해 급조한 캐릭터이니 더 이상 모습을 드러내지 않았지만 나이트 후드는 아니었다.

석 달이 지난 후 그는 보다 본격적으로 행동에 나섰다. 동에 번쩍 서에 번쩍 움직이며 작게는 소매치기, 크게는 조폭들까지 단신으로 쓸어버리는 괴력을 과시했다.

민철 밑에서 배운 기 수련이 톡톡히 효과를 발했다. 동해는 놀라운 집중력으로 기의 운용법을 금방 터득했다. 스펀지가 물을 빨아들이듯 놀라운 흡수력을 보였다. 민철도 동해가 이렇게까지 할 수 있으리라 예상하지 못했기에 더욱 놀라운 결과였다. 동해의 수준이 어느 정도 됐다 싶은 민철은 그 이상 수련시키기를 거부했다. 지금 이 정도만 해도 충분하다고 여겼다. 아니, 민철은 동해에게 기를 가르치면서도 이것과 과연 옳은 일인가에 대해 계속 고민했다.

물론 '기'는 가르친다고 아무나 배울 수 있는 것이 아니다. 하지만 결과적으로 기를 깨우친 자는 다른 자들과 비교할 수 없는 거대한 힘을 손에 넣게 되는 셈이다. 그 절대적인 힘은 얼마든지 돈과 권력으로 치환할 수 있는 것이기도 하다. 과연 동해가 얼마만큼 중도를 지킬지 민철은 앞으로 두고 보기로 했다.

*　　　*　　　*

일출고의 점심시간.

점심때를 알리는 종이 울리자 학생들은 소리를 지르며 밖으로 뛰쳐나갔다. 어차피 급식의 경우 각 학급별, 반별로 순번이 정해져 있다. 즉, 현재 뛰쳐나간 아이들은 매점을 이용하려는 것이다.

"우아아아!"

"1등은 내 차지다!"

학생들은 콜로세움의 검투사들처럼 서로 견제하며 치열한 접전을 펼쳤다. 1층의 어떤 학생들은 창문을 열고 몸을 내던지기도 했다.

"으하하, 내가 1등이다!"

거대한 무리를 등진 소년이 있었다. 소년은 힐끔힐끔 뒤를 돌아보며 승리의 미소를 지었다.

쿵쿵쿵!

그런 소년의 뒤를 쫓는 거대한 그림자가 있었으니.

"뭐지?"

큼지막한 그림자가 서서히 자신을 덮쳐오자 소년은 다시 뒤를 돌아보았다.

"허엇! 너는!?"

"우워어!"

철광이었다. 철광이 발로 바닥을 찍을 때마다 지축이 흔들리는 듯했다. 두 팔을 앞뒤로 휘저을 때는 공기가 진동하는 것 같았다.

"꺄악! 잠깐만!"

"문답무용, 흐어!"

철광의 어깨에 부딪친 소년은 바람을 타는 티슈처럼 허공을 팔랑거렸다. 1등을 차지한 철광은 희열에 차 광소를 터트렸다. 저기 멀리 두부처럼 생긴 매점이 서서히 모습을 드러냈다. 쏜살같이 매점 안으로 들어간 철광은 주머니에서 돈을 꺼내며 외쳤다.

"아주머니! 고로케 빵이랑 딸기 우유 주세요!"

후덕한 인상의 매점 아줌마는 호호호 웃으며 철광을 반겼다.

"으이그, 달려오다 넘어지겠다, 넘어지겠어."

계산을 마친 철광은 테이블에 의자를 빼고 앉았다. 자리에 앉아 열심히 빵과 우유를 먹던 중, 철광은 어딘가 이상하다는 느낌을 받았다.

"……"

뒤늦게 학생들이 매점으로 들어왔다. 속속들이 들어오며 줄줄이 소시지처럼 학생들의 열이 이어졌다. 다들 줄을 서고 있었고 자리에 앉은 건 자신밖에 없었다. 아니, 자신밖에 없어야 했다. 그런데.

"요, 철광."

분명 그래야 할 텐데 옆에 앉아 있는 이 녀석은 대체 누구란 말인가!

"동해?"

철광보다 먼저 자리에 앉아 있던 건 다름 아닌 동해였다. 철광의 옆자리에 미리 앉아 있던 동해는 다 먹은 빵 봉투를 꼬깃거리고 있었다. 한 방울 남은 딸기 우유를 입 안으로 털어 넣으며 자리에서 일어난다.

"그럼 나 먼저 갈게."

철광의 어깨를 토닥이고 동해는 북적이는 매점을 유유히 빠져나갔다. 동해의 귀신같은 치고 빠지기에 철광은 넋이 나간 기분이 들었다.

"어라? 분명 내가, 그, 1등인데. 이게 어떻게 된 거지?"

가뿐하게 식사를 마친 동해는 가벼운 걸음으로 교실로 돌아갔다. 그리고 문을 열고 들어가기 무섭게 마치 테이프를 반대로 되감듯 뒷걸음질로 교실을 빠져나왔다. 황급히 문을 닫으며 동해는 가슴을 쓸어내렸다.

"동해, 얘는 대체 어디를 간 거야? 설마 또 매점 갔나? 내가 도시락 싸 준다니까 얘도 참."

교실 안에는 신이나가 버티고 있었다. 그녀는 예의 5단 도시락을 들고서 주변을 두리번대고 있었다. 모세가 홍해를 가르듯 그녀가 걸어가는 방향으로 주변의 학생들이 길을 터 주었다.

"안 되겠군. 직접 나가서 찾아보는 수밖에."

"으힉."

카랑카랑한 이나의 목소리가 문 너머에서도 선명하게 들렸다. 다급해진 동해는 급히 주변을 살피며 도망갈 장소를 살폈다. 하지만 동해의 교실은 복도의 정중앙이었고 은폐물도 없어 도망갈 마땅한 자리도 없었다. 위기의 순간 동해는 결단을 내려야했다.

"대체 어딜 가서 코빼기도 안 비치는 거람."

이나는 교실 뒷문을 걷어차며 신경질적으로 걸어 나왔다. 동시에 동해는 교실 앞문을 열고 안으로 들어갔다. 타이밍 싸움이었다. 또한 소리를 내지 않기 위해 온 정신을 집중해야 했다. 교실에 있던 학생들은 나가는 이나의 뒷모습과 들어오는 동해의 앞모습을 보며 작게 웃었다.

"아, 맞다. 도시락 놓고 왔네."

이나가 다시 교실로 들어오고, 동해도 다시 앞문을 이용해 복도로 나갔다. 그렇게 몇 번을 들락날락거리고 나서야 동해는 이나의 포위망으로부터 벗어날 수 있었다.

'후우, 불량배들보다 이나가 더 무서운 거 같아.'

기를 사용하면서부터 동해에겐 거칠 것이 없었다. 그 누구도 대적자가 되지 못했다. 나이트 후드가 등장한 이후 범죄자들에게 어두운 밤은 그야말로 공포의 시간이었다. 하지만 동해에게 있어 이나는 아직도 상대하기 어려운 존재였다. 학교마저 같으니 어떻게 외면할 방도조차 없었다. 한 시간 지나면 쫄쫄쫄 교실로 들어오고, 수업 시간에도 수십 통씩 문자를 보내온다.

히어로를 압박하는, 진정한 의미에서의 '빌런(villain)'이 아닐 수가 없다. 그렇다고 해서 대놓고 싫은 건 아니기에 단도직입적으로 다가오지 말라고 할 수도 없었다. 그런 말을 했다가는 이나가 상처를 받기 때문……은 아니고, 그랬다간 이나가 죽일 듯이 덤벼들지도 모르기 때문이다.

"아차차, 휴대폰 놓고 갔네."

뒷문으로 나갔던 이나가 다시 들어왔다. 전혀 예상치 못한 기습이었다.

"엇, 네!"

"으악!"

이나는 신경질을 부리며 들고 있던 5단 도시락을 힘껏 던졌다. 곧게 날아간 플라스틱 도시락은 정확히 동해의 이마에 명중했다. 스트라이크다.

"크억!"

동해의 이마와 부딪친 도시락은 연결이 풀리며 다섯 개로 분해되었다. 오색 빛깔의 반찬들이 허공에 흩뿌려지며 동해와 함께 바닥에 널브러졌다.

"이놈, 드디어 잡았다!"

이래서는 이나가 동해를 좋아하는 건지 싫어하는 건지 알 수가 없었다. 체포당하듯 붙잡힌 동해는 이나의 쫑알거림을 들으며 우선 바닥부터 청소해야 했다. 바닥을 다 치우고 나서도 이나의 잔소리는 그치지 않았다.

"너 내가 싫어?"

"싫은 건 아닌데."

"그럼 좋아하는 거잖아? 그런데 왜 자꾸 날 피해?"

뭔가 이상하다.

"잠깐만, 싫어하는 게 아니라고 했는데 그게 어째서 좋아하는 거야? 말이 좀 이상하잖아."

"세상은 모 아니면 도야. 몰랐니? 좋거나 싫거나, 동전이 앞면이거나 뒷면이거나."

"그건 너무 극단적인 거 같아. 그리고 동전은 어딘가에 끼이면 세로로 설 수도 있어."

이나는 입술을 삐죽하게 내밀고서 동해를 쳐다보았다. 그 눈빛이 퍽이나 음흉했던지라 동해는 괜히 몸을 움찔거렸다.

"왜."

"동해 너 전보다 몸이 많이 좋아진 거 같아."

"어, 응? 그, 그래? 고마워. 하하. 헤헤."

순간 이나의 눈이 게슴츠레해졌다. 전보다 음흉도가 500퍼센트는 올라가자 동해는 굉장히 불편해하며 시선을 외면했다. 이나가 뭔가 말을 하려던 찰나, 동해가 한 발 먼저 말을 꺼냈다.

"불편해서 그래. 네가 너무 적극적이니까. 넌 내 취향이 아니야."

"지금 네가 취향을 따지는 거야? 네가? 네 주제에? 네 까짓 게?"

"……!"

이나의 폭언에 동해의 얼굴에 유리가 금이 가는 것처럼 까드득 균열이 퍼졌다. 오래된 석상이 부식되어 부서지듯 가루가 부스스 떨어질 것만 같았다. 민철의 밑에서 수련을 하면서부터였을까. 운동으로 몸매가 날렵해지며 약간씩 외모에 대한 자신감이 붙어 가던 동해였다. 본인이 그렇게까지 썩 뛰어난 건 아니지만 '그래도 이 정도면……' 하고 생각했던 것이 사실이었다. 그런 한 소년의 순수한 믿음을 이나가 와장창 깨부순 것이다. 동해는 세상에게 버림받은 것 같은 표정을 지었다.

"어라? 너 지금 상처받은 거니?"

"아, 아니야."

"그런 거 같은데? 설마 지금까지 네가 잘생겼다고 생각한 거야? 진짜로?"

잠시 고민하던 동해. 가슴속에 담아 놓았던 진실한 이야기를 털어 놓았다.

"솔직히 그렇게 못난 편은 아니잖아."

"풉."

터져 나오는 웃음을 참으려다 이나가 침을 튀겼고, 그것들이 동해의 얼굴로 튀었다. 동해의 얼굴이 다시금 돌처럼 굳었다. 어쩜 저리도 순수하게 웃을 수가 있다니!

담임의 종례가 끝난 후 동해는 가방에 교과서와 노트를 챙겼다. 주섬주섬 물건들을 담는 중 가방끈이 눈에 들어왔다. 뭘 얼마나 거칠게 다뤘는지 한쪽 가방끈이 너덜너덜해서 당장이라도 떨어져 나갈 것만 같았다. 조만간 가방을 새로 구입해야겠다고 동해는 속으로 생각했다.

가방을 메고 교실을 나서려는데 누군가가 앞을 막아섰다. 또 또 신이나였다. 그녀는 자신감 넘치는 미소를 지으며 팔짱을 끼고 있었다. 두 팔로 가슴을 강조하는 그녀 특유의 포즈였다.

"저기, 미안한데 좀 비켜 줄래?"

"나랑 같이 놀자. 오늘 하루 시간 좀 내줘."

"안 돼."

동해는 딱 잘라 거절했다.

"왜 안 돼? 오늘 무슨 약속이라도 있는 거야?"

"약속이랄 건 없지만……. 그보다 너 학원 가는 건 어떻게 하려고?”

“헹, 매일같이 나갔는데 오늘 하루 정도는 빠질 수도 있는 거지. 정말 지겹단 말이야. 학교도 지겨운데 학교 끝나자마자 학원가고, 집에서는 과외하고…… 이렇게 살다가는 정말이지 말라 죽어 버릴지도 몰라. 그러니까 네가 사람 하나 살리는 셈치고 날 좀 도와줘.”

동해는 부리부리하게 경계하던 눈에 힘을 뺐다. 생각해 보니 그녀에게도 그녀 나름대로의 고충이 있었다. 부잣집에서 태어난 만큼 다양한 혜택을 누리지만, 반대로 원치 않는 일들을 강제적으로 해야 한다. 일종의 할당량과 같았다. 집안에 돈이 있으니 필요하다고 생각되는 나머지 스펙들을 쌓기 위해 고생하는 것이다. 중요한 것은 이나가 그런 것들을 원치 않는다는 것이고, 그럼에도 피할 수가 없다는 것이다. 동해는 가끔 그런 이나가 가엽기도 했다. 그렇지만 안 되는 건 안 되는 거다.

“안 돼.”

“히잉, 너무해. 오늘 나랑 데이트해 주면 가슴 만지게 해 줄게.”

“고맙, 뭐라고!?”

이나는 히죽히죽 웃으며 동해의 팔에 달라붙었다. 부탁이 안 먹히자 애교 작전으로 수를 바꾼 것이다. 지금까지 동해를 지켜봐서 그가 육탄 공격에 약하다는 걸 훤히 알고 있었다.

이나는 콧소리를 내며 동해의 팔을 뱀처럼 휘감았다.

"으윽! 저리 떨어져!"

"에잉잉. 왜 이러실까. 같이 놀자. 응? 내가 오늘 듬뿍 서비스해 줄게."

"으아!"

자세가 자세인지라 이나의 가슴이 동해의 팔에 뭉글뭉글 짓이겨졌다. 그 뭉클하고도 감동적인 강렬한 감촉에 동해는 우주를 느낄 수 있었다.

'팔을 붙잡히니 힘이 빠진다!'

이대로 영영 돌아올 수 없는 4차원의 신세계로 빠지려는 찰나. 고요한 도시에 울리는 종소리처럼 한 사내의 목소리가 울려 퍼졌다.

"아가씨."

목소리를 듣자 이나는 더럭 숨을 멈추었다. 그녀에게는 가족의 목소리처럼 매우 익숙한 것이었다. 동시에 지옥의 저승사자 같은 무시무시한 음성이었다. 180이 훌쩍 넘는 장신에 검은 정장, 그리고 뒷부분을 묶은 꽁지머리 스타일을 한 그녀의 보디가드 운이었다. 교실의 학생들은 검은 정장을 쫙 빼입은 훤칠한 미남의 등장에 눈을 휘둥그레 떴다. 남학생들은 '오, 쩐다' 하며 감탄을 보냈고 여학생들은 두 눈을 하트로 뿅뿅거렸다.

"뭐지? 모델인가?"

"저 오빠 멋지게 생겼다. 짱! 짱!"

운은 무덤덤하지만 살짝 신경질이 담긴 눈동자로 이나를 바라보았다. 이나는 잠시 당황하는가 싶더니 동해에게 더욱 철석같이 달라붙었다. 아주 보란 듯이.

"어머, 운 아저씨 왔어요? 소개할게요. 이쪽은 제 남자친구 동해랍니다!"

졸지에 남자친구가 된 동해는 과격하게 고개를 저으며 손사래를 쳤다. 어찌나 격하게 흔드는지 감전된 것 같았다.

"아, 아니에요! 전 이나랑 그냥 친구 사이예요. 아니, 친구라 하기에도 뭐하지만 암튼 사귀는 사이는 아니에요. 진짜예요!"

"알고 있습니다."

운은 간단하게 넘기며 동해를 무시했다. 그보다는 낚아채듯 이나의 손목을 붙잡았다. 반대 손으로는 동해의 손목을 붙잡아 둘을 떼 놓았다.

"따라오시죠, 아가씨. 이번에는 도망 못 갑니다."

이렇게 교실까지 따라와 버린 이상 방법이 없었다. 이나는 항복했다는 듯 눈을 감으며 두 손을 들었다.

"알았답니다. 네네. 어련하시겠어요. 그럼 동해야, 있다가 봐."

"그, 그래. 잘 가."

어색하게 이나에게 인사한 동해는 운에게도 고개를 숙였다. 운은 힐끔 동해를 바라보았다. 매우 찰나였지만 굉장히 의미심장한 눈빛이었다. 두 사람이 교실을 나가자 동해는 긴장이 풀린 듯 다리를 휘청거렸다. 별일 아니었지만 묘하게 긴장감이 서려 있었다.

"어라?"

시큰한 느낌에 동해는 아까 전에 운에게 붙잡혔던 손목을 확인해 보았다. 그렇게 세게 잡았다는 느낌도 없었건만 손목에는 손바닥 자국이 새빨갛게, 아주 선명하게 나 있었다.

학교가 끝나고 집으로 돌아온 동해는 간편한 차림으로 옷을 갈아입었다. 그리곤 침대 위에 가부좌를 틀고 앉았다. 석 달간의 기 수련을 마친 뒤로는 민철의 도장을 찾지 않았다. 가끔 안부를 묻는다거나 놀러 가기는 하지만 이젠 수련의 목적으로 가지 않았다. 기본적으로 배워야 할 것들은 다 배웠다.

이제부터 필요한 것은 명상 수련 정도다. 명상과 심호흡을 통해 몸 안의 기를 활성화시키는 것이다. 잡생각을 지우고 무아지경에 빠지는 것은 쉬운 일이 아니었다. 아주 잠깐이라도 딴생각을 하게 된다면 수련이 제대로 되지 않았다.

가령 무의식적으로 라면을 떠올리면 그때부터는 아무 생각도 안 하려 해도 무분별하게 라면 생각이 머리에서 떠나지 않는다. 그런 아주 사소한 생각들마저 모조리 지우고 무의 상태로 들어가야 했다. 쉬운 일이 아닌지라 명상에 소요되는 시간은 짧으면 네 시간, 길게는 다섯 시간까지 걸리기도 했다.

그렇게 길고 긴 시간을 통해 명상을 마친다고 하루가 끝나는 것도 아니었다. 동해의 하루는 끝일지 몰라도 나이트 후드의 하루는 그때부터가 시작이었다. 활약이 점차 많아지자 나이트 후드에 대한 인터넷 팬 카페가 생겼다. 이름 하여 나이트 워커. 동해가 기를 깨우친 뒤로는 주로 밤에만 활약을 했기에 어찌 보면 절묘한 네이밍 센스이기도 했다.

밤 12시에 가까워졌을 때 기나긴 명상이 끝이 났다. 동해는 천천히 몸을 풀며 옷을 갈아입었다. 후드티를 입고, 후드 주머니에는 해골 마스크를, 그리고 바지 주머니에는 렌즈 통을 넣었다.

렌즈는 최근에 고안해낸 아이디어였다. 나이트 후드라는 초월적인 존재에게 더 신비로움을 주기 위해 황금색 컬러 렌즈를 구입했다. 천천히 도시를 돌다가 나설 일이 생기면 급히 렌즈를 끼고 마스크를 쓰는 것이다. 전에 민철과 대화를 한 적이 있었다.

"동해야, 너 계속 후드 뒤집어쓰고 다닐 거냐?"

"당연하죠. 얼굴 들키면 안 되잖아요."

"기를 활용하면 그럴 필요가 없어. '인식장해 술법'이라는 게 있거든. 기를 얼굴에 집중하면 상대가 너를 똑바로 인식하지 못해. 나중에 다시 봐도 알아보지 못한다는 소리지."

"우와, 그런 게 있었어요? 신기하네요."

"그래, 기라는 건 얼마든지 창의적으로 사용할 수 있는 거니까. 활용도에 따라 수많은 사람들을 속일 수도 있고, 거기서 한 발짝 나아가면 인식을 방해하는 수준이 아니라 꽃미남으로 보이게끔 할 수도 있지. 하지만 그건 안 알려 줄 거다. 왜냐하면 나만 쓸 거거든, 이히힛."

"됐어요. 그런 거 필요 없거든요?"

"왜? 땡기지 않아? 그것만 깨우치면 밤거리의 카사노바로 군림할 수 있다고. 만나는 모든 여자가 다 너의 품으로 들어온다고!"

"저는 그냥 제 얼굴에 만족해요."

"뭐라고!? 맙소사! 그게 진심이냐? 사실이야?"

민철의 놀림에 동해는 뾰로통한 표정을 지었다. 민철이 흠흠, 헛기침을 하며 말했다.

"아니. 솔직히 말해서, 제가 그렇게 못난 얼굴은 아니잖아요. 이 정도면 중간은 가지 않나요?"

"풉!"

그때 동해는 민철의 침에 얼굴을 능욕당해야 했다. 동해는 고개를 털며 두 번이나 외모를 능욕당한 기억을 지웠다. 기를 활용해 얼굴 인식을 방해하는 건 분명 놀랍지만 그래도 후드와 마스크를 버리고 싶지는 않았다. 상징성을 위해서이다. 어차피 민철은 처음부터 가르쳐 줄 생각도 없어 보였다.

모든 준비를 마친 동해는 대문 밖으로 나왔다. 슬슬 움직여 볼까 하는 찰나에 휴대폰이 웅웅 울었다. 신이나에게서 온 전화였다.

"……!"

동해는 신음하며 손으로 이마를 덮었다. 받을까 말까 잠시 고민하다가 결국 조심스레 전화를 받았다.

"여보세요?"

"지금 뭐해? 자다가 받은 건 아니겠지?"

"……으으음, 방금 막 잠 들려던 참이었어. 그런데 왜?"

"웃기시네. 조금 전까지 목소리 쌩쌩했잖아. 되도 않는 연극 따위 집어치워."

"미안……. 그런데 이렇게 늦은 시간에 무슨 일이야?"

"나 지금 OOO 사거리거든. 10분 내로 와."

"응? 뭐라고? 잠깐만, 나는 지금."

"안 오면 나 막 술 퍼먹고 고래고래 소리 지르면서 밤새도록 기다릴 거야. 어디 한번 해 봐."

그리고 뚝 전화가 끊겼다. 당황하여 다시 전화를 걸어 보았지만 이나는 휴대폰을 꺼버린 듯했다.

"아오오!"

동해는 머리를 긁적이며 달을 향해 포효했다. 너무 어이가 없었다. 짜증이 일고 속이 답답했지만 그렇다고 해서 외면하자니 그건 또 아닌 것 같았다.

"그래, 마지막이다. 마지막이야. 이렇게 끌려다니는 건 마지막이라고. 다음부터는 확실하게 거절해야지."

안 그래도 자기가 너무 우유부단한 건 아닌가 하고 생각하던 참이었다. 이참에 확실하게 자신의 입장을 각인시켜 줄 거라고 동해는 다짐했다.

"좋아, 신이나! 이젠 나도 바보처럼 당하고만 있지 않겠어. 어디 한번 붙어 보자!"

동해는 그렇게 다짐 했지만…….

약속 장소에 도착한 동해는 못 볼 걸 보았다는 표정을 지으며 경악했다. 횡단보도 건너편에 이나가 있었다. 상의는 몸에 착 달라붙는 민소매 셔츠에 하의는 속옷인지 바지인지 불분명한 핫팬츠를 입고 있었다. 쭉쭉 뻗은 하얀 팔다리는 충분히 매력적이었지만 문제는 그게 아니었다. 이나는 술을 나발로 들이켰는지 춤을 추듯 몸을 흐느적거리고 있었다. 매혹적이고 아름다운 만큼 추해 보이기도 했다.

"고등학생이 술을 먹다니."

동해는 아연실색하여 신호등의 초록불을 기다렸다. 그런데.

"어? 동해네? 동해야아아."

이나가 횡단보도를 건너온다. 신호등은 아직 빨간 불이었고 도로에는 차들이 무섭게 지나다니는 중이었다. 동해는 눈을 부릅떴다.

"으악! 이 바보야!"

"동해야아아아."

발등에 불이 떨어진 동해는 총알처럼 튀어나갔다.

빠아앙!

좌우로 빵빵거리며 스치는 자동차들을 요리조리 피해 황급히 이나를 인도로 끌고 나왔다.

"멍청아! 위험하게 무슨 짓이야?"

가까이 다가가자 역한 술 냄새가 진동했다.

"으윽, 술 냄새. 고등학생이 무슨 술을 그리 마셨어? 대체 왜 이래?"

"히히, 오늘은 기분 좀 냈지요."

얼굴이 벌겋게 달아오른 이나의 눈은 게슴츠레 했다. 졸린 듯 피곤해 보이기도 하고, 또 미묘하게 유혹적이기도 했다. 그 촉촉한 눈망울을 바라보던 동해는 슬금슬금 시선을 피했다. 확실히 다른 걸 떠나서 예쁘긴 예뻤다. 아무것도 필요 없이 이대로 방송 출연을 해도 될 만큼 빼어난 미모였다. 남들은 성형 수술이다 다이어트다 뭐다 해서 겨우 얻는 것을 그녀는 태어나면서부터 가지고 있다. 부유한 집안 역시 마찬가지였다. 그렇게 많은 것을 이미 가지고 있는 그녀였지만 눈망울 깊은 곳에는 알 수 없는 외로움이 보였다. 동해는 그것을 볼 수 있었다.

"이나야, 집으로 가자. 너무 늦었어. 너 너무 많이 취한 거 같아."

"으흥흥. 아니야, 아니야. 오늘은 좀 더 놀다가 들어갈 거야. 자, 다음 코스로 이동!"

여자애가 힘은 또 어찌나 센지 이나는 동해를 잡아끌고 자리를 옮겼다. 두 사람이 향한 곳은 노래방이었다.

"……"

이나의 노래 실력이라면 저번에 본의 아니게 엿들은 적이 있었다. 그때 들었던 이나의 가창력은 뭐랄까. 수학여행 가서 부르면 반 아이들이 자지러질만한 그런 포스를 자랑했다. 거기에 알코올까지 잔뜩 들어갔으니 어떤 작품이 튀어나올지, 동해는 감히 상상도 하지 못했다.

"스타트는 네가 끊는 거야! 시작!"

이나는 혀 꼬부라진 소리로 말하며 동해의 손에 마이크를 쥐어 주었다. 동해는 손안에 쥔 마이크를 바라보며 떨떠름한 표정을 지었다.

'에라 모르겠다.'

일단은 시작했다. 모니터에 표시된 노래를 보며 이나가 감탄했다.

"여전히 아름다운지? 이야, 너 노래 들을 줄 아는구나. 의외야."

"며칠 전에 TV에서 들었는데 노래 좋더라고. 노래를 그리

잘하는 편은 아닌데 쉬워 보여서."

잔잔잔 하며 반주가 흘러나오고 동해는 잠시 고개를 돌리고서 헛기침을 했다.

"아, 아아. 마이크 체크, 첵첵."

첫 간주가 나오는 동안 목도 풀고 마이크 테스트를 거친다. 그리고 노래를 시작했다.

'어라? 이게 아닌데? 어라?'

방송으로 노래를 처음 듣고, 컴퓨터로도 몇 번 더 들었다. 들으면서 느낀 것은 노래가 참 좋다는 것, 그리고 의외로 참 쉬워 보인다는 것이었다. 편하며 담백했다. 그런데 막상 부르려니 이게 웬걸, 목에 핏대가 서고 눈알이 튀어나올 만큼 어려운 곡이었다. 1절을 간신히 끝낸 동해는 허둥대며 리모컨을 찾았다.

"아아, 아무래도 안 될 거 같아. 취소! 취소!"

"이히히, 안 돼."

이나는 리모컨을 빼앗아 돌려주지 않았다. 동해가 직접 기계 쪽으로 다가가자 이번에는 몸으로 막았다. 중간 반주가 끝나가는 시점이었다. 그냥 안 부르면 될 것을 동해는 부득부득 마이크를 쥔 채 노래를 이어 나갔다. 순진하다고 해야 할지 바보 같다고 해야 할지 알 수 없는 모습이었다. 숨이 거의 껄떡껄떡 넘어가려는 찰나, 다행히도 노래가 끝나……는 줄 알았는데 마지막에 하이라이트로 후렴구가 한 번 더 나온다. 한 키 더 올려서.

"나의 모자람 채애 워어 끼약!"

동해가 반쯤 실신했을 때야 간신히 노래가 끝났다. 이나는 노래가 나오는 내내 웃기다며 허리를 비틀며 깔깔거렸다. 이나의 노래는 아쉽게도(?) 들을 수가 없었다. 동해 혼자 다 불렀기 때문이다. 그렇게 실컷 노래를 부르고 다음으로 향한 곳은 오락실이었다. 입구에서부터 시끄러운 소리를 내는 오락실을 보며 동해는 신기해했다.

'이 시간에도 영업을 하는구나.'

다들 안자고 뭐하는지 손님들도 제법 많았다. 이나가 제일 먼저 향한 곳은 바닥의 발판을 밟는 리듬게임이었다. 동해는 죽어도 싫다며 거부했지만 기를 수련한 동해보다 술에 취한 이나가 더 힘이 셌다. 결국 사람들이 보는 앞에서 박자에 맞춰 열심히 발판을 밟아야 했다.

그리 특별할 광경은 아니었으나 구경꾼들이 몰려들었다. 어디까지나 동해는 안중에도 없었다. 관건은 이나였다. S라인에 쭉쭉 빵빵한 미녀가 역동적으로 움직이며 바닥의 발판을 밟는다. 어디 그뿐인가 긴 생머리가 찰랑거리며 아른거렸고 이리저리 움직이느라 풍만한 가슴이 출렁거렸다. 허리를 비틀 때마다 탄탄한 엉덩이가 좌우로 씰룩거렸다.

한바탕 땀을 쏟은 두 사람이 게임기 위에서 내려오자 사람들이 환호를 보냈다. 점수는 엉망이었지만 게임 테크닉이 아닌 다른 부분에서 환호를 보내는 것이다.

"동해야, 이번에는 저거 하자, 저거."

"아으으, 피곤한데."

"빨리!"

오락실의 남자들은 동해를 부러운 눈빛으로 쳐다보았다. 간간히 질투도 섞여 있었다. 그들은 '내가 저 녀석보다 못한 게 뭐란 말이냐!' 라고 울부짖는 눈빛들이었다. 리듬게임을 마친 동해와 이나는 다양한 게임들을 정복하며 돌았다. 게임을 하나씩 거칠 때마다 이나는 술이 깨는 기분이었고, 반대로 동해는 술에 취해가는 기분이었다.

"음?"

어지러움을 느끼던 동해의 귓가에 사람들의 환호 소리가 들려왔다. 무슨 일인가 싶어 고개를 돌려보니, 그곳에는 모형 바이크를 타는 게임이 있었다. 그 주변으로는 많은 수의 남자들이 포진해 있었고, 바이크 위에는 왠 여성이 올라타 있었다. 게임에 대해서는 잘 모르는 동해였지만 사람들의 반응으로 보아 굉장히 잘하고 있는 듯했다. 여성은 바이크를 좌로 우로 틀며 요란하게 움직였다. 그럴 때마다 정면의 화면에서는 여성의 바이크가 NPC들을 현란하게 따돌렸다.

"멋있다."

하늘색의 원피스를 입은 여성이었다. 지금 하고 있는 게임과 의상이 심히 어울리지 않았지만 묘하게도 언밸런스한 매력이 있었다. 청순한 미녀다. 그런 미녀가 하늘하늘한 원피스를 입고 바이크 위에 엉덩이를 걸친 모습은 은근히 야릇해 보였다.

동해가 멀뚱거리며 그곳을 바라보자 옆에 있던 이나가 나섰다. 팔꿈치로 동해의 옆구리를 찌르고는 당당하게 앞으로 나갔다. 동해가 넋 놓고 바라보자 질투를 느낀 것이다. 당당하게 게임기 쪽으로 다가간 이나는 동전을 넣고 원피스 여성에게 대결을 신청했다.

"오오오!"

이나의 행동에 구경하던 남자들은 만세를 외치며 환호했다. 이나의 첼린지로 게임이 멈추자 하늘색 원피스 여성은 상체를 세우며 고개를 들었다. 나이에 비해 어른스럽고 요염한 이나와는 달리 수수한 외모의 여성이었다.

"이야! 청순녀와 섹시녀의 대결이다!"

남자들은 이 초유의 사태에 큰소리를 치며 열기를 끌어 올렸다. 원피스 여성은 서글서글한 눈으로 작게 웃으며 고개를 끄덕였다. 나름의 예의였다. 반면 이나는 흥, 코웃음 치며 모형 바이크 위에 올라탔다.

Ready, Go!

게임이 시작되었다. 원피스 여인이 1P고 이나가 2P였다. 저런 복장을 하고서 이런 게임을 한다는 것이 처음부터 범상치 않았는데, 시작부터 원피스 여인이 앞서나갔다. 그녀는 가녀린 손목으로 거칠게 쓰로틀을 당기며 무섭게 속도를 올렸다. 스타트에서 뒤진 이나는 혀를 차며 맹렬히 그 뒤를 쫓았다.

이나도 못 하는 편은 아니었지만 둘 사이에는 근본적인 차이가 있었다. 이나가 단순히 바이크 게임을 잘한다면 원피스 여성은 실제로 바이크 전문가인 것처럼 게임을 했다. 게임을 잘 모르는 동해가 봐도 둘의 실력 차이는 명백했다.

열이 오를 대로 오른 이나는 마지막에 속도를 올렸으나 결국 2초 차이로 지고 말았다. 눈으로 보면 간발의 차이일지 모르지만 실제 레이스에서 2초면 꽤나 큰 격차다. 이나의 완벽한 패배였다.

게임에 자신 있는 이나였다. 패배를 인정하지 못한 이나는 그녀에게 한 번만 더 붙자고 말했다. 하지만 원피스 여성은 나긋하게 웃으며 고개를 저었다.

"미안해요. 나 이만 가 봐야 해요."

"뭐라고? 그런 게 어디 있어. 한 판만 더 해, 한 판만!"

"후후."

여성은 싱글싱글 웃으며 거절을 표했다. 이나가 너무 끈질기게 달라붙는 바람에 동해가 직접 이나를 떼어내야 했다.

부릉, 부르릉.

안 그래도 소란스러운 오락실이 더욱 시끄러워졌다. 바이크의 부릉거리는 소리가 오락실 밖에서 파도처럼 밀려왔다. 원피스 여인이 오락실의 문을 열자 바깥에서 대기 중이던 수십 대의 바이크가 모습을 드러냈다.

'저게 뭐야?'

그 놀라운 광경에 오락실 안의 사람들은 눈을 크게 떴다. 수십 대의 바이크가 서로 으르렁거리니 그 소리가 오락실의 소음을 압도하는 수준이었다. 바이크를 타고 있는 사람들은 옷, 머리 할 것 없이 다들 휘황찬란했다. 헬멧도 쓰지 않은 것이 자신들이 폭주족임을 온몸으로 알리는 듯했다.

"우와, 재네들 나이트 라이더 아니야?"

"나이트 라이더? 그게 뭐야."

"서울에서 제일 크게 논다는 폭주족이잖아. 폭주족인데도 팬 카페가 있을 정도라고."

"헤에, 그렇게 대단한 애들이야?"

동해는 주변에서 들려오는 말에 귀를 기울였다.

'나이트 라이더?'

원피스 여인은 밖으로 나가다가 살짝 뒤를 돌아보았다. 그녀는 이나를 한 번 쳐다보고, 다음으로 동해를 쳐다보았다. 그녀는 동해에게 찡긋 윙크를 보내고는 다른 이의 바이크 뒤에 올라탔다. 그녀가 탑승하자 폭주족들은 일제히 오락실을 떠났다.

폭주족들이 떠나자 폭풍이라도 지나간 것처럼 오락실이 고요해졌다. 그녀와 폭주족이 떠나자 사람들은 금방 관심사를 돌렸지만 이나와 동해는 문이 열려 있는 오락실 입구 쪽에서 눈을 떼지 못했다. 패배했다는 생각에 이나는 주먹을 꽉 쥐고서 부들부들 떨었고, 기습적인 윙크를 받은 동해는 슬그머니 얼굴을 붉혔다.

'예쁘다…….'

생각 없이 놀다 보니 벌써 새벽 2시가 되었다. 동해야 나이트 후드 활동을 하다 보면 2시는 물론이고 4시까지 가는 경우도 있었기에 그렇게 늦은 시각은 아니었다.

그래도 이나가 걱정되는 건 어쩔 수 없었다. 동해는 이렇게 마냥 같이 놀 게 아니라 설득을 해서 집에 돌려보내야 한다고 생각했다.

"저기 편의점에서 라면 하나 먹고 가자."

"배고파? 아까 술 먹었잖아."

"얘는, 해장해야 할 거 아니야."

1분이라도 빨리 집에 보내고 싶은 동해와 달리 이나는 1분이라도 집에 늦게 들어가고 싶은 모양이다.

'라면 하나 먹는 데 오래 걸리지는 않겠지.'

동해는 고개를 끄덕였다. 편의점에 들어가 라면에 물을 붓고, 따로 마련된 구석 자리에 앉았다.

편의점의 특성상 전면이 유리로 되어 있는지라 투명한 유리벽 너머로 도시의 밤거리를 볼 수 있었다. 밤을 밝히는 네온사인과 출렁출렁 비틀거리는 사람들을 보며 동해는 잠시 사색에 잠겼다.

분명히 화려한 색채였지만 어딘가 모르고 퇴폐적이고 우울해 보이는 광경이었다. 술에 취해 단체로 비틀거리는 사람, 바닥에 토하는 사람, 괜히 시비가 붙었는지 언성을 올리는 사람, 바닥에 쓰러져 정신을 못 차리는 여성을 차에 태우는 어떤 남자, 그 와중에 바쁘게 돌아다니는 경찰관들…… 그 쓸쓸한 광경에 동해는 씁쓸한 감정을 느꼈다.

"무슨 생각해?"

기습적인 이나의 물음에 동해는 말을 더듬었다. 사실 아무 생각도 안 하고 멍하니 있었다. 제대로 대답을 못 하고 웅얼거리자 이나는 피식 웃으며 동해의 코를 살짝 꼬집었다.

"동해야, 넌 정말 착한 거 같아."

"착하기는…… 안 그래."

"아니야, 넌 정말 착해. 천사 같아."

"으윽."

동해는 자라오며 착하다는 말을 많이 들었다. 예전에는 그 말이 칭찬처럼 들려 기분이 좋았지만 현재는 그리 달갑게 들리지 않는 말이었다. 동해는 자신이 착하다고 생각하지 않았기 때문이다.

자신은 그저 조용하고 잘 나서지 않는 것에 불과한데, 그것이 어이없게도 착한 것에 귀결되는 것이다. 말이 많고 나서기를 좋아한다면 당연히 실수할 일, 그리고 다른 사람과 갈등이 생길 일이 많아진다. 하지만 그만큼 무언가를 이루고 해낼 확률 또한 많아지는 것이다.

반대로 말도 없고 조용히 지내면 트러블이 일어날 일도 없다. 당연히 누군가와 갈등도 없다. 그것이 과연 착하다고 할 수 있을까? 동해는 아니라고 생각했다. 듣는 이가 창피해지는 칭찬에 동해는 머쓱히 웃으며 말했다.

"빨리 라면 먹고 들어가자. 부모님이 걱정하실 거야."

이나는 퉁퉁 불어 버린 자신의 라면을 내려다보았다. 볼품없이 불어난 라면을 바라보며 이나는 잠시 생각에 잠긴 듯 침묵했다.

그녀의 미간이 서서히 찌푸려진다. 그러다가 돌연 화색하며 동해를 바라보았다. 이나의 급격한 표정 변화에 동해는 얼떨떨한 감정을 느꼈다.

"그런 얘기는 됐고 우리 다른 이야기하자. 나 내일부터 학원 안 다니기로 했어. 오늘 그 문제로 아빠랑 싸웠거든. 결국은 내가 이겼지, 히힛. 내일부터는 자유야! 자유!"

동해는 성호라도 긋고 싶은 심정이었다. 학교 끝나면 이나가 학원과 과외로 바쁜 덕에 그나마 숨통이 트였었다. 그런데 그 과외와 학원을 그만두면? 그야말로 '웰컴 투 헬'이 열리는 것이다. 동해가 초조함에 식은땀을 흘리자 이나가 피식 작게 웃었다.

"동해야, 너 내가 그렇게 싫어?"

단도직입적인 질문에 동해는 끄응거리며 입을 닫았다. 싫은 건 아니었다. 싫은 건 아니었지만 여러모로 신경 쓰이고 불편한 게 사실이었다.

"그게 말이야…… 싫은 건 아니지만 조금은 내 입장을 생각해 줬으면 좋겠어. 넌 너무 네 입장만 생각하는 거 같아. 저번에 아현이 일 때는 멋진 모습도 보여 줬잖아. 그때와 같은 모습을 자주 보여 주면 좋을 거 같아."

솔직한 동해의 말에 이나는 흡족하게 웃었다. 그러나 그 미소에는 약간의 씁쓸함도 담겨 있었다.

"그랬구나……. 미안해, 이해해 줘."

"사과할 것까지야."

"네가 너무 착해 보여서 내 멋대로 대한 거 같아, 미안해."

"이나야."

"그치만 너무 외로운걸. 오빠는 매일같이 술이나 퍼먹으러 다니기 바쁘고, 아빠는 일 때문에 얼굴도 안 비추고…… 가족 간에 정이 없어. 난 늘 혼자였어. 부자가 됐든 가난뱅이가 됐든 감정적으로 힘든 건 다 똑같은 거잖아. 나도 똑같아. 다 똑같다고. 나만 특별하거나 다르지 않단 말이야. 제발 너만이라도 날 이해해 주고 위로해 줬으면 해."

"으으음."

무어라고 위로해 줘야 할까? 차마 답을 찾지 못한 동해는 침묵으로 답해야 했다. 이나의 눈동자가 점점 촉촉해졌다. 진중한 분위기에 담담해져 있던 동해는 이나의 눈동자를 보며 '어라? 어라?' 하며 속으로 생각했다. 그렁그렁 눈물을 모아

가던 이나는 결국 울음을 터트렸다. 아직 술이 덜 깬 모양이다.

"흐아앙! 내가 잘못했어. 미안해!"

갑작스러운 일이었다. 이나는 나라를 빼앗긴 사람마냥 서럽게 목 놓아 울었다. 일을 하던 아르바이트생마저 당황할 정도로 그 울음은 우렁찼다.

"이, 이나야. 이러지 마. 여기서 울면 어떻게 해."

"미안해. 그렇다고 흐으윽, 나 너무 미워하지 마. 흐으응."

안 되겠다 싶었는지 동해는 라면이고 나발이고 대충 자리를 정리하고 편의점을 나왔다. 이나의 집으로 향하는 동안에도 그녀의 울음과 사과, 하소연을 들어야 했다. 아무래도 이나의 이번 사과는 아무 의미가 없을 듯했다.

"아 참, 그런데 네 집 어디야?"

"미안해…… 미안해……."

정상적인 대화가 불가능하다. 결국 동해는 이나의 휴대폰을 꺼냈다. 휴대폰은 꺼져 있는 상태였다. 꺼진 휴대폰을 켜자 기다렸다는 듯이 수십 통의 부재중 통화와 문자들이 쏟아졌다.

"으힉!"

그중 '착한 아저씨♡'라고 저장된 사람이었다.

'착한 아저씨라고? 누구지?'

마침 떠오르는 사람이 있었다. 오늘 학교에서 보았던 검은 정장의 남자. 사무적인 외모에 긴 머리를 뒤로 묶은 모델 같은 사람이었다. 어떻게 할까 고민하던 동해는 일단 그쪽으로 연락을 넣었다. 통화가 연결되기 무섭게 목소리가 들려왔다.

〈아가씨, 지금 대체 어디십니까? 왜 휴대폰을 꺼 놨습니까?〉

“아, 그, 저.”

통화를 건 상대가 이나가 아니라 남자라는 것을 깨달은 운은 흠흠 헛기침을 했다.

〈동해 군이군요.〉

“예? 어떻게 아셨어요?”

〈목소리 듣고 알았습니다. 오늘 학교에서 처음 봤을 때 명찰로 이름을 알았고요.〉

운의 눈썰미에 동해는 속으로 감탄했다.

〈그나저나 지금 어디십니까? 아가씨랑 함께 있는 겁니까?〉

“예, 지금 집에 바래다주려고 하는데 어디인지 몰라서요.”

〈그건 걱정 마세요. 지금 어디십니까? 제가 차 끌고 가겠습니다.〉

찬찬히 위치를 불러준 뒤 통화를 끊었다. 겉보기에는 너무 사무적이고 이지적이라 어렵게만 느껴졌는데, 어린 사람에게도 꼬박꼬박 존대를 하는 것이 배려심이 큰 사람이란 사실을 알 수 있었다.

통화를 마친 동해는 즉시 이나에게 상황을 알렸다.

“이나야, 지금 그 운이라는 분이 차 가지고 온대. 조금만 기다리면 곧 올…….”

"우웩! 웩!"

이나는 가로등 밑에 쪼그리고 앉아 토악질을 하는 중이었다.

"아아……."

그 모습을 보며 동해는 한숨을 쉬었다. 그리고 그 모습을 보지 않기 위해 일부러 등을 돌렸다. 5분쯤 지났을까, 체감상으로는 그보다 훨씬 더 짧게 느껴진 시간이 지났다. 검은색에 매끈하게 잘빠진 자동차 한 대가 길목으로 들어왔다. 차에 대해서 별로 아는 게 없는 동해였으나 대충 훑어봐도 굉장히 고급 차라는 걸 알 수 있었다.

차에서 내린 운은 여전한 검은 정장 차림이었다. 그는 넥타이를 한 번 체크하고는 이나에게 다가갔다. 기다리는 동안 술이 깬 이나는 운을 보며 씨익 미소 지었다. 순수한 미소였지만 어딘가 모르게 많은 의미를 함축한 듯했다. 운은 무표정으로, 그리고 이나는 미소로 그렇게 서로 하염없이 바라보기만 했다. 오고가는 대화는 없었고 팽팽한 긴장감만이 가로등 불빛 아래 흘렀다. 마침내 이나가 말했다.

"동해야, 오늘 고마웠어. 그럼 내일 학교에서 봐."

"으응. 잘 들어가."

운인 동해에게 고개를 숙여 인사하고는 이나를 차에 태웠다.

부릉.

멀어져 가는 차를 보며 동해는 복잡한 표정을 지었다. 정말이지 폭풍 같은 하루였다. 나이트 후드로 활동할 때보다 더 힘들고 피곤한 거 같다는 생각이 들었다.

"에구, 이제 그만 집에 들어가자. 오늘은 다 물 건너갔네."

동해는 털레털레 발길을 돌렸다.

Battle 06

미남이시네요

동해에게 하루의 끝은 언제나 샤워다. 매일같이 씻는 것은 아니지만 잠들기 전에 자주 샤워를 하곤 했다. 그래야 몸도 마음도 말끔해지는 것이 잠이 잘 오는 것 같았다. 개운하게 씻고 나오면 언제나 그랬듯이 거울 앞에 선다. 요즘 들어 거울과 부쩍 가까워진 동해였다.

“흐음.”

특히 막 씻고 나올 때면 거울 앞에 붙어 있다시피 했다. 최근 들어 외모에 대한 관심이 늘어났다. 그 원인은 이나와 민철이었다. 동해는 나름대로 자신이 중간은 간다고 생각했는데 그 마음을 저 두 사람이 철저하게 짓밟았다. 마음에 유리창 금 간 것 같은 균열이 퍼진 동해가 거울 앞에 서는 시간이 많아지는 것은 어찌 보면 당연한 수순이었다. 나이트 후드고 워커고 기를 수련했고 말고를 떠나 동해의 나이는 이제 열일곱 살이었다. 한창 외모에 관심을 가질 나이다.

"이 정도면 괜찮지 않나? 다들 너무하네."

갓 씻고 나왔을 땐 옥동자도 괜찮아 보일 것이다. 어디까지나 본인 눈에는 말이다. 흥 하고 콧방귀를 뀐 동해는 침대 위로 몸을 던졌다.

저번에 있었던 이나와의 데이트 아닌 데이트 때문일까? 동해는 이나를 대하는 것이 전보다는 많이 편해졌음을 느꼈다. 점심시간이면 죽자 살자 도망쳤었지만 언제부턴가 자연스럽게 이나의 교실을 찾아 들어갔다. 어차피 그곳에 철광도 있고 아현도 있는지라 딱히 그녀만 보러가는 것도 아니었지만, 다른 학생들이 보기에는 굉장히 신기한 광경이었다.

제멋대로 공주님인 신이나, 과거엔 폭군이었으나 지금은 정신 차리고 잘 지내는 박철광, 별로 존재감도 없고 심지어 같은 반인 것조차 알 수 없는 송아현, 마지막으로 허구한 날 괴롭힘 당하고 맞고 다니다가 이제야 숨통이 트인 것처럼 보이는 동해까지. 이런 네 사람이 한자리에 모여 점심을 먹으며 잡담하는 모습은 꽤나 이채로운 것이었다. 서로 접점이 하나도 없었기 때문이다. 남들이야 뭐라 하건 네 사람은 신경 쓰지 않고 즐겁게 담소를 나누었다. 동해가 말했다.

"맞다. 잊고 있었는데, 그때는 잘 들어갔어?"

술이 덜 깼는지 거북한 표정으로 이나가 답했다.

"말도 마. 집에 들어가자마자 운 아저씨가 얼마나 바가지를 긁어댔는데. 아주 그냥 마누라라니까."

"같이 집에 들어가다니? 그분이랑 같이 지내는 거야?"

"응, 아버지는 회사 일 때문에 다른 곳에서 지내거든. 그래서 운 아저씨랑 빡빡이 아저씨들이랑 같이 살아."

"응?"

가만 이야기를 듣던 동해는 뭔가 이상하다는 생각이 들었다.

"그럼 가족이랑은 같이 안 사는 거야?"

"응. 엄마는 예전에 이혼했고 오빠는 밥 먹듯이 밖으로 쏘다니고, 아빠는 일 때문에 얼굴 보기 힘들고, 결국 아저씨들이랑만 같이 사는 거지."

쉽게 받아들이기 힘든 이야기였다. 아무리 돈 주고 고용한 보디가드들이라지만, 이제 고등학생인 여자애와 같이 살게 하다니. 동해는 자기가 아버지라도 그렇게 하지는 않을 것이라고 생각했다. 복잡한 표정을 짓는 동해를 보며 이나는 비식비릿한 미소를 지었다.

"너 지금 무슨 생각하는 거야. 음흉한 생각했구나?"

"그, 그럴 리가. 내가 왜 음흉한 생각을 해."

"표정 보니까 그런 거 같은데."

"그런 거 아니라니까!"

"아니야? 뭐가 아닌데? 뭐가?"

입은 아니라고 하지만 이미 얼굴은 터질듯이 달아올라 있었다. 약 올리는 이나와 공격받는 동해의 모습을 보며 아현은 재밌다는 듯이 소리 내어 웃었다. 아현의 적극적인 반응에 우쭐해진 이나는 연신 공격을 퍼부었다.

"네가 말하는 '그런' 게 뭔데? 응? 나 정말 궁금해서 그래. 그런 게 뭘까? 둘이서 하는 거야? 아니면 셋이서도 가능한 것?"

"끄응."

이나의 공격에 당황한 동해는 어떻게 말을 돌릴까 고민하던 차에 철광을 바라보았다. 철광의 머리카락이 눈에 들어왔다. 철광은 예나 지금이나 짧고 삐죽삐죽한 헤어스타일을 고수 중이었다. 예전과 달라진 점이라면 현재는 바딱바딱하게 젤을 바르고 있다는 것이다. 불현듯 이야기 거리가 떠오른 동해는 급히 화제를 돌렸다.

"철광아, 너 머리에 젤 바른 거야?"

동해의 말에 철광은 쑥스럽다는 듯 웃으며 머리카락을 더듬거렸다.

"머리가 반 곱슬이거든. 젤로 형태 좀 잡아 준 거야. 따, 딱히 멋 내려고 한 건 아니야."

말 앞에 '딱히'가 들어가면 부정이 아닌 긍정이 된다. 동해는 의미심장한 웃음을 지으며 고개를 끄덕였다. 그것이 거슬렸던 걸까? 철광은 얼굴을 붉히며 버럭 성을 냈다.

"왜 웃어? 나는 멋 부리면 안 되냐?"

"아니, 뭐 꼭 그런 것만은 아니고."

동해는 음흉하게 웃으며 말끝을 흐렸다. 동해의 태도에 철광은 몇 마디 말을 덧붙였다.

"다들 봄이라 그런지 남자애들도 슬슬 외모에 신경 쓰기 시작했다고. 어떤 애들은 얼굴에 BB크림마저 바르더라니까? 솔직히 나 정도면 신경 쓴 것도 아니잖아. 흥, 동해 너도 지금부터라도 신경 써야 할 거 같은데."

철광의 말에 이나가 끼어들었다.

"우리 동해는 자기가 너무 너무 잘생겼다고 생각해서 젤이나 BB크림 같은 거 없어도 된데. 전에 나한테 그렇게 말했어. 솔직히 나 정도면 잘생긴 편 아니냐고 그러더라니까?"

"잠깐만! 내가 언제 그랬어? 아니야. 난 그런 말한 적 없어!"

"어머, 이제 와서 왜 말을 바꾸니? 겁쟁이."

이번에는 철광의 반격이 이어졌다.

"동해야, 설마 지금 네가 잘생겼다고 생각하는 거야? 푸하하!"

"끙, 그렇게 못생긴 것도 아니잖아!"

"못생기지 않은 게 잘생긴 건 아니잖아. 그런 자신감은 대체 어디서 나온 거야?"

"그, 그래도 내가 너보다는 낫지."

"웃기고 앉아 있네! 이 자식이 어디서 약을 팔아!"

"천하의 박철광이가 혓바닥이 왜 이리 길어?"

어쩌다가 두 사람을 자극시킨 이나는 계획대로라는 표정을 지으며 웃었다. 반면 아현은 닭이 먼저냐 달걀이 먼저냐 이후 최대의 난제인 것처럼 두 사람을 연신 번갈아 쳐다보았다. 그러다가 가만히 있던 그녀에게 불똥이 떨어졌다. 철광과 동해가 동시에 물어본 것이다.

"우리 둘 중 누가 더 잘생겼냐!"

거대한 질문을 선고받은 아현은 절망적이라는 표정을 지었다. 차마 삼키지 못한 밥알을 우물거리며 눈동자를 떨었다.

이것은 마치 짜장면을 먹을까 아니면 짬뽕을 먹을까…… 라기보다는, 왼빰을 맞을래 아니면 오른빰을 맞을래 하고 물어오는 것만 같았다. 둘 다 고만고만하다는 뜻이다.

그런 아현의 난감함과는 달리 동해와 철광의 표정에는 자신감이 묻어나왔다. '그래도 내가 얘보다는……' 하는 근거 없는 자신감이 보였다. 그리고 그 절실함 이면에는 애가 타는 간절함이 우러나왔다. 두 사람 다 '제발 내가 더 잘생겼다고 말해 줘!'라고 소리 없는 아우성을 보내왔다. 아현은 그들의 마음을 받아들여 진지하게 임하기로 마음먹었다. 차근차근 두 사람을 뜯어보았다.

먼저 동해, 동해의 경우 정말 무난하게 생겼다고 할 수 있다. 딱히 잘난 점은 없지만 반대로 뾰족하게 모난 부분을 찾을 수 없는 평범한 얼굴이다. 유약해 보이기도 하지만 아무래도 그건 동해 특유의 '착한 바보' 이미지가 강한 탓이리라. 일단 사람이 좋으니 그걸로 점수를 따고 들어갈 수도 있겠지만, 문제는 다른 곳에 있었다.

키, 키가 문제다. 최근에 운동이라도 하는 건지 전보다 몸매가 날렵해졌으나 키는 그대로였다.

170cm.

요즘 170이면 어디 가서 명함도 못 내밀 수준이다. 아현이 키를 따지는 건 아니었지만 보편적인 시각에서 보자면 미달인 건 확실했다.

그리고 박철광, 철광의 장점이라면 역시 고등학생이길 거부하는 보디빌더 같은 근육질과 키다. 거의 대부분의 여자들은 자신보다 체구가 큰 남성에게 한 아름에 안겨 보는 것이 바람일 것이다. 아현 역시 은연중에 그것에 대한 환상이 있었다. 남자에게 있어 키와 튼튼한 몸은 여자를 지켜 줄 수 있다는 믿음을 주는 요소다.

하지만 이것이 역작용을 일으킬 수도 있다. 요즘엔 여성스럽거나 혹은 부드러운 남자가 대세다. 시대가 달라진 것이다. 80년대에는 저런 듬직한 남자가 인기였을지 몰라도 요즘은 아니었다. 오히려 징그럽다고 기피할 여자들이 많을 것이다.

요약하자면 한쪽 방향으로는 뛰어나지만 그 점 때문에 호불호가 너무 갈린다는 의미다. 너무 고전적인 것이 죄였다.

"내가 봤을 때는 동해 쪽이 좀 더 잘생긴 거 같아."

"앗싸!"

아현의 선택에 동해는 의자에서 껑충 뛰어오르며 기뻐했다. 조금 전에 그리도 자신 있어 한 모습과는 대비되는 모습이었다. 아현의 선택에 철광은 충격받은 얼굴이 되어서는 그녀를 바라보았다. 그 우울한 눈빛에 아현은 금방 선택을 바꿨다. 비록 말로 하지는 않았지만 '내가 지금까지 너 신경 써 주고 집에도 바라다 주고 했는데!' 라고 외치는 것 같았기 때문이다.

"아니, 다시 생각해 보니 철광이도 잘생긴 거 같아."

그러자 이번에는 동해가 정색하며 따졌다.

"이런 법이 어디 있어. 처음 선택하면 끝인 거지. 번복은 있을 수 없어."

"아아, 모르겠어. 내 눈에는 그냥 둘 다 잘생긴 거 같아."

동해와 철광이 동시에 아현에게 외쳤다.

"한 명만 선택해!"

궁지에 몰린 아현은 책상에 머리를 박으며 자폭했다.

"사실 둘 다 내 취향은 아니야. 내 눈에는 그냥 서림이가 가장 잘생긴 거 같아."

"뭐야 그게!"

이때, 재미난 생각이 떠올랐는지 이나가 밥 먹다 말고 자리에서 일어났다. 칠판 쪽으로 다가간 그녀는 분필을 들고 휘적휘적 뭔가를 적기 시작했다.

지상 최대의 대결! 동해와 박철광. 누가 더 미남인가!

(점심시간 끝날 때 투표 마감)

쿠구궁!

칠판을 바라보는 동해와 철광의 뒤로 번개가 내리쳤다. 이렇게 된 이상 전쟁이었다. 철광과 동해는 불꽃을 튀기며 서로 눈을 바라보았다. 진정한 승부는 지금부터 시작이다.

* * *

공정한 투표를 위해 동해와 철광은 점심시간 동안은 교실 밖으로 나가 있어야 했다. 교실 밖으로 나온 두 사람은 콧방귀를 끼고는 서로 다른 곳으로 자리를 옮겼다.

두 사람은 모르고 있었다. 이 일이 앞으로 나타날 거대한 사건의 서막이라는 걸 말이다. 잠시 교실을 들른 태수가 그 시작이었다. 불만 가득한 표정으로 지나가던 중 태수는 쯧 하고 혀를 차며 교실 안으로 들어갔다.

"뭐야 이게? 이 자식들, 웃기고 앉아 있네."

그리고는 칠판에 날름 자신의 이름을 썼다. 교실 안에 있던 이나와 눈이 마주친 태수는 머뭇머뭇하다가 서툰 걸음새로 교실을 빠져나왔다. 여전히 둘 사이에는 냉랭한 기운이 흘렀다.

아현은 점심시간이 채 끝나지 않았음에도 교과서와 노트를 펼쳐 들고 공부 삼매경에 빠져 있었다. 서림이 사건이 있은 후 그녀에게 생긴 변화 중 하나였다. 그전까지만 해도 아무런 의욕도 희망도 없이 지내던 그녀였다. 하지만 언젠가부터 공부에 취미를 붙여 무섭도록 학업에 열중했다. 그 때문인지 전에는 쓰지 않던 동그란 안경까지 끼고 다닌다. 열심히 공부를 하다가 그 광경을 본 아현은 무슨 영문인지 갑자기 우물쭈물했다. 무언가 고민을 하는가 싶더니 쪼르르 달려 나가 칠판에 또 다른 이름을 기입했다.

한서림.

그 모습을 본 다른 여학생들도 우르르 칠판으로 달려 나갔다. 그렇게 다들 마음속에 담아 두었던 남학생들의 이름을 적었다. 개중에는 젊은 남자 교사의 이름도 있었으며 뜬금없이 연예인의 이름도 적혀 있었다. 5교시가 시작될 무렵, 철광이 교실로 돌아왔다. 동해도 수업 준비를 하기 전에 잠시 들러 칠판을 살폈다. 두 사람은 엉망진창이 된 칠판을 보며 헛숨을 들이켰다. 동해는 딸꾹질마저 했다.

"저게 뭐야……."

투표 결과가 나 있었다.

김준오 2표.

정선대 1표.

박대기 1표.

G드래곤 5표.

수학 선생님 오대오 1표.

한서림 4표.

김태수 1표.

신성주 7표.

박명수 1표.

동해 1표.

박철광 0표.

뭐가 어쨌건 결과는 동해의 승리였다. 패배를 당한 건지 아니면 능욕을 당한 건지, 패닉에 빠진 철광이 두 손을 허우적거렸다.

"잠깐만! 이게 대체 뭐야? 다른 애들 이름이 왜 들어가 있어? 거기다가 G드래곤은 뭐야? 연예인이 저기 왜 있어? 이런 게 어디 있어. 이건 공정한 심사가 아냐. 무효라고!"

동해 역시 혼란스럽기는 마찬가지였다. 투표가 엉망이 된 건 둘째 치더라도 용납할 수 없는 것이 하나 있었다. 전교생을 상대로 투표한 건 아니지만 그래도 고작 한 표라니. 저 한 표는 이나의 표였다. 즉, 그녀 외에는 아무도 표를 주지 않은 것이다. 그것도 그렇고 동해가 더욱 충격받은 사실은 따로 있었다.

'내가 왜 박명수랑 동률이지!? 왜 하필 박명수야!'

이건 차라리 패배한 것보다 못한 결과였다. 동해는 혼미해진 정신을 바로잡기 위해 정신을 집중하며 다시 칠판을 바라보았다.

'그런데 신성주는 누군데 저렇게 표를 많이 받았지? 연예인도 이겨 버렸네.'

한편, 교실 밖 복도에서 이를 지켜보고 있는 이가 있었으니 바로 김태수였다. 태수는 은근한 기대를 품고 칠판을 살폈다. 그러나 태수 또한 충격받기는 마찬가지였다.

'내가, 내가 한 표라니!'

동해와 동률인 태수는 이 결과를 받아들이기 힘들다는 듯 머리를 쥐어뜯었다. 저 한 표는 자기가 찍은 것이었다. 그 순간, 기적을 느낀 건지 교실 안에 있던 이나와 눈이 마주쳤다. 태수와 눈을 마주친 이나는 피식 한쪽 입 주변을 들어 올리며 비웃어 주었다. 두 배의 굴욕을 당한 태수는 울먹이며 복도를 내달렸다. 마침 마주오던 교사에게 뒷덜미를 붙잡히는 건 금방이었다.

"누가 복도에서 뛰어다니래, 이놈아!"

"죄, 죄송합니다."

학교가 끝나고 동해와 철광, 그리고 아현은 하교 길을 같이 걸었다. 세 사람이 가는 길은 각자 달랐지만 중간까지는 같았기에 언제나 이렇게 셋이 뭉쳐 다녔다. 아현은 친구들과 함께 걷는 와중에도 PMP를 통해 공부에 열중했다. 그 모습을 보며 철광은 혀를 찼다.

"으아, 너 너무 열심히 하는 거 아니야? 왜 갑자기 그렇게 공부에 열을 올리는 거야?"

철광의 말에 아현은 쑥스럽다는 듯 작게 말했다.

"그게…… 뭔가 달라져야 하지 않을까 싶더라고. 나중에 서림이가 돌아왔는데 똑같은 모습으로 반기면 보기 안 좋을 거 같아서. 헤헤, 이상한가?"

동해가 말했다.

"이상하기는 충분히 보기 좋아. 그런데 말이야. 지나간 얘기지만 철광이보다 내가 잘생긴 거 맞지?"

"푸훗."

무슨 의미인지 아현은 급하게 웃음을 참았다. 동해의 기습에 철광은 동해의 멱살을 잡으며 으르렁거려야 했다. 동해도 지지 않고 반격했다. 물론 압도적으로 힘이 센 철광이 어부바하듯 동해를 붙잡아 빙빙 돌렸다. 철광은 백두산 호랑처럼 포효했다.

"이건 너무하다고. 어떻게 내가 한 표도 안 나올 수 있지? 솔직히 한 표는 나올 수 있는 거잖아. 너무 억울해."

철광의 하소연에 아현이 말했다.

"아니야, 철광이 너도 잘생겼어."

"으음. 그, 빈말이라도 고맙다."

"빈말 아닌걸."

아현의 위로에 철광은 슬쩍 뺨을 붉혔다. 힐끔, 동해 모르게 아현을 바라보는 철광이었다. PMP를 바라보던 아현이 고개를 돌리자 철광은 허둥대며 급히 시선을 회피했다.

학교를 끝마친 동해는 집으로 들어가기 무섭게 욕실로 들어갔다. 본래는 나이트 후드로서의 일이 다 끝나고 나면 씻었지만 지금은 당장 씻지 않으면 견딜 수가 없을 것 같았다. 오늘 학교에서 있었던 일 때문에 잔뜩 열이 오른 것이다. 철퍽철퍽 분노의 샤워를 하고는 거울 앞에 섰다. 머리카락이 물기에 젖어 촉촉했고 피부도 뽀얘진 상태였다.

'흐음, 괜찮은 거 같은데 말이지.'

전에도 설명했듯이 누구나 막 씻고 나왔을 땐 자기가 멋지고 예쁘게 보이는 법. 아무래도 동해는 당분간 그 진리를 깨닫지 못할 것 같다. 샤워도 했겠다, 보다 말끔해진 모습으로 동해는 침대 위에 앉았다. 떡하니 가부좌를 틀고 오늘도 명상 수련에 들어간다.

"……."

그런데 오늘따라 집중이 잘되지 않는다. 무념무상에 돌입하기는커녕 외모 순위에 대한 생각이 날파리처럼 꼬여들었다.

'집중하자, 집중!'

파리를 털어내듯 고개를 털고는 다시 집중에 들어갔다. 한 10분쯤 지났을까. 같은 일출고에 다니는 학생들의 얼굴이 스멀스멀 떠올랐다. 그렇게 하나 둘 떠오른 얼굴들은 동해를 바라보며 낄낄거렸다.

못생겼어!

못난이!

낄낄낄, 옥동자!

악몽에서 깨듯 동해의 두 눈이 확 하고 떠졌다. 정신적 데미지가 너무 컸나 보다. 아무래도 명상 수련은 물 건너갔다고 생각한 동해는 침대 위로 드러누웠다. 왠지 이대로는 나이트후드로 활동도 못 할 것만 같았다. 최근 들어 순수한 육체의 힘이 아닌 기를 자주 활용하는데 이렇게 정신 집중이 안 돼서야 오히려 몸 쓰는 것만 못할 것 같았다. 큰일이 없다면 싸울 일도 없겠지만.

"에잇."

대충 옷을 챙겨 입은 동해는 일단 밖으로 나갔다.

'민철이 형이나 만나러 가야지.'

천천히 걸어간 민철의 도장은 불이 꺼져 있었다. 계단을 올라가 보았지만 문도 잠겨 있었다. 동해는 망설이지 않고 곧장 발길을 돌렸다. 도장에 없다면 그가 갈 곳은 근처의 피시방,

아니면 민서가 운영하는 포장마차 두 군데뿐이었다. 동해는 곧장 민서의 포장마차로 향했다.

"진짜라니까 그러네? 얼마나 많았는데, 아주 그냥 줄을 섰었다고."

안으로 들어가기 무섭게 무슨 대화를 하는 건지 민철이 언성을 높이고 있었다. 동해가 들어오자 민서와 민철이 반색했다. 민서야 포장마차의 주인이니 그렇다 치고 민철은 자기네 가게도 아닌데 뭘 저리 어서 오라며 반기는지 모르겠다.

"무슨 대화하고 계셨어요? 목소리 크던데. 설마 또 싸운 거예요?"

민철은 무슨 소리냐며 손을 저었다.

"그게 아니고, 내가 과거에 여자들 여럿 울리고 다녔다니까 못 믿겠다는 거 있지."

동해가 고개를 돌려 바라보자 민서는 헹 콧방귀를 뀌었다.

"예전 여자들은 눈을 턱에 달고 살았나. 거짓말을 해도 좀 먹힐 만한 걸 해야지. 무슨 그런 씨알도 안 먹힐 거짓말을 한대? 허 참."

오늘도 어김없이 티격태격하는 모습을 보며 동해는 작게 웃었다. 이런 모습은 마치 태양이 동쪽에서 뜨는 것처럼 당연한 일상이었다. 둘이 티격대다가 결론이 안 나오자 옆에 있던 동해에게 심판을 맡겼다. 과연 민철이 잘생겼는지 아니면 못생겼는지를 판가름 해 달라는 것이다.

그 질문에 동해는 깊게 생각하지 않았다. 동해가 당최 거짓말을 못 하는 성격이기도 했고, 사실 누가 봐도 민철은 잘생긴 편에 속했다. 워낙에 안 꾸미고 다니는 게 흠이었지만, 안 꾸미고도 잘생겼다는 건 그만큼 태가 뛰어나다는 걸 뜻했으니까.

"민철이 형 잘생겼잖아요."

"오케이!"

동해의 대답에 민철은 만세를 외치며 자리에서 일어났다. 나라를 되찾은 애국자 같은 표정이 되어서는 두 손 모아 기도했다. 반면 패배했다는 생각에 민서는 아득바득 이를 갈았다.

말로는 아니라고 억지를 부렸지만 민서도 알고는 있었다. 민철이 보기 드문 미남이라는 사실을 말이다. 사실이 그러하지만 왠지 인정하고 싶지 않았다. 그것은 초등학생이 관심 가는 반 친구에게 칭찬보다는 약 올리는 것과 비슷한 심리였다. 민서가 눈알을 부라리자 동해는 급히 수습에 들어갔다.

"에이, 왜 그래요. 민서 누나도 예뻐요. 정말이에요."

"어머, 얘는 참."

칭찬에 급격하게 화색이 돌았다. 창피하다는 듯이 웃는 민서를 보며 민철이 지나가는 투로 한마디 던졌다.

"웃지 마, 눈가에 주름살 드러나니까."

"뭐라고!?"

동해는 으르렁거리는 두 사람을 보며 참 어린애 같다고 생각했다.

"아 참."

마침 이야기가 나온 김에 동해는 생각해 두었던 이야기를 꺼냈다. 그것은 바로 닭이 먼저냐 달걀이 먼저냐 이후 최대의 난제인, 자신이 잘생겼는가 못생겼는가 하는 것이었다. 동해의 조심스런 질문을 들은 민철과 민서는 흠칫했다. 민철은 담배를 꺼내려던 손동작을 멈추었고 민서는 떡볶이를 휘젓던 국자를 멈추었다. 한 3초 정도 영상이 멈춘 듯 움직이지 않다가 두 사람은 급히 웃으며 말했다.

"뭐, 그 정도면 준수한 편이지."

"아이쿠, 동해는 정말 착하게 생겼어. 내 아들 삼고 싶은 걸."

하지만 한 박자 늦은 것이 화근이었다. 3초간의 정적을 3일 간의 침묵처럼 느낀 동해는 풀이 죽어선 어깨를 축 늘어트렸다. 동해가 병든 병아리마냥 우울해하자 민서는 허둥대며 위로에 들어갔다. '외모가 그리 중요한 건 아니잖니. 외모보다는 마음이 더 중요한 거야. 잘생기고 예쁜 것들은 다 얼굴값하기 마련이야'라고 얼굴 예쁜 사람이 말했다.

동해는 지금 이 말이 위로인 건지 고차원적으로 놀리는 건지 분간할 수 없었다. 동해가 점점 더 어두운 구렁텅이로 빠지려 하자 민서는 어쩔 줄을 몰라 했다. 안 되겠다 싶었는지 민서는 민철에게 눈짓으로 구원을 요청했다.

"흠흠."

이번에는 민철이 나섰다. 동해의 어깨에 손을 얹으며 깊은 한숨을 내쉬었다. 숨소리에서 어른의 깊이가 느껴졌다.

"동해야, 형이 말이다. 한마디만 해 줄게."

"예."

갑자기 무게를 잡으니 덩달아 동해도 진지해졌다.

"남자한테 외모가 뭐 그리 중요하겠냐. 너는 그냥 지금 이대로의 모습이 잘 어울려. 여기서 잘생겨 봐야 어차피 넌 170cm잖아."

뚝.

민철 나름대로 진심어린 충고였다. 하지만 민서가 소년의 가슴에 못을 가져다 댔다면 민철은 묵직하게 그 위로 망치질을 한 꼴이었다. 동해가 거의 울 지경이 되자 민철은 당황하며 급히 그의 입에 계란말이를 쑤셔 넣었다. 동해는 짭조름한 계란말이를 씹으며 울분을 삼켰다. 분위기가 화기애애하게 무르익을 무렵, 누군가가 포장마차 안으로 들어왔다. 동해 또래로 보이는 청년이 들어오자 민서의 표정이 확 바뀌었다. 그녀는 떡볶이를 젓던 국자를 내려놓고 쌍수를 들고 반기었다.

'누구지?'

멋 부리지 않고 캐주얼하게 입은 것 같지만 키가 커서 그런지 은근한 멋이 뿜어져 나왔다. 목에는 은색의 헤드폰이 걸려 있었으며 검정 뿔테 안경은 청년의 깔끔한 인상을 더욱 돋보이게 했다.

"우리 성주 왔구나."

민서의 말에 동해는 눈썹을 꿈틀거렸다. 어디선가 들어본 적이 있는 이름이었다. 성주라 불린 청년은 동해의 옆자리에 앉았다.

"엄마가 밥 줄까?"

"응, 아무거나 줘."

"예예—."

민서는 감동한 눈으로 열심히 국수를 만들었다. 몇 달 전까지만 해도 모자 사이에는 찬바람이 쌩쌩했다. 그런데 며칠 전부터 아들, 성주의 태도가 조금씩 변하기 시작한 것이다. 조금씩 변화하려는 아들의 태도에 민서는 뭉클한 감동을 느꼈다. 그것은 처음 성주를 낳고, 그 조그만 아이를 품에 안았을 때 느꼈던 감동과 비슷한 것이었다.

한편, 민철과 동해는 퍼렇게 얼어 있었다. 민서의 나이가 제법 많다는 건 익히 알고 있었지만 설마 유부녀였을 줄은 몰랐던 것이다. 거기다가 아들까지 있을 거라고는 상상도 하지 못했다. 그녀는 현재 옷도 아무거나 주워 입고 화장도 안 했다. 긴 머리카락도 대충 나무젓가락으로 고정 중이었지만 TV에 나오는 어지간한 연예인들보다 빛을 발했다. 또한 이곳에서 있었던 나이트 후드 사건 이후 TV 전파를 탄 적이 있는데, 단 한 번의 TV 출연 이후 그녀의 팬 사이트까지 만들어졌을 정도이다. 결국 한밤의 외모종결자는 동해도 민철도 아닌 민서의 몫으로 돌아갔다.

"자, 국수 나왔습니다."

모락모락 김이 오르는 국수가 완성되었다. 성주가 국수를 먹는 동안 동해는 간신히 정신을 차릴 수 있었다. 겨우 이성을 되찾은 동해는 힐끗힐끗 성주를 바라보았다. 남자가 같은 남자를 너무 대놓고 쳐다보면 자연의 섭리를 거스르는 일 같은지라 힐끔힐끔 봐야 했다.

'설마 얘가 오늘 일곱 표를 받은 신성주인가?'

확실히 순위에서 1등을 할 만 했다. 똑같이 싸구려 국수를 먹지만서도 그 자태가 남달랐다. 그냥 후루룩거리며 국수를 먹을 뿐인데도 잡지 화보가 완성된다니. 동해는 그 모습을 보며 문득 세상은 참 부조리하다는 느낌을 받았다. 눈이 죽 찢어져서는 질투 광선을 내뿜는 동해를 보며 민서가 말했다.

"아 참. 동해도 일출고 다닌다고 했던가? 우리 성주도 일출고 다니는데, 인사해."

성주가 고개를 돌리자 동해는 당황스러워하며 부산을 떨었다.

"하하, 그, 안녕. 나는 동해라고 해. 만나서 반가워."

성주는 무감정한 눈으로 잠시 동해를 살폈다.

"……"

한 5초 정도 동해의 눈을 바라보던 성주가 부드럽게 미소 지으며 인사했다.

"나는 신성주라고 해. 네가 동해구나. 혹시 성이?"

"성이 동이야."

"아, 그래."

같은 동갑 치고 성주의 분위기는 동해와 많이 달랐다. 동해가 아직 어리숙하고 덜 성숙된 분위기라면, 성주는 벌써부터 어른의 기운을 풍겼다. 사소한 웃음 속에서도 그 나이 또래는 가질 수 없는 진중함 같은 것이 묻어나왔다.

'1등 할 만하구나.'

동해는 쩝 입맛을 다시며 속으로 부러움을 삼켰다. 성주가 말했다.

"얘기는 몇 번 들었어. 만수 애들한테 괴롭힘을 당했다고. 내가 대신 사과할게. 만수가 원래는 그런 녀석이 아닌데 어쩌다가 그렇게 된 건지…… 미안해."

"응? 만수 일을 왜 네가 사과해?"

"만수가 내 친구였으니까, 나라도 대신 사과해야지."

"그, 그랬구나."

둘의 대화에 민서가 끼어들었다."

"성주, 너 아직도 그런 질 나쁜 친구들이랑 어울리는 거야? 그럼 엄마가 못 쓴다고 말했잖아, 때끼."

"앞으론 조심할 게요."

동해는 이상한 기분이 들었다.

'만수와 친구라고? 친구였다고?'

이렇게만 보면 만수와 성주, 둘 사이에 접점이라고는 발톱의 때만큼도 없어 보였다. 그런데 친구라니…… 아니, 친구였다니. 두 사람을 대치시켰을 때의 그림이 쉽게 그려지지 않았다. 그리고 친구인 게 아니라 친구였다는 건 또 무슨 이야기일까? 물어보고 싶었으나 아직 어색한지라 더 파고들 수는 없었다.

"……"

세 사람이 이런저런 주제로 대화를 풀어나가는 사이에도 민철은 고장 난 장난감처럼 움직이지 않았다. 먼 산을 바라보며 속으로는 메아리처럼 계속 같은 말을 반복했다.

'유부녀라니, 유부녀라니!'

이유는 모르지만 왠지 우는 거 같다.

* * *

다음 날, 이틀 정도 명상 수련을 안 했다고 동해의 어깨 위로 피로가 묵직하게 느껴졌다. 추적추적 길을 걷는데 등에 거대한 곰 한 마리를 이고 가는 것만 같았다.

'으으, 피곤하다.'

동해는 뚜둑뚜둑 목을 풀며 교문을 통과해 교실로 들어갔다. 무슨 일이 있는 건지 교실 안이 소란스러웠다. 학생들은 시끄럽게 떠들며 A4용지 크기의 종이들을 들고 다녔다. 어떤 학생은 종이를 뭉치 채로 들고 바쁘게 복도를 거닐었다. 개중 한 장이 펄럭거리며 바닥에 떨어졌다.

"뭐지?"

복도를 걷던 동해는 바닥에 떨어진 종이를 주웠다. 별생각 없이 종이를 확인한 동해의 눈이 못 볼 것을 보았다는 듯이 큼직해졌다.

"이게 뭐야!"

종이에는 일출고에 다니는 남학생들의 이름이 좌르르 적혀 있었다. 여학생의 이름은 보이지 않는다. 보아하니 모든 남학생의 이름이 적혀 있는 듯했다. 제일 첫째 줄에는 크게 글이 적혀 있었다.

본격 민주주의 투표! 일출고 최고의 미남을 뽑아 주세요!

내용물의 제일 마지막에는 이렇게 적혀 있었다. 작성자 '일출고 최고의 미녀 신이나'라고.

"시…… 신이나아!"

번개처럼 이나를 찾아간 동해는 그녀의 책상을 두 손으로 힘껏 내리쳤다. 그리고는 마치 범죄자를 취조하는 형사처럼 거칠게 넥타이의 조임을 풀었다.

"이게 대체 무슨 짓이야? 지금 무슨 짓을 하고 있는 거냐고!”

이나는 원초적 본능의 샤론 스톤처럼 다리를 엇갈려 꼬았다. 들고 있던 볼펜으로 후우 담배 피우는 시늉을 하며 말했다.

“내가 뭘?”

“이걸 보고도 시치미 뗄 생각이냐!”

쾅!

도장을 찍듯 동해는 투표용지를 책상에 내리쳤다. 투표용지를 확인한 이나는 음흉하게 미소를 지었다. 어디 암흑계의 수장들을 유혹해 뒤에서 조종하는 흑장미 같은 미소였다.

“아, 그거? 그냥 여흥이야. 요즘 통 즐거운 일이 없더라고. 그래서 기분 전환 삼아 축제를 벌이기로 했지. 아이디어 제공에 대해서는 고맙게 생각해. 나중에 내가 한턱낼게.”

“한턱이고 두턱이고 나발이고 간에, 당장 그만둬!”

“왜 그만둬야 할까? 이리도 재밌는 것을.”

동해는 얼굴이 새빨개져서는 교실을 훑어보았다. 저마다 투표용지를 한 장씩 들고 있었는데, 어째 표정들이 다들 즐거워 보였다. 어떤 남학생은 친한 여학생에게 다가가 자신을 찍어 달라며 애원했고, 여학생은 혀를 비죽 내밀며 도망 다녔다. 어떤 남자애는 관심 없는 척 귀에 이어폰을 꽂으며 눈을 감았는데, 고개가 묘하게 얼짱각도를 유지 중이다. 또 어떤 남학생은 아예 여학생의 화장품을 빌려 분칠을 하기도 했다. 파우더의 힘으로 얼굴은 하얘졌으나 목은 여전히 까맸다.

"요, 좋은 아침."

인사를 하며 철광이 들어왔다.

"……!"

평소에도 머리에 젤을 바르던 철광이었다. 그런데 오늘따라 유독 그 양이 많아 보였다. 햇빛을 받으면 번쩍번쩍 광이 날 정도였다. 가만히 동해를 살피던 이나가 입을 열었다.

"어머? 어제 친한 애들한테는 미리 문자로 통보를 보냈는데. 못 받았나 보네?"

"뭐라고?"

휴대폰을 꺼내 확인해 본 동해. 아뿔싸를 외치며 자리에 주저앉았다. 확인 안 한 문자가 한 통 와 있었으며, 그것은 이나의 문자였다. 미리 연락을 받은 철광이 때 빼고 광을 내고 온 것이다.

"이건 인정할 수 없어! 인정 못 해!"

동해는 자리에 무릎 꿇으며 오열했다. 자리에서 일어난 이나는 흑막처럼 어둡게 미소 지었다.

"인정 안 하면 어쩔 건데? 이미 주사위는 던져졌어. 현실을 받아들이라구. 도망치지 말고 맞서."

"크으."

동해는 혼란스러운 마음을 추스르며 자신의 교실로 돌아갔다. 이나의 말이 사실이었다. 일이 이렇게 된 이상 피할 수 없었다. 피할 수 없으면 즐겨야 한다. 즐기기 위해서는 맞서 싸워야 한다!

"……는 무슨 개뿔이."

뭘 맞서고 뭘 즐기란 말인가. 사태가 커진 이상 개망신은 피할 수 없는 기정사실이었다. 처음에는 장난으로 시작한 일이 이렇게 커질 줄이야. 전교생을 대상으로 순위가 매겨져 결과가 나온다면, 그 결과를 어떻게 받아들여야 할지 동해는 감을 잡지 못했다. 창피해서 저 하늘의 별이 될지도 모르겠다. 이게 다 근거 없는 자신감에서 비롯된 일이었다. 최초의 원인으로 거슬러 올라가면 동해의 잘못이라고도 할 수 있었다.

"아아, 죽겠네."

그러면서도 내심 궁금하기도 했다. 전체 순위에서 자신이 몇 등을 하게 될지 호기심이 들었다. 가슴속 깊은 곳에서는 은근한 기대 심리도 존재했다.

'저번 투표는 사실 투표라고 할 수도 없었어. 그런 투표를 한다는 걸 모르는 여자애들이 태반이었잖아. 이번에는 확실하게 전교의 여학생들에게 대놓고 물어보는 거니까 혹시 몰라. 그래, 아직 가능성은 있어.'

동해는 아직도 정신을 못 차린 모양이다.

*　*　*

투표는 점심시간이 끝남과 동시에 마감되는 모양이다. 무슨 수를 쓴 건지 여학생들은 알아서 투표용지를 뿌리고 걷었다. 그렇게 차곡차곡 쌓인 용지들은 또 다른 여학생들에게로 전해졌고 그녀들은 결과를 정리했다. 무슨 정치인 투표하는 것마냥 체계적이기 그지없었다. 어디까지나 이나가 보상을 주며 부려 먹는 거겠지만.

시간이 흘러 점심시간이 찾아왔다. 매점에서 빵을 사 와 대충 점심을 때운 동해는 자리에 앉아 멍하니 시간을 때웠다. 평소에는 한없이 짧게 느껴지던 한 시간이 오늘따라 왜 이리도 긴 건지, 좀이 쑤시는 걸 견디다 못한 동해는 건물 밖으로 나갔다. 운동장 근처의 벤치에 앉아 멍하니 운동장을 바라보았다. 운동장에서는 많은 수의 학생들이 축구를 하거나 농구를 했다. 동해가 앉은 자리는 농구 골대와 가까운 위치였다.

"응?"

세 명씩 짝지어 농구하던 아이들 중에 낯익은 얼굴이 보인다. 어제 포장마차에서 보았던 성주였다. 포장마차 주인 나민서의 아들이라 했던 신성주는 외투를 벗어 셔츠 차림이었다. 셔츠의 팔을 걷고 목의 단추를 세 개나 풀고 있다.

신성주는 다른 학생들과는 비교할 수 없는 가벼운 몸놀림이었다. 그리 크거나 과격하게 움직이지는 않았지만 적재적소에 잘 치고 들어갔다. 필요 없는 움직임은 보이지 않았다.

'와, 잘하네.'

기를 수련한 뒤로 관찰하는 이의 움직임이 전보다 훨씬 더 눈에 잘 띄었다. 다른 학생들은 무조건 공만 보며 움직이거나 아니면 전혀 엉뚱한 곳으로 이동하기도 했다. 농구 경기에 축구 선수를 모아 놓고 그 안에 마이클 조던 한 명 집어넣은 것 같은 모양새였다. 살짝 부러운 눈으로 바라보던 중, 동해는 어딘가 다른 곳에서부터 강렬한 시선이 느낄 수 있었다.

'뭐지?'

고개를 돌려 보니 그곳에는 한 무리의 여학생들이 있었다. 그녀들은 얼굴을 붉힌 채 가쁜 호흡으로 동해를 바라보고 있었다.

"……?"

그게 아니었다. 그녀들은 농구 경기를, 보다 정확하게는 농구 중인 성주를 보고 있었다. 동해는 단지 여학생들과 성주 사이에 끼어 있었을 뿐 아무 상관도 없었다. 서글픈 마음이 들었지만 그리 크지는 않았다. 성주가 그만큼 잘생기고 매력적인 건 사실이었으니까. 동해는 그 사실을 냉정하게 인정했다.

"어엇!"

동해가 멍하니 딴생각에 잠겨 있을 때였다. 실수를 한 건지 농구공이 튕겨 나오듯 동해에게로 향했다. 그 속도는 눈으로 확인하기도 힘들 만큼 빨랐다.

"응?"

팡!

동해는 무의식적으로 오른손을 뻗어 공을 잡았다. 동해의 손은 그리 큰 편이 아니었다. 또한 동해의 이미지가 순발력이라거나 운동 신경이 그리 뛰어나 보이는 건 아니었기에 딴 곳을 보면서 한 손으로 농구공을 잡는 것은 타인의 눈에는 신기한 일이었다.

'깜짝이야.'

농구를 하던 학생들도, 그리고 뒤에서 지켜보던 여학생들도 동해를 보며 입을 쩌억 벌렸다. 동해는 농구공을 어루만지며 힐끗 농구 골대를 바라보았다. 기를 사용하면 3점 슛 정도야 껌 씹듯이 넣을 수 있을 것이다. 당장이야 좀 어색할 지라도 몇 번 연습하다 보면 될 것이다.

간단한 일이다. 수련을 통해 손에 넣은 이 힘을 활용한다면 농구가 됐든 축구가 됐든, 어떤 식으로든 활용이 가능했다. 방법이야 무궁무진하다. 까짓 거 능력을 개방한다면 하루아침에 스타가 되는 것은 금방일 것이다. 동해라고 그러고 싶은 욕구가 아주 없는 것도 아니었다.

이제는 전과 달리 곁에 아현이도 있고 이나도 있다. 그리고 민철이나 철광이도 있다. 하지만 더 가지고 싶다는 생각이 들었다. 사람들이 더 자신을 알아봐 줬으면 좋겠고 좋아해 줬으면 좋겠다는 생각이 들었다.

'이 힘을 사용한다면…….'

하지만 동해는 그런 욕구를 억눌렀다. 힘을 사용하는 것은 조금 치사하다는 생각이 들었다. 따지고 보면 반은 기연처럼 얻은 힘이다. 그런 걸 마구잡이로 써서 자신을 돋보이는 데 활용하고 싶지 않았다. 그건 치사하고 공평하지 못한 거니까.

"공 받아."

동해는 농구하던 애들에게 가볍게 공을 던졌다. 미련을 던져버리듯이.

"자자, 다시 경기 시작하자."

다시금 경기가 시작되고, 동해는 등을 돌려 학교 건물 쪽으로 돌아갔다. 성주는 경기가 시작됐음에도 눈으로는 동해의 등을 뚫어져라 주시했다.

'빠르네.'

동해의 뒷모습을 바라보는 성주는 의미심장한 미소를 지었다.

교실로 돌아가자 꽃가루가 날리듯 수많은 종잇장들이 허공에 펄럭거리는 걸 볼 수 있었다. 여학생들은 배꼽을 잡으며 깔깔거렸고 남학생들은 눈물을 훔치며 하늘의 태양을 향해 오열했다. 심지어 어떤 녀석은 종이를 좍좍 찢어 입에 넣고 잘근잘근 씹어 먹기까지 했다.

"설마?"

한 마리의 나비처럼 종잇장 하나가 동해의 주변을 펄럭거렸다. 종이를 집어 살펴봤다.

"아아."

그곳에는 일출고의 남학생들 이름이 빼곡히 적혀 있었다.

그런데 순번이 아침과 많이 달랐다. 저번 것이 투표용지였다면, 이번 것은 결과를 알려 주는 내용이었다. 1등은 이번에도 또 신성주였다. 잘생긴 거야 동해도 눈이 있으니 알고 있었지만 설마 이 정도의 영향력일 줄은 몰랐다. 1등에서부터 주욱 눈으로 훑으며 동해는 자신의 이름을 찾았다. 자신의 등수를 확인한 동해는…… 문득 눈시울이 시큰해졌다.

동해 = 30표.

서른 표라니. 전체적인 순위는 그리 높지 않지만 그래도 상관없었다. 저번 한 표에 비하면 비약적인 성장이라고 볼 수 있다. 이 중 한 표는 분명 이나가 줬을 것이다. 그럼 나머지 스물아홉 표는 대체 누가 준 걸까? 동해는 가슴이 설레는 것을 느꼈다.

확실히 과거에 비하면 동해의 이미지가 많이 바뀌긴 했다. 전에는 그냥 괴롭힘 당하는 찌질이의 이미지였다면, 현재는 바보 같지만 착한 이미지가 많이 정착한 상황이었다. 딱히 동해가 나서서 뭔가를 한 적은 없지만 만수 패거리가 주춤하면서 자연스레 두각을 나타낸 것이다. 동해는 머쓱한 듯 코 밑을 긁적거리며 교실로 돌아갔다.

Battle 07

스피드 레이서

청소년 범죄. 이대로 괜찮은가.

이곳은 어느 국밥집.

아침 식사를 하러 온 중년 회사원이 신문을 보고 있었다. 한 손으로는 숟가락으로 국물을 뜨고, 다른 한 손으로는 신문을 살피고 있었다. 신문의 첫 장 머리기사를 장식하고 있는 문구가 바로 청소년 범죄에 관한 것이었다.

다른 신문들도 헤드라인까지는 아니어도 청소년 범죄 급증 문제를 심도 있게 다루고 있었다. 인터넷 기사에서도, 그리고 TV 뉴스에도 등장했다. 그 이유인 즉 며칠 전에 있었던 사고들 때문이다.

두 가지의 커다란 사건이 있었다. 첫째는 중학생 몇 명이 서로 짜고서 한 가정집에 들어가 강도짓을 벌인 것. 경찰관들이 왜 이런 짓을 벌이는가 물었고 학생들은 가볍게 '그냥'이라 대답했다.

아무런 이유 없이 이런 사건을 벌였다고 고백한 것이다.

또 다른 사건은 지하철에서 벌어진 사건이었다. 어느 고등학생과 중년 남성이 시비가 붙었다. 조사 결과 남성은 그 고등학생의 행색이 불량해서 한마디 해 주었다고 한다. 그것을 참지 못한 고등학생이 폭력을 휘둘렀고, 결국 중년 남성은 몇 달간 병원 신세를 져야 했다.

이 사건들 때문에 첫째로 게임 업계가 큰 타격을 받았다. 어떤 논리인지 이 사건이 게임의 폭력성 때문이라는 의견이 수면 위로 올라온 것이다. 그 다음으로 타격을 받은 건 나이트 후드였다. 나이트 후드의 등장은 사람들에게 신선한 충격을 줬지만 분명 한계가 존재했다. 그 한계는 나이트 후드가 정의를 세우기 위해 사용하는 것이 폭력이기 때문에 빚어진 결과였다. 일반 대중들은 그의 행위를 영웅이라 칭송했지만 권력층이나 공권력은 나이트 후드의 활동을 탐탁지 않게 보고 있었다.

실제로 나이트 후드는 지명수배 명단에 올라가 있는 상황이다. 그전까지는 어디까지나 예의상 지명수배에 올린 것이라면 현재는 상황이 달랐다. 나이트 후드의 활동이 일반 시민들에게 폭력적 영향을 끼친다는 의견이 지지를 받은 것이다. 심지어 나이트 후드가 영웅인가, 악당인가라는 주제로 TV 토론회가 열릴 지경이었다.

방송이 되기도 전부터 워낙에 이슈가 된지라 동해도 그날은 명상 수련을 하지 않고 TV 앞에 앉았다. 깨작깨작 과자를 씹으며 동해는 토론을 경청했다.

"현재 나이트 후드에 대한 수사가 진행되고 있다고는 하는데, 너무 미적지근한 것 같습니다. 각 지역의 경찰관, 형사들은 서로 연합해서 강경하게 대응해야 한다고 봅니다. 나이트 후드가 뭐 정의의 사도다 영웅이다 뭐다 하는데, 이게 바로 경찰관들의 초기 대응 미흡해서 그러는 거 아닙니까! 그런 폭력배 무뢰한이 무슨 영웅입니까? 깡패지."

머리가 온통 하얀 노인이었다. 저명한 어느 대학 교수라 했다. 다분히 흥분한 어투였다. 언성이 올라가자 목이 칼칼한지 옆에 있던 생수로 목을 축였다. 물을 마신 교수는 조금 전보다는 훨씬 정돈된 목소리로 말했다.

"사람들은 누구나 백마 탄 초인을 바랍니다. 자신들의 시름을 달래 줄 영웅을 말입니다. 과거의 조세형이나 신창원 같은 경우가 딱 그렇지요. 본질은 그게 아닌데 시간이 지날수록 은근하게 미화되는 겁니다. 왜냐? 사람들은 백마 탄 초인을 애타게 바라고 있으니까요! 하지만 나이트 후드는 애초에 그런 존재가 아닙니다. 오히려 시간이 지체될수록 안 좋은 영향을 끼치는 바이러스 같은 거죠."

빠직.

살포시 과자를 집던 동해의 손이 파삭! 하고 과자를 부쉈다. 아무리 그래도 사람한테 바이러스라니. 동해는 욱하는 마음을 억누르며 다시 과자를 집었다.

'릴렉스, 릴렉스.'

기를 수련한 뒤로 마음의 평정을 유지하는 것이 얼마나 중요한지를 깨달았다. 일이 일이다 보니 과격하게 움직여야 할 때가 많은데, 여차 하면 크게 다칠 일도 많았다. 하루에 한 번씩 명상 수련을 하지만 평상시에도 잔잔한 수면처럼 평정심을 유지해야 했다. TV에서 교수가 말하는 것을 듣고 은근히 열불이 올랐으나 동해는 크게 호흡을 하며 차분함을 유지했다. 백발의 교수는 계속해서 말했다.

"하지만 저 영웅도 뭣도 아닌 자가 계속 활개를 친다면 시민들에게 안 좋은 영향을 끼칠 건 불 보듯이 뻔합니다. 이미 그러고들 있잖아요? 그런 하찮은 영웅 심리에 빠져서 요즘 사건 사고가 늘었잖습니까. 학생들도 걸핏하면 쌈박질이나 하고. 거기다가 무슨 나이트 후드가 초능력을 사용한다며 그런 되도 않는 루머들까지 퍼지고 있어요. 후드 쓴 인간이 한 번 떴다 하면 전 국민이 들썩들썩한다고요. 하루하루가 지날수록 나이트 후드가 끼치는 악영향은 늘어날 겁니다. 지금보다 훨씬 더요. 그러니 일이 커지기 전에 대대적인 수사에 나서야 한다고 봅니다."

TV를 보는 동해의 눈이 슬금슬금 도끼눈이 되었다.

"……."

물론 명색이 토론인지라 반대 의견만 있는 것은 아니었다. 마이크가 백발 교수에게서 시민 논객 쪽으로 옮겨 갔다. 깔끔하고 단정한 모습을 한 여성이었다. 그녀는 똑 부러지는 눈빛으로 카메라를 쳐다보며 말했다.

"제 생각은 방금 교수님께서 하셨던 말과 조금 다릅니다. 나이트 후드가 무슨 도둑이나 강도와 같은 범죄자와 비슷한 취급을 하시는데, 실상은 그게 아니지 않습니까. 지금까지 나이트 후드가 한 행동들은 경범죄 수준에 지나지 않습니다. 교수님께 묻겠습니다. 나이트 후드가 지금까지 한 행동들 중에 중하게 처벌해야 할 일이 무엇이 있습니까?"

시민 논객의 물음에 백발 교수는 흠흠 헛기침을 하며 물을 들이켰다.

"초기의 과격했던 사건들을 제외하면 점점 폭력의 강도도 약해지고 있습니다. 즉, 최대한 폭력의 사용을 줄이고 있다는 의미입니다. 최근에는 살짝 밀치거나 넘어트리는 정도인지라 경범죄라고 부르기도 민망할 정도이지요. 물론 나이트 후드에 대한 악영향이 아주 없다고만은 할 수 없습니다. 멋모르는 어린 친구들이 따라하다가 다치는 경우도 몇 번 있었지요. 하지만 그런 경우는 언제나 우리 곁에 산재해 있다고 생각합니다. 영화나 만화, 소설을 보며 따라한다거나, 뭐 게임에 영향을 받을 수도 있겠지요. 그리고 그 영향이라는 건 긍정과 부정 두 가지로 나뉜다고 생각합니다. 두 가지로 나뉠 수밖에 없다고 말이죠. 그런데 왜 좋은 쪽은 쏙 빼놓고 안 좋은 쪽으로만 판단하십니까?"

여성의 말투는 굉장히 빨랐다. 반면 발음은 누구나 잘 들을 수 있게끔 또박또박 말했다.

"나이트 후드가 처벌을 받는다면 경미한 수준으로 끝날 것입니다. 사실 그 한 명을 잡기 위해 전국의 경찰들이 연합 수사를 벌인다는 것은 수사력 낭비라고 생각합니다. 전국의 수사력이 나이트 후드 하나에게 집중됐을 때 큰 사고가 터지면 어떻게 하시겠습니까. 정말로 나쁜 놈이 등장한다면 그땐 누가 책임을 집니까? 그때도 나이트 후드가 대신해 주기를 바란다면 그건 기회주의고 이중적인 태도 아닙니까. 지금 공권력이 해야 할 건 나이트 후드에게 혈안이 되는 것이 아니라, 애초부터 그가 활동할 여력이 없게끔 범죄율을 줄이는 것이라고 생각합니다. 여기까지 하겠습니다."

많은 말을 쏟아낸 것치고 말하는데 걸린 시간은 채 몇 분 걸리지 않았다. 폭풍처럼 반대 의견을 들은 백발 교수는 멍한 표정으로 코끝을 긁적였다. TV를 보던 동해도 과자를 씹다 말고 입을 벌린 채 넋을 놓았다. 가슴 한 구석이 뭉클했다. 그래도 자신을 지지해 주는 사람이 있다는 사실이 고마웠다. 앞으로도 더 열심히, 그리고 신중히 움직여야겠다고 동해는 다짐했다.

*　　*　　*

해가 떨어지고 도시에 어둠이 내려앉았다. 때가 오자 동해는 후드티에 트레이닝 바지를 입고서 밖으로 향했다. 언제부터인지 거리에는 낮보다 밤에 더 사람들이 많이 활보했다.

하지만 사람들이 많다고 해서 밝다거나 활기찬 기운 따윈 느껴지지 않았다. 그보다는 퇴폐적이고 방탕한 분위기뿐이었다. 활동 장소가 한정적이면 의혹을 살 수도 있기 때문에 동해는 최대한 집으로부터 먼 장소를 찾았다. 물론 아무리 멀게 가 봐야 서울 한정이었지만 그래도 서울 내에서라도 이리저리 장소를 옮겨야 했다. 어차피 한 곳에서 사건을 정리하면 한동안 그 자리에서는 별다른 소란이 일지 않기 때문이기도 했다. 신발 끈을 고쳐 신은 동해는 달리기를 시작했다.

부르릉, 부릉!

한참 열심히 달리는데 주변이 소란스러웠다. 멀리서부터 커다란 바이크 배기음이 주변을 진동시켰다. 처음에는 작았던 소리가 가까워지면서 점차 커지더니 이내 귀가 얼얼할 정도가 되었다.

부웅!

바이크 한 대가 옆의 도로를 쌩하니 지나쳤다. 한 대가 끝이 아니었다. 처음에 한 대가 지나가고 연이어 여러 대의 바이크가 그 뒤를 이었다. 꼬리에 꼬리를 무는 바이크 행렬의 제일 끄트머리에는 경찰차가 있었다. 가장 뒤에서 몇 대의 경찰차가 바이크 무리의 뒤를 쫓았다.

〈아아, 학생들 멈추세요!〉

경찰차에서는 확성기를 통해 경고를 보냈으나 바이크 폭주족은 그 말을 무시하듯 더욱 속력을 올렸다. 순식간에 멀어지는 바이크들과 경찰차를 보며 동해는 뺨을 긁적였다.

"와우."

잠시 가만히 있던 동해는 주머니 속에 넣어 두었던 금색 렌즈와 해골 마스크를 꺼냈다.

폭주족들은 거침없이 어둠의 밤거리를 질주했다. 한밤중인지라 도로는 한산했고 폭주족은 거리낌 없이 과속과 역주행을 넘나들었다. 두 대의 경찰차가 열심히 뒤를 쫓아 보지만 역부족이었다. 거리가 좁혀질 듯 좁혀질 듯 좁혀지지 않았다. 그것도 사실은 폭주족이 봐주는 것이었다. 너무 앞질러 버리면 재미가 없는지라 일부러 속도를 늦춰 주며 맞춰 주는 것이다. 마치 투우사처럼.

"꺄하하! 이거나 먹으라고."

개중에는 뒤에 여성을 태우고 있는 자도 있었다. 남자의 뒤에 찰싹 매달린 여성은 매고 있던 가방에서 주섬주섬 뭔가를 꺼냈다. 텅 빈 맥주병이었다. 여성이 맥주병을 꺼내자 남자는 바이크의 속도를 늦춰 경찰차 가까이 다가갔다.

〈학생들! 멈추세요!〉

"웃기시네."

여성은 긴 머리를 나풀거리며 웃었다. 손에 들고 있던 맥주병을 경찰차 앞 유리를 향해 힘차게 집어던졌다.

콰직!

맥주병이 깨지며 파편이 흩날렸다. 순식간에 시야가 차단당한 경찰관들은 브레이크를 밟아 차를 멈추었다. 남은 한 대의 경찰차도 다른 폭주족들이 야구방망이를 휘둘러 멀찌감치 떨어트렸다.

"야호!"

경찰관들의 추격을 따돌린 폭주족은 미친 듯이 소리를 질러가며 뿔뿔이 흩어졌다. 혹시나 모를 추격을 완전하게 피하기 위해 다들 다른 길로 빠지는 것이다. 뒤에 여자를 태운 남성은 좁은 골목길로 들어갔다.

골목길에는 쓰레기가 지저분하게 널려 있었으며 바이크를 몰기에 그리 적합해 보이지 않았다. 상당히 위험천만한 지형임에도 남자는 거침없이 골목을 질주했다. 바이크의 소음은 요란했고 마침 이곳은 저택이 밀집한 지역이었다. 바이크가 지날 때마다 이곳저곳에서 불이 켜지며 한 명씩 창밖으로 고개를 내밀었다.

"이 자식들아! 잠 좀 자자, 잠 좀!"

"아우, 시끄러워!"

아침을 깨우는 선지자도 아니고, 그가 가는 길이면 한 박자 늦게 가정집에 불이 들어왔다. 시끄러운 바이크 소리에 대해 주민들은 한마디씩 불평불만을 토해냈다.

"아하하! 이거 실례했습니다!"

그렇게 신나게 골목을 달리던 중, 남자는 어째 등이 휑한 기분을 받았다. 이게 대체 무슨 느낌인가 싶어 힐끔 뒤를 돌아보았다.

"어라? 얘 어디 갔어?"

뒤에 태우고 있던 여자가 보이지 않았다. 귀신놀음 같은 상황에 남자는 눈을 끔뻑거리며 숨을 멈추었다. 만에 하나라도 떨어진 거라면 비명이라도 질렀을 것이다. 하다못해 떨어지기 전에 옷이라도 강하게 잡아당겼을 텐데 분명 그런 것도 없었다. 마음에 동요가 일자 바이크가 직진하지 못하고 이리저리 흔들렸다.

"크윽."

다시 정면을 보며 쓰로틀을 고쳐 잡는데 그 순간 정면에서 누군가가 모습을 드러냈다. 어둠 속에 잠겨 있던 그를 바이크의 헤드라이트가 끄집어낸 것이다.

"와악!"

맞은편에서 대기 중이던 나이트 후드는 손을 뻗어 폭주족의 뒷덜미를 붙들었다.

"끅!"

주인을 잃은 바이크는 얼마 못 가 균형을 잃고서 쓰러졌다.

끼기기긱!

바이크가 불똥을 튀기며 바닥을 그었다. 한 손으로 폭주족을 붙잡은 나이트 후드는 그를 놓아주었다. 라이더는 엉덩방아를 찧으며 바닥에 쓰러졌다.

"허억!"

허둥대며 고개를 든 사내는 나이트 후드를 확인하고는 기겁했다.

"나이트 후드!"

나이트 후드의 뒤에는 익숙한 여인이 있었다. 사내가 뒤에 태우고 있던 맥주병 여성이었다. 그녀 역시 다친 곳은 없어 보였다. 다만 바닥에 앉아 공포에 떨고 있을 뿐이었다.

"으아아."

매우 짧은 시간이었지만 목숨이 왔다 갔다 할 수 있는 곡예를 경험한 그였다. 남자는 아무 말도 못 하고 침을 질질 흘리며 나이트 후드를 올려다보기만 했다. 무슨 말을 해 줘야 할지 잠시 고민하던 나이트 후드는 짧게 말했다.

"안전 운전하세요."

휘리릭.

그 말을 남긴 나이트 후드는 높게 뛰어올라 두 사람의 시야에서 사라졌다. 나이트 후드가 사라지자 폭주족 남녀는 서로 바라보았다. 그리고 고개를 돌려 멀찌감치 나가떨어져 있는 바이크를 바라보았다. 덜덜덜 소리를 내며 회색 연기를 피워 올리는 것이 다시 타고 가기는 힘들어 보였다.

"끼야호!"

이곳은 4차선의 넓은 도로.

도로는 자동차가 거의 없을 정도로 한산했다. 그리고 그 사이를 석 대의 바이크가 종횡무진으로 움직였다. 바이크의 헤드라이트와 후미의 등이 빛줄기를 만들어내며 마치 세 마리의 뱀이 어두운 도로 위를 미끄러지는 듯했다.

그들은 손에 야구방망이를 들고 있었다. 다른 자동차 곁을 스치고 지날 때마다 야구방망이를 휘둘러 자동차에 흠집을 냈다.

빵빵!

불시에 기습을 당한 운전자들은 당황하여 브레이크를 밟거나 핸들을 꺾었다. 내일 당장 세상이 멸망해 버릴 것처럼 그들은 거침없이 폭주했다. 죽어도 좋다는 듯 그들은 마음껏 쓰로틀을 당기고, 소리를 지르고, 방망이를 휘둘렀다. 폭주족 중 하나가 육교 밑을 지나칠 때였다. 별안간 육교 위에서 무언가가 떨어졌다.

"으악!"

나이트 후드의 등장이다. 바이크 바로 옆에 떨어진 나이트 후드는 폭주족의 멱살을 붙잡으며 바이크와 떼어 놓았다. 이번에도 주인 잃은 바이크를 데굴데굴 도로를 구르며 망가졌다.

"쿨럭, 쿨럭!"

나이트 후드의 한 손에 대롱대롱 매달린 폭주족은 아무 반응도 보이지 않았다. 너무나 순식간에 일이 벌어진지라 아직 사태 파악이 안 되는 듯했다.

"으잉?"

나이트 후드는 황당해하는 폭주족을 보고는 한숨을 쉬었다.

"다음부터는 안전 운전하세요."

이곳은 도로였다. 이대로 폭주족과 바이크를 두고 갈 수는 없었다. 나이트 후드는 아직도 얼이 빠져 있는 폭주족과 바이크를 인도 쪽으로 옮겨야 했다. 나이트 후드는 한쪽 어깨에는 폭주족을, 그리고 다른 한 손으로는 바이크를 질질 끌고서 이동했다. 아주 가볍게.

나이트 후드는 바이크의 소음을 좇아 하나씩 처리해 나갔다. 바이크를 타고 다니니 빠른 건 둘 째 치고 다치지 않게 하는 것이 최우선이었다. 자칫 잘못하면 자신과 폭주족 둘 다 다칠 우려가 있었다.

기가 없었더라면 불가능했을 일이었다 기를 배워 두길 참 잘했다고 나이트 후드는 속으로 생각했다. 건물의 옥상 위를 넘나들며 나이트 후드는 마지막 폭주족을 찾았다. 정확히 마지막 멤버는 아니었지만 지금 쫓고 있는 이를 끝으로 오늘은 철수하려 했다.

"흐음."

현재 쫓고 있는 목표는 지금까지 상대했던 폭주족과는 느낌이 조금 달랐다. 유일하게 헬멧을 착용 중이었고, 심지어 바이크 슈트도 입고 있었다. 온통 검은색으로 치장한 것도 그렇고 지금까지 잡은 폭주족과는 바이크 테크닉부터가 달랐다.

건물 옥상을 옮겨 다니며 기회를 노리던 나이트 후드는 바이크가 속도를 늦추자 곧장 밑으로 내려갔다. 고양이처럼 바닥에 착지한 나이트 후드는 검은 바이크 슈트의 폭주족에게 삿대질을 했다.

"미안하지만 여기서 그만해 주셔야겠어."

폭주족은 헬멧을 쓰고 있는지라 눈빛이나 감정 상태를 전혀 알 수 없었다. 가만히 노려보던 동해는 이상한 점을 발견할 수 있었다.

'어라? 저건.'

바이크 슈트의 가슴 부분이 봉긋 솟아 있었다. 바이크 슈트는 특성상 몸을 압박할 텐데, 그럼에도 불구하고 솟아 있다는 건 상대가 여성이라는 것을 의미했다. 그 사실을 깨달은 나이트 후드가 잠시 머뭇거렸다.

'젠장, 어떻게 하지?'

뒤에 타고 있다면 모를까, 직접 바이크를 모는 경우라니.

"나이트 후드 씨인가요?"

폭주족 여성이 말했다. 바이크를 모는 과격함과 달리 목소리가 굉장히 맑고 또랑또랑했다. 그녀는 헬멧을 벗어 얼굴을 드러냈다.

헬멧을 벗자 검고 긴 생머리가 폭포수처럼 쏟아졌다. 고개를 털어 머리카락을 정돈한 여성은 싱긋 웃으며 나이트 후드에게 인사했다.

"우와, 만나서 반가워요. 정말 꼭 한 번 보고 싶었거든요."

"응?"

마스크에 가려져 있기에 망정이지 하마터면 당황한 표정을 드러낼 뻔했다. 저번에 본 적이 있는 여성이었다. 이나와 오락실에 갔을 때 보았던 그 원피스 여성이었다. 그때와는 분위기가 전혀 달랐지만 외모만큼은 동일했다.

가녀리고 청순한 외모에 바이크 폭주족이라니, 그 차이에서 오는 괴리감에 나이트 후드는 아득한 기분을 느꼈다. 그래도 당황한 기색을 보여서는 안 되기에 얼른 본론을 꺼냈다.

"앞으로는 이런 식으로 소란 피우지 마세요. 소음도 너무 크고 위험합니다."

"죄송해요. 하지만 전 바이크 타고 다니는 게 좋아요."

"최소한 다른 사람에게 피해는 주지는 말아야죠."

"저는 피해 준 적 없어요."

그녀는 손에 들고 있던 헬멧을 움직여 보이며 말했다.

"헬멧도 착용했어요. 머플러에 구멍도 안 뚫었고요. 그렇게 안 한 건 다른 애들이에요. 전 잘못 없어요."

폭주족 여인의 말에 살짝 밀리는 듯했지만 나이트 후드의 반격이 이어졌다.

"그, 하지만 규정 속도를 어겼어요. 그건 다른 사람에게도 본인에게도 무척 위험하다고요."

"아, 그건 걱정 마세요. 제가 이래 보여도 바이크 테크닉이 좋아요."

"으음."

나이트 후드는 잠시 팔짱을 끼며 그녀를 뚫어져라 바라보았다. 대화가 어째 이상하게 흘러가는 기분이었다. 멀쩡하게 생긴 것과 달리 4차원 느낌이 강했다.

그리고 나이트 후드는 못 느꼈으나 폭주족 여인은 묘하게 눈빛을 반짝반짝 빛냈다. 뺨도 약간이나마 발갛게 상기되었다. 짝사랑 상대라도 눈앞에 둔 것처럼 보였다.

"제 이름은 민주예요, 박민주."

그녀는 아예 바이크에서 내려 나이트 후드에게 접근했다. 공격할 거라 오해한 나이트 후드는 경계했으나 그녀가 스스럼없이 다가오자 더욱 당황했다.

"저 당신의 팬이에요. 나이트 워커 팬 카페에 가입도 했다고요. 사인해 주세요!"

초롱초롱. 눈동자가 소리를 낼 수 있다면 민주의 눈은 아마 그런 소리를 내지 않았을까? 두 손을 가슴에 모은 그녀는 기쁘다는 듯 격양된 목소리로 말했다. 서둘러 사인을 받을 종이와 펜을 꺼냈다. 나이트 후드는 종이와 민주의 얼굴을 번갈아 바라보며 어색해했다.

"어서요."

머쓱해하던 나이트 후드는 민주의 재촉에 당해내지 못하고 결국 종이에 사인을 했다. 평소 사인을 만들어 둔 게 없는지라 대충 아무렇게나 지어서 써냈다.

"사인이 정말 멋있어요. 고마워요."

계속 이런 식으로 갔다간 그녀의 페이스에 말려들 것만 같았다. 아니, 이미 충분히 그녀의 페이스에 말려든 후였다.

"아까 이야기를 다시 하면, 다음부터는 오밤중에 과속하지 마세요. 위험합니다."

"알았어요. 저기 그런데 하나만 더 부탁해도 돼요?"

"부탁?"

조마조마한 얼굴이 된 민주는 수줍은 고백을 하듯 이야기를 꺼냈다.

"마스크 벗은 모습 보여 줄 수 있어요?"

황당한 이야기에 나이트 후드의 무릎이 휘청거렸다. 나이트 후드가 고개를 젓자 민주는 제발 한 번만 보여 달라며 손을 뻗었다. 당황한 나이트 후드는 뿌리치기 위해 급하게 그녀의 손목을 붙잡았다. 생각보다 너무 힘을 줬는지 민주는 살짝 눈을 찌푸렸다.

"다, 다음에는 이런 일로 만나지 말았으면 합니다. 그럼 이만!"

도망치듯 나이트 후드는 담벼락을 훌쩍 넘어 모습을 감추었다. 민주는 그 뒷모습을 계속해서 바라보았다.

"여어, 분위기 좋네."

나이트 후드가 사라지자 전신주 뒤에 숨어 있던 누군가가 모습을 드러냈다. 민주와 똑같은 바이크 슈트를 입은 남자였다.

"준호야."

민주와 비슷한 또래로 보이는 남자였다. 그는 노랗게 물들인 염색 머리에 쭉 찢어진 여우같은 눈을 하고 있었다. 기본 인상부터가 그런데 대놓고 비웃으니 누가 봐도 악당 같은 인상이 되었다.

"아주 그냥 좋아 죽네. 그렇게 바라던 나이트 후드와 만나니 기분이 좋아?"

조소의 의미로 한 말이었지만 민주는 말 그대로 받아들였다.

"응!"

그녀는 당당하게 고개까지 끄덕이며 대답했다. 예상외의 답변에 준호는 무릎을 휘청거렸다.

"크으. 이 밥팅아, 정신 좀 차려. 나이트 후드는 우리의 적이라고. 방금 친구들한테 연락이 왔어. 다들 나이트 후드에게 당한 모양이야."

"그게 정말이야? 우와, 대단하다."

"대단하긴 뭐가 대단하냐!"

민주의 바보 같은 대답에 짜증이 난 준호는 그녀의 머리채를 잡고 붕붕 흔들었다. 그래도 좋다고 민주는 끝까지 실실 거렸다.

"착각하지 마. 나이트 후드는 우리의 적이라고, 경찰들이랑 다를 것이 없어. 아까 애들한테 연락이 왔는데 다들 바이크가 박살이 났데. 나이트 후드가 벌인 짓이야. 망할 자식, 멀쩡한 바이크는 왜 부수고 난리야?"

"헤헤, 그래도 우리 건 멀쩡하잖아."

"뭐야?"

준호는 다시 한 번 민주의 머리채를 붙잡고 흔들었다.

"아, 아파."

"뭔가 손을 쓰지 않으면 안 되겠어."

"뭘 어떻게 하려고."

"어쩌기는? 이 자식을 혼내 줘야지."

"위험할 거야."

"어차피 우리가 바이크를 타고 다니는 이상 피해갈 수 없어. 당하기 전에 선수 쳐야지."

준호는 그리 말하며 능글맞게 웃었다. 야비한 여우같은 웃음이었다.

* * *

다음 날 아침.

원래 동해의 자명종은 6시에 알람이 울리게끔 맞춰져 있다. 딱 그쯤 일어나 씻고 밥 먹고 출발해야 제 시간에 학교에 도착할 수 있었다. 그러던 것이 민철 밑에서 수련하면서 6시 30분으로 알람이 늦춰졌다. 수련을 통해 체력이 상승했고 학교까지 달려가는 게 무리가 없었기 때문이다.

그리고 기를 깨우친 현재는 알람이 아예 필요치 않았다. 교복을 갖춰 입고 크로스백까지 맨 동해는 벽에 걸린 시계를 확인했다.

현재 시각은 오전 7시, 학교까지 걸어가면 40분에서 45분 정도 걸린다. 뛰어서 가면 30분 정도 걸린다. 그리고 기를 이용해 속력을 높이면 20분이다.

전보다 한껏 여유로워진 동해는 느긋느긋 현관문을 열고 밖으로 나갔다. 처음에는 천천히 걷다가 약간 속도를 올리고, 그 다음엔 다시 차근차근 달린다. 사람들이 안 볼 때는 기를 사용해 빠르게 달리고, 혹여 누군가가 지나갈 때면 다시 일반적인 속도로 돌아왔다. 그렇게 속도를 조절하며 달리는 중 이상한 장면을 볼 수 있었다. 벽을 따라서 붉게 낙서가 돼 있던 것이다.

'락카 스프레이인가?"

동해도 전에 해 본 적이 있는 짓이었다. 누군가가 벽에다 대고 락카 스프레이로 낙서를 해 놓았다. 글자가 워낙에 추상적이어서 처음엔 못 알아봤는데 눈을 크게 뜨고 자세히 관찰하니 대충이나마 알아볼 수 있었다.

Night Hood.
Kill You.

글자는 벽을 따라 반복적으로 적혀 있었다. 색깔도 붉은 색이어서 유난히 눈에 잘 띄었다. 동해와 같이 길을 거니는 사람들은 한 번씩 벽을 쳐다볼 정도였다. 동해는 잠시 벽 앞에 서서 멀거니 낙서를 감상했다.

'도대체 누굴까? 이런 짓을 할 녀석들이.'

정답을 유추하는 건 그리 어렵지 않았다. 이 길은 동해가 매일같이 걷는 길이다. 어제까지만 해도 이런 것은 볼 수 없었다. 즉, 어제와 오늘 사이 새벽 중에 만들어졌다는 의미다.

'어제 그 녀석들이겠군.'

동해는 어제 상대했던 폭주족을 떠올렸다. 그들 말고는 달리 이런 짓을 할 사람도 없었다. 있어 봐야 만수 정도일까? 하지만 만수도 요새는 조용하게 지내는지라 갑자기 이런 일을 벌일 리가 없었다.

부릉, 부릉, 부르릉!

그때였다. 대여섯 대의 바이크가 동해의 곁을 스치고 지나갔다. 이번에는 도로뿐만이 아니라 인도까지 넘어와 어제보다 더욱 위험한 질주였다. 방심하고 있던 동해는 양옆으로 바이크가 지나자 균형을 잃고 자리에 쓰러졌다.

"우왁!"

"낄낄낄!"

동해가 나이트 후드라는 것을 알고서 벌인 일은 아니었다. 다만 운 나쁘게 휘말렸을 뿐이다. 아주 작정을 한 모양인지 어제보다 과격해진 모습이다. 어제 밤에는 그래도 도로만 내달렸는데 오늘은 인도까지 점거했다. 동해처럼 길을 건던 사람들은 갑작스런 바이크 폭주단의 등장에 우왕좌왕했다. 엉덩이를 털며 자리에서 일어난 동해는 손목시계를 살폈다.

7시 10분.

일출고의 등교 시간은 8시 15분까지였다.

"어떻게 한다."

한 시간을 활용해 폭주족을 잡을지 아니면 학교로 향할지 고민했다. 변신에 필요한 물건들은 가방 안에 담겨 있었다. 외진 곳을 찾아 들어가 갈아입으면 금방이었다. 고민하던 동해는 결단을 내린 듯 주먹을 가득 쥐었다.

폭주족은 저마다 방망이나 쇠사슬 같은 흉기들을 들고 있었다. 그리고 그것을 휘둘러 길가의 자동차나 건물에 피해를 입혔다. 그야말로 무자비했고 무차별적이었다.

길을 가던 사람들은 갑작스런 봉변에 손으로 머리를 감싸며 도망쳤다. 도로를 달리던 자동차들도 폭주족들의 과격한 행위에 급히 브레이크를 밟았다. 자동차들은 서로 꽁무니를 박거나 자리에 멈추었다. 여러 대의 자동차들이 늘어선 탓에 순식간에 도로는 엉망이 되었다.

자동차들은 부피가 큰지라 다들 멈춰야 했지만 폭주족의 바이크는 그 사이를 요리조리 빠져나갔다. 아침 출근을 훼방당한 운전자들은 자동차에서 내려 고래고래 소리를 질렀다.

"야, 이 자식들아! 이게 뭐하는 짓이야!"

그러나 그 목소리는 바이크의 부다다다 하는 소리에 묻혀 들리지도 않았다. 그래도 몸짓이나 표정을 통해 욕을 하고 있다는 건 알 수 있었다. 폭주족 중 하나가 그것을 발견하고는 가까이 다가왔다.

"당신 방금 뭐라 그랬어?"

묵직한 검은 바이크가 다가오자 남자는 당황하며 뒷걸음질을 쳤다.

"으, 어어."

폭주족의 손에는 하도 휘둘러서 여기저기가 찌그러진 방망이가 들려 있었다. 위기를 느낀 남자는 서둘러 자동차 안으로 들어갔다. 안으로 들어가자마자 문을 잠가 만약의 경우에 대비했다.

"아저씨, 밖으로 나와 봐. 못 들어서 그래. 안 때릴 테니까 밖으로 나와 봐."

"이 자식들아, 썩 꺼져!"

차 안의 남자는 허세를 부렸지만 몇 초 뒤, 식은땀을 뻘뻘 흘리며 사색이 되었다. 폭주족이 방망이를 높이 치켜든 것이다.

"으아!"

폭주족의 방망이가 자동차의 옆 창문을 가격했다.

콰득!

다행히 강화 유리인지라 쉽게 깨지지는 않았지만 균열이 퍼지며 작은 파편들이 튀었다. 차 안에 있던 남자는 소리치며 옆으로 누웠다. 그래도 직성이 풀리지 않았는지 그는 아예 보닛 위로 올라 방망이질을 했다. 이번에는 정면 유리를 흠씬 두들겼다.

콰직! 콰득! 콰드득!

차창 앞 유리가 균열로 새하얘질 때까지 때리고 나서야 폭주족은 한숨을 쉬며 만족했다. 이마의 땀을 닦으며 보닛 위에서 내려오려는 순간 자동차의 뒤에서 누군가가 날아올랐다.

"하이."

나이트 후드였다. 자동차 뒤에서 점프해 날아온 나이트 후드는 폭주족의 가슴에 발차기를 먹였다.

"컥!"

뒤로 나가떨어지며 폭주족의 손에서 방망이가 떨어져 나갔다. 허공에서 핑그르르 돌며 날아가는 방망이를 나이트 후드의 손이 낚아챘다. 나이트 후드는 방망이를 이리저리 돌려보고는 그것을 두 손으로 힘껏 구부러트렸다.

"흐음."

나이트 후드는 쓸모가 없어진 방망이를 멀리 내다 던졌다.

"어이, 거기 너."

나이트 후드는 바닥에 쓰러져 빌빌거리는 폭주족에게 손가락질을 했다.

"너희, 어제 그 녀석들이지?"

파랗게 질린 폭주족은 대답할 생각도 못 하고 나이트 후드를 바라보기만 했다.

"……?"

나이트 후드를 바라보는 폭주족의 시선이 묘하게 달라졌다. 당황하던 눈빛이 비웃는 시선으로 바뀌었다. 나이트 후드가 기척을 느끼기 무섭게 뒤로부터 방망이가 날아왔다. 머리로 향하던 방망이를 간발의 차로 팔을 들어 막아냈다.

퍽!

기로 팔을 감쌌기에 망정이지 그냥 막았으면 뼈가 부러졌을 것이다. 겨우 치명타를 피한 나이트 후드는 뒤에서 기습해온 녀석의 복부를 걷어찼다. 하지만 적은 사방에 산재해 있었다. 사방에서 폭주족이 달려들었다. 순식간에 샌드위치 빵 사이에 끼인 고기 꼴이 되었다.

"으윽!"

뭔가 정신없이 두드려 패는가 싶더니 우르르 빠져나갔다.

정신을 차린 나이트 후드는 이게 무슨 일인가 싶어 주변을 둘러보았다. 죽일 듯이 짓밟던 폭주족은 달아나듯 자신의 바이크 쪽으로 이동했다. 이상한 일이었다. 절호의 찬스를 스스로 놓아 버린 것이다.

'뭐지? 왜 다들……'

한 박자 늦게 놈들의 의도를 알 수 있었다. 나이트 후드의 오른팔에 밧줄이 묶여 있었다. 그리고 그 밧줄은 어떤 이의 바이크와 연결돼 있었다. 바이크 위에 올라탄 청년은 나이트 후드를 향해 손가락을 까딱였다. 검은색 바이크 슈트에 헬멧을 쓴 남자였다. 혹시 어제 만났던 민주인가 싶었지만 가슴 부분이 밋밋했다. 다른 사람이다.

"그럼 한 번 달려 볼까?"

다급해진 나이트 후드는 얼른 발에 묶인 줄을 붙잡았다. 매듭을 풀기 위해 손을 쓰는 순간 거친 소리를 내며 바이크가 출발했다.

"으어엇!"

바이크가 빠르게 나아가고, 밧줄로 연결된 나이트 후드도 빨려들듯 앞으로 튀어나갔다. 하마터면 넘어질 뻔한 상황에서 가까스로 균형을 잡았다.

치이이익!

바이크에 끌려가며 신발 밑창이 아스팔트와 마찰을 일으켰다. 그 마찰열이 얼마나 센지 연기가 날 정도였다. 힐끔 뒤를 돌아본 폭주족은 어이가 없다는 듯 큰 소리로 웃었다. 엉망이 되어선 질질 끌려올 줄 알았는데 멀쩡히 두 발로 버티고 있는 것이다. 아스팔트 위에서 타는 수상스키라니!

"뭐 저런 새끼가 다 있어?"

당황한 폭주족은 급커브로 방향을 틀었다. 바이크는 안전하게 방향을 틀었지만 문제는 나이트 후드였다. 이런 상황에서는 마음대로 움직일 수가 없었고 줄에 길게 연결돼 있는지라 이대로 꺾으면 원심력에 의해 벽에 처박힐 것이 분명했다.

"으아앗!"

마음이 급해진 나이트 후드는 지면을 박차고 점프했다. 끌려가는 속도 때문에 어찌할 도리가 없었다. 이렇게 된 이상 힘에 저항하기보다는 활용해야 했다. 나이트 후드는 직접 벽을 향해 뛰어들었다. 벽에 처박히기 직전, 두 발로 다시 벽을 박차고 날아올랐다. 나이트 후드가 공중에서 곡예를 부리는 동안 둘 사이를 잇는 밧줄이 가로등을 휘감았다.

"멈춰라!"

허공에 뛰어오른 나이트 후드는 양손으로 밧줄을 붙잡고 힘껏 잡아당겼다. 가로등에 감긴 밧줄이 팽팽해지자 바이크는 그 힘을 견디지 못하고 뒷바퀴가 들리며 멈췄다. 덕분에 그 위에 타고 있던 폭주족은 허공을 빙글빙글 돌며 몇 미터는 날아가야 했다.

"크허억!"

폭주족이 데굴데굴 구르는 동안 나이트 후드도 바닥에 떨어져 신음했다. 엎어지듯이 추락하는 바람에 가슴과 배의 통증이 심했다. 밧줄이 묶였던 팔목도 화상을 입은 것처럼 화끈거렸다. 자리에서 일어난 나이트 후드는 쓰러져 있는 폭주족을 살폈다.

"끄응."

다행히도 큰 부상은 입지 않은 것 같다. 비틀거리며 일어난 녀석은 나이트 후드를 돌아보더니 잽싸게 다른 곳으로 도망쳤다. 다른 폭주족들도 방향을 틀어 나이트 후드로부터 멀어졌다. 멀어지는 뒷모습을 보다가 동해는 문득 자신이 학교 가는 중이었다는 걸 깨달았다.

'젠장, 몇 시지?'

손목시계는 7시 50분을 가리키고 있었다. 이 이상 지체할 수는 없었다. 등교 시간이 촉박하기도 했고 이 정도면 어느 정도 수습했다고 생각한 나이트 후드는 비틀거리며 골목으로 들어갔다. 털레털레 골목을 걸으며 손바닥을 살폈다. 두 손바닥은 찢어져서는 피를 철철 흘리고 있었다. 밧줄을 당길 때 이렇게 된 모양이다.

"아으, 아프다."

준호는 쿨럭거리며 인적이 드문 골목 깊숙한 곳으로 들어갔다. 나이트 후드와 줄다리기에서 패배한 게 바로 그였다.

구석진 곳에 도착한 준호는 벽에 등을 기대며 주저앉았다. 바이크를 현장에 두고 왔지만 아무래도 좋았다. 어차피 그의 동료들이 알아서 수거해 줄 테니까. 지금은 바이크보다는 다른 문제가 더 신경 쓰였다. 몸에서 느껴지는 아픔, 그리고 치욕이 문제였다.

"나이트 후드……."

나름대로 기합을 강하게 주고 나왔건만 이렇게 당해 버리다니. 이것은 참을 수 없는 모욕이었다. 똑같이 바이크를 탄 상대도 아니고 두 발로 땅에 선 사람에게 당하다니.

"아으으, 젠장 맞을!"

준호는 분노에 몸서리치며 머리를 벅벅 긁었다. 바닥에 주저앉아 씩씩거리는데 주머니 속의 휴대폰이 울렸다. 그렇게 과격하게 바닥을 굴렀는데도 휴대폰은 다행히 멀쩡했다. 민주에게서 온 전화였다.

"무슨 일이야?"

〈무슨 일은 걱정돼서 전화했지.〉

민주는 오늘 있을 일을 미리 알고 있었다. 계획 짤 때까지는 같이 있었지만 위험하다는 이유로 현장에서는 빠진 것이다.

〈괜찮아? 다친 곳은 없는 거지?〉

"날 걱정하는 거야, 아니면 나이트 후드를 걱정하는 거야?"

〈으음, 둘 다.〉

"뭐라고, 이 가시나야!?"

준호가 버럭 소리 지르자 수화기 너머에서 깨갱 하는 소리가 들려왔다. 그녀가 나이트 후드를 동경하는 건 준호도 알고 있었다. 사실 그 때문에 일부러 계획에서 뺀 거기도 했다.

"민주야, 다시 말할 테니까 잘 들어. 나이트 후드는 우리의 적이야. 나이트 후드가 계속 활개를 치고 다닌다면 우리는 더 이상 바이크를 타고 다닐 수 없어. 그건 말하자면 자유를 빼앗기는 거라고, 너 그러고 싶어? 전처럼 막 속박당하고 시키는 대로만 하는 그런 삶으로 돌아가고 싶냐고!"

〈으음, 그건 아니야.〉

"하아, 알아들었으면 정신 좀 챙겨. 더 이상 할 말 없으면 전화 끊는다. 아 참, 담배 끊어라."

〈얘는 참, 내가 담배 끊었다고 전에…….〉

뚝.

전화를 끊은 준호는 가슴 속 깊이 숨을 들이켰다. 허무하게 숨을 뱉으며 자리에서 일어났다. 아직도 팔, 다리, 허리가 쑤셨지만 이렇게 바보 같이 앉아 있을 수도 없었다. 바이크를 손봐야 했다. 준호는 찌릿찌릿한 허리를 토닥이며 자리를 옮겼다.

통화를 끊은 민주는 허탈한 한숨을 쉬었다. 이곳은 어느 건물의 옥상. 그녀는 허무한 표정으로 하늘을 올려다보았다. 대체 어쩌다가 이렇게 됐을까? 민주에게 있어 바이크는 유일하게 자유를 만끽하게 해 주는 수단이었다. 바이크를 탈 때면 답답한 현실을 벗어나 초월적인 기분을 느낄 수 있다. 그것은 무어라 쉽게 설명할 수 없는 감정이었다.

가지지 못한 것을 가지고, 느낄 수 없는 것을 느끼며, 도달할 수 없는 곳에 도달하는 느낌이라고 하면 옳을까? 동시에 나이트 후드가 하는 일도 좋아하는 그녀였다. 요즘 세상에 직접 발로 뛰며 정의를 구현하는 히어로라니, 언뜻 보면 유치하지만 아무나 쉽게 할 수 없는 일이다. 엄청난 초월적 재주가 있지 않는 한 영웅놀음은 현실적으로 불가능한 일이었다.

날 때부터 부자가 아닌 이상 금전적인 문제도 따를 것이고, 부상의 위험이 늘 도사리고 있다. 정체를 숨기기 위해 부단히 노력해야 하며, 여론적인 문제도 있다. 그것이 아무리 옳은 일이라 해도 여론이 나쁘게 구성되면 아무런 보람도 느끼지 못할 테니까.

나이트 후드는 그런 불리한 여건 속에서도 꿋꿋하게 맞서 싸운다. 나이트 후드라는 존재 자체가 현실을 뛰어넘은 초월적인 존재라는 느낌이었다. 그런 점에서 민주는 나이트 후드가 부러웠고 또 그를 동경했다. 자신도 그를 따라서 현실에 속박되지 않고 진정 자유롭게 살고 싶었다.

'그런데 왜 이렇게 됐을까?'

동경해 마지않는 나이트 후드와 결국 대립하는 사이가 되었다. 이유는 간단했다. 그녀가 바이크를 타고 다니기 때문이다. 나이트 후드와 대립하지 않기 위해서는 규정 속도를 유지하고 교통법규를 준수해야 한다. 허나 그럴 바에는 차라리 바이크를 안타고 말 것이다. 질주하지 않는 바이크는 쓸모없다고 생각하는 민주였다. 물론 그렇다고 해서 정말로 바이크를 안 탈 수도 없는 노릇이었다. 차라리 다른 걸 포기하면 하겠다만 바이크는 놓을 수 없었다.

'답답해.'

선택을 해야 했다. 아예 다른 동네로 뜨던지, 아니면 바이크를 포기하던지, 그것도 아니면 나이트 후드를 쓰러트리는 것이다. 세 가지의 선택지가 있었다. 그리고 민주는 그중 어느 것 하나 선택하고 싶지 않았다. 민주는 주섬주섬 주머니 안에서 뭔가를 꺼냈다. 담배였다. 슬금슬금 주변을 둘러본 민주는 조심스럽게 담배를 물고 불을 붙였다.

"후우우."

오늘따라 날씨는 왜 이리 좋은 건지. 민주는 원망스러운 눈초리로 하늘을 올려다보았다. 그녀가 서 있는 곳은 굉장히 낡아빠진 건물의 옥상이었다. 건물은 4층으로 구성돼 있었으며 빨갛게 녹이 슨 간판에 글귀가 적혀 있었다.

청담 고시텔.

Battle 08

방황하는
영혼들

집으로 돌아간 동해는 손에 붕대를 감아 응급처치를 했다. 다시 교복으로 갈아입고는 번개처럼 학교로 달려갔다. 등교 시간이 다 되어 교문이 닫히려는 걸 간신히 통과할 수 있었다. 엉망진창이 되어 교실에 들어간 동해는 쓰러지듯 책상 위로 엎드렸다. 아침부터 너무 힘을 뺐더니 죽을 맛이었다.

'힘들어 죽겠네. 아무래도 오늘은 쥐죽은 듯 가만히 있어야겠다.'

하지만 현실은 그리 녹녹치 않았다. 지금 막 교실로 들어온 건 어찌 알았는지 기다렸다는 듯이 이나가 들어왔다.

"동해야, 같이 놀자!"

그녀의 부름에도 동해는 책상에서 고개를 들지 않았다. 잠든 건 아니었지만 일부러 코를 골았다. 그렇게 하면 좀 사라져줄까 생각했지만 그것은 착각이다. 이나는 진드기처럼 달라붙어 떨어지지 않았다.

"에이, 왜 이러실까. 왜 오자마자 자는 거야? 피곤해? 어제 너무 무리했어? 그러게 너무 많이 하면 안 좋아. 키 안 큰다구. 그 마음 이해 못 하는 건 아니지만."

"무, 무슨 소리얏!"

이나의 음담패설을 견디다 못한 동해가 곧장 고개를 들었다. 얼굴이 빨개져서는 아니라고 손을 휘저었다.

"그런 거 아니니까 오해하지 마."

"그런 게 어떤 건데? 응? 뭘까? 뭔데? 자세히 설명해 줘."

"크으."

예나 지금이나 둘의 매기고 받는 패턴은 바뀐 것이 없다. 동해를 실컷 약 올리던 이나가 뭔가를 발견한 듯 눈을 크게 떴다. 동해의 손에 감긴 붕대를 발견한 것이다.

"이거 뭐야? 다쳤어?"

"아니 그게."

이나는 동해의 손을 붙잡아 당겼다. 그러자 아프다는 듯 동해는 두 발을 동동 굴렀다.

"왜 이래? 심하게 다친 거야?"

"하하, 그, 그게."

동해는 제대로 말을 잇지 못하고 얼버무렸다. 주변의 눈치를 살핀 이나는 동해의 손을 잡고 교실을 빠져나왔다.

"아악! 아프다니까!"

손을 너무 세게 잡았다.

학교 건물 뒤로 자리를 옮긴 두 사람. 이나는 동해의 손을 감싸고 있는 붕대를 풀어 보았다. 동해의 손에는 탁하게 말라붙은 핏자국이 남아 있었다. 찢어진 상처는 아직 붙지 않아 흉한 모습이었다. 이나는 사나운 눈초리로 상처의 연유를 물었다.

"오는 중에 폭주족들을 만났거든. 싸우다가 이렇게 됐어."

"폭주족? 네가 걔네랑 왜 싸우는데? 그냥 내버려 둬. 어차피 폭주족 자체로는 큰 문제도 없잖아. 괜히 나서서 상처 입고 그러지 마."

"큰 문제가 없다니. 지금 진심으로 하는 말이야? 굉장히 위험한 거라고. 그렇게 빨리 달리다가 다른 사람이 다칠 수도 있고 본인이 다칠 수도 있는 문제라고. 소음 문제도 크고."

"다른 사람이 다칠 수도 있지만 그럴 확률은 적어. 오히려 자기네들이 다칠 확률이 크겠지. 소음 문제는 그냥 넘어가도 되잖아? 굳이 나이트 후드가 나설 필요가 있나 싶네. 그냥 놀고 싶다는 애들 좀 내버려 두면 안 돼?"

"안 돼. 나서서 막아야 해. 막을 거야."

"어휴, 그럼 다치지나 말던지!"

이나가 빽 소리를 지르자 동해는 귀를 긁적였다. 동해는 이나를 이해할 수 없었다. 폭주족 문제를 작은 문제 정도로 치부하다니. 어떻게 그럴 수 있는 걸까. 안 그래도 대한민국의 도로 사정은 그리 좋지 않다. 거기에 폭주족까지 끼면 더욱 엉망이 되는 게 교통 문제이다. 개개인의 문제와 더불어 교통에 악영향을 끼치는 폭주족은 사라져야 할 존재들이라는 게 동해의 생각이었다. 이나는 팔짱을 끼고서 도도한 눈빛을 보냈다.

"잘 들어. 폭주족 연합이 얼마나 숫자가 많고 위협적인데, 말이야 쉽지 상대하기 껄끄러운 건 사실이잖아. 철광이나 서림이의 경우랑은 많이 달라. 함부로 건드리면 오히려 더 큰 문제가 생길 수 있단 말이야! 그런데 설마 어제 봤던 나이트 라이더 애들 건드린 건 아니겠지?"

"음, 아마 걔네들 맞을 걸?"

"야!"

4옥타브를 넘나드는 고음에 동해의 머리카락이 쭈뼛 올라섰다.

"너는 진짜 왜 그래? 왜 그렇게 네임드들만 건드려서 고생길을 자처하느냐고! 나이트 라이더라니. 너 정말 미쳤니?"

"나이트 라이더가 그렇게 대단해? 난 잘 모르겠던데."

이나는 잠시 호흡을 고르고는 찬찬히 설명에 들어갔다.

"잘 들어. 나이트 라이더는 우리나라에서 제일 잘 나가는 폭주족 연합이야. 과격하고 요란하다는 뜻이라고! 걔네들을 추종하는 팬 카페도 있을 정도라고."

"그게 뭐 좋은 거라고 팬 카페까지 생기냐? 난 이해할 수 없어. 암튼, 난 막을 거야. 그리고 나이트 라이더가 됐든 뭐가 됐든 난 절대 안 져."

동해는 치기인지 자신감인지 모를 소리를 하며 콧방귀를 꼈다. 이나는 그런 동해는 잠시 바라보았다. 꽤나 의미심장한 눈빛이었다.

"왜 그렇게 봐?"

"동해 너 솔직하게 말해 봐."

"뭐를?"

이나답지 않게 분위기가 사뭇 진지하다.

"널 추종하는 사람들도 있지만 아직 대부분의 사람들은 나이트 후드를 일종의 쇼로 봐. 그만큼 나이트 후드가 인간을 벗어난 활약을 보이고 있잖아. 하지만 나는 너를 알고 있어. 나이트 후드가 가짜 눈속임이 아니라 진짜라는 걸 알고 있다고."

"그, 그래서……?"

"너 막 이상한 힘 같은 거 생겼지? 초능력 같은 거라고 해야 하나?"

이나의 말에 동해는 뜨끔하여 입을 다물었다.

"네 동영상 보다 보면 말도 안 되는 움직임이 많단 말이야.

그건…… 그냥 운동 많이 한다고 해서 할 수 있는 게 아니었어. 굉장히 이질적이었다고."

이나의 눈빛은 나이트 후드가 초월적인 힘을 내뿜는 장면을 되새기고 있는 듯했다. 동해는 드디어 올 것이 왔구나 하는 감정을 느꼈다. 기를 수련한 이후, 최대한 숨긴다고 숨겨 보았지만 역시 한계였다. 담벼락을 훌쩍 뛰어넘는 모습이라거나, 4층이나 되는 건물에서 뛰어내리는 등의 모습이 휴대폰과 카메라에 담겨 이곳저곳으로 퍼졌다. 기 수련 이후 아무리 조심했다 하더라도 이미 서림이 사건 때 도로에 발도장을 찍은 것만으로 충분히 놀라운 광경이었다.

"어, 음. 그게 말이야."

동해는 뭐라고 설명해야 할지 몰라 우물쭈물했다.

"으음. 뭐라고 설명하면 좋을까? 아, 말하자면, 그러니까."

동해가 패닉에 빠져 허우적거리자 이나는 푸훗 실소했다.

"너무 그렇게 신경 쓸 필요 없어. 나중에 정리가 되면 자세하게 이야기해 줘. 난 단지 궁금할 뿐이야."

"어, 그래. 고……고마워."

"암튼 손 다친 건 치료해야지. 약은 발랐어?"

도리도리.

"이 답답아, 상처는 제대로 치료해야 할 거 아니야. 네가 무슨 울버린이야? 따라와."

이나는 동해의 손을 잡고 어디론가 이끌었다.

"아악! 아프다니까!"

손을 또 세게 잡았다. 이나를 따라 양호실에 간 동해는 손에 연고를 바르며 제대로 된 응급처치를 끝냈다.

5교시 윤리 수업 시간.

막 점심을 먹고 난 후라 학생들의 눈빛은 위태롭기 그지없었다. 다들 병든 닭처럼 꼬박꼬박 고개를 떨구거나 눈을 뜬 건지 감은 건지 모를 정도로 다들 정신이 없었다. 한참 교과서를 읽고 있던 교사가 텁, 책을 덮었다. 그리고 들고 있던 회초리로 칠판을 툭툭 건드리며 말했다.

"자자, 오늘은 진도 그만 나가고 다른 이야기를 하자. 다들 정신 차리고 고개 들어. 기상!"

수업 말고 다른 이야기를 한다 하자 학생들은 눈을 빛냈다.

"요즘 말이다, 청소년 범죄에 대한 말이 많지? 거기에 대해서 우리 한 번 심도 깊은 토론을 나눠 보도록 할까?"

수업과 관련된 이야기는 아니었으나 크게 다를 것이 없다는 판단에 학생들은 도로 시무룩해졌다. 주제의 특성상 고루한 이야기가 나올 것이 뻔했기 때문이다.

"지금 하는 토론은 내신에 포함하도록 하지."

그 한마디에 다 죽어 가던 아이들의 눈빛이 다시 또롱또롱해졌다. 물론 내신을 걸어도 소용이 없는 학생들도 있었고,

동해 역시 그중 하나였다. 동해는 교과서를 빳빳하게 세우고 그 밑에서 낮잠을 자고 있었다. 하지만 교과서를 거꾸로 세우고 있었다.

"2000년대 들어서 청소년 범죄가 급증했지. 과거에 비해서 대폭 늘어났어. 그 이유는 뭘까?"

주제는 매우 단순했다. 잠시 고민하던 학생들 중 한 명이 손을 들었다. 머리를 양 갈래로 땋은 소녀였다.

"이, 인터넷 때문이 아닐까요?"

"오, 인터넷. 날카로운 지적이군. 그런데 인터넷의 어떤 점이 학생들을 범죄로 인도했을까?"

"으음. 그러니까, 인터넷은 정보의 바다잖아요. 그, 홍수. 그게 막 무수히 많은 것들이 인터넷에 있으니까. 그것들을 막 막 접하다 보면 분별력을 잃는다거나."

다른 학생이 반대 의견을 내었다.

"게임 때문이라고 생각합니다."

바가지 머리에 검정 뿔테 안경을 낀 소년이었다. 동해네 반에서 1등인 모범생이었다. 겉으로 보이는 범생이 같은 이미지답게 굉장히 보수적인 걸로 유명한 학생이었다.

"잔인하거나 선정적인 게임이 학생들에게 영향을 끼친다고 생각합니다. 그런 것들을 즐기며 '아, 나도 한번 해 보고 싶다'라고 느끼게 되는 거죠. 저는 그렇게 생각합니다."

"흐음. 뭐 그럴 수도 있겠지."

다른 곳에서 또 반대 의견이 나왔다. 머리를 롤빵처럼 비비 꼬은 소녀였다. 그뿐만이 아니었다. 소녀의 열 손가락에는 분홍색의 화려한 매니큐어가 칠해져 있었으며 귀에는 귀걸이를 하고 있었다. 심지어 가짜 속눈썹을 붙여 눈매가 화려하기 그지없었다. 용케 안 걸리고 조용히 수업을 받고 있다.

"게임 때문은 아니라고 생각합니다. 오히려 학교 때문이 아닐까 싶습니다. 아침부터 저녁까지 내내 학업에 시달리고 과제에 시달려 스트레스를 받습니다. 그 답답함 때문에 일탈을 하게 되는 것 아닌가 싶습니다."

"일리 있는 말이지만 네 입에서 그런 말이 나오니 뭔가 이상하구나."

"데헷."

학생들의 의견을 종합해 보던 교사는 문득 동해를 바라보았다. 엎드려 자던 동해는 이젠 아예 고개를 뒤로 꺾고 잠을 자고 있었다. 그 뒤에 앉아 있던 학생은 천정에 매달린 귀신이라도 본 것처럼 사색이 되어 있었다.

"동해의 생각은 어떤지 듣고 싶구나."

교사의 부름에 동해는 화들짝 놀라 자세를 곧추세웠다. 갑작스런 질문에 머릿속이 하얗게 된 동해는 안절부절 못 했다. 그런 어려운 주제는 동해에게 있어 먼 나라의 이야기와도 같았다.

"어, 음. 그러니까, 비행 청소년 문제라 함은. 그러니까, 주변 사람들의 문제 아닐까요?"

선문답 느낌에 학생들은 머리 위로 물음표를 띄웠다. 학생들의 반응과 달리 교사는 눈을 크게 뜨며 흥미롭다는 표정을 지었다.

"왜 그렇게 생각하지?"

"그러니까, 잘못은 누구나 저지를 수 있는 문제라고 생각합니다. 말하자면, 누구나 범죄에 물들 수 있잖아요. 으음, 어어, 조금 더 주변에서 관심과 그, 애정을 가지고 봐 준다면 잘못을 안저지를 수 있고, 설사 잘못을 했다고 해도 금방 다시 현실로 돌아올 수 있, 지 않을까요? 헤헤, 어렵네."

"동해 네 말인 즉, 서로에게 무관심하기 때문이라는 거냐?"

"예! 바로 그거죠."

학생들의 의견을 다 들어본 교사는 안경닦이로 안경알을 닦으며 결론을 내렸다.

"그래, 너희 의견을 잘 알았다. 썩 마음에 드는 수준은 아니었지만 그래도 나중에는 더 나아질 거라 믿으마. 너희 의견은 모두 맞는 말이다. 어느 것이 틀리다고 할 수 없어. 모두 맞는 말이라고 생각한다. 사람에 따라서는 그게 게임 때문일 수도 있고, 인터넷 때문일 수도 있지. 학생들을 가르치고 올바른 길로 인도해야 할 학교 때문일 수도 있고, 동해의 말처럼 서로의 무관심 때문일 수도 있어. 너희 의견을 종합해서 말하자면, 관심과 애정이 부족해서라고 생각하는구나. 조금은 원론적인 이야기가 되는 것 같지만 그게 핵심이 아닐까 싶다. 유치하더라도 잘 듣거라."

교사는 안경을 고쳐 쓰며 말을 이었다.

"누군들 안 그러겠느냐만 특히 너희 또래 애들은 사랑과 관심이 필요해. 그리고 그것들이 부족하면 삐뚤어진 행동을 하게 되지. 말하자면 그런 거야. 여학생의 관심을 받고 싶어 하는 남학생이 일부러 그 여학생의 머리카락을 잡아당긴다거나, 놀린다거나 하는 식으로 장난을 치는 거지. 청소년의 일탈은 그런 부분에서 큰 영향이 있지 않나 싶다. 자신을 바라봐 주길 바라는 거지. 타인의 호의를 달가워하지 않는 것처럼 보일 수도 있는데, 그래도 속으로는 그것을 더욱 바랄 거다. 그게 사람이니까. 그러니까 너희도 주변에 외로워하거나 힘들어하는 친구들이 있으면 서로 보듬어 주고 관심을 가져 주길 바란다. 너희의 그런 작은 선의가 한 사람의 인생을 바꿀 수도 있는 거니까."

교사의 말이 끝나기 무섭게 몇몇 학생들은 자신의 짝꿍을 건드리며 장난을 쳤다.

"야, 힘들면 나한테 기대라. 물론 여자들만."

"꺼지세요."

동해는 언제 피곤이 가신 건지 초롱초롱 눈을 빛내며 교사를 바라보았다. 맨날 수면 주문을 외는 고리타분한 양반이라고 생각했는데 저런 멋진 말을 하다니, 다시 봐야 할 것 같다.

동해는 속으로 고개를 끄덕이며 두 주먹을 불끈 쥐었다.

집으로 가는 길.

동해는 절도 있게 자세에 각을 세워 집으로 달려갔다. 학교와 동해의 집 사이에는 언제나 소년을 위협하는 무시무시한 존재가 있었으니, 그것은 민서의 포장마차였다. 나이트 후드 특유의 날랜 몸을 위해서는 체중 조절이 중요했다. 단순히 기만으로는 한계가 있었고 항시 몸 관리에 신경 써야 했다.

주말에는 여전히 아르바이트를 하고 있고 최근에는 도장에도 나가지 않으니 동해에게는 돈이 제법 남아 있었다. 전처럼 돈이 아예 없다면 모를까, 주머니에 돈이 있는 상황에서 맛있는 냄새가 유혹해 오면 문제가 심각했다. 나이트 후드 이전에 동해는 그저 평범한 열일곱 살 청소년이었다. 한창 많이 먹고 식욕을 당길 때다.

'닭 꼬치 하나 사 먹고 갈까.'

동해는 두 눈을 꼭 감고 민서의 포장마차를 쌩하니 지나친다. 그리고 몇 초 뒤, 다시 돌아온 동해는 결국 민서에게 돈을 건네며 닭 꼬치를 집었다. 핫 소스의 유혹은 강렬한 것이어서 거부할 수가 없었다.

"컵 떡볶이도 주세요. 천 원어치. 어묵도 두 개만 먹을 게요."

"많이 먹어요, 동해 학생."

포장마차의 안에는 싸구려 미니 TV가 놓여 있었다. 민서가 가끔 손을 놓고 있을 때 뉴스를 보거나 드라마를 보는 용도였다. 어묵 국물을 종이컵에 담아 마시며 동해도 민서와 함께 TV를 보았다. TV에서는 시사 고발 프로그램이 나오고 있었다.

요즘 화두로 떠오른 청소년 범죄를 조명하고 있었다. 자전거나 오토바이를 수시로 절도하는 학생들, 단체로 모여 본드를 마시거나 문란한 성행위로 임신을 해 버린 여학생들, 과도한 폭력 사태 등등.

TV를 보며 동해는 입맛이 싹 달아난다는 듯 인상을 찌푸렸다. 그렇지만 눈을 뗄 수 없었다. 동해의 입장에서는 그다지 보고 싶지 않았지만, 나이트 후드의 입장으로서는 관심이 가는 사안이었기 때문이다.

중간 중간 모자이크 처리를 한 학생들의 인터뷰가 나왔다. 이미 체포된 이후 인터뷰를 한 거라 학생들의 목소리에는 자신감이 결여돼 있었다. 제대로 말도 못 하고 웅얼대는 탓에 자막이 없었다면 알아듣지 못했을 것이다.

"그냥요……. 막 화도 나고, 집안 사정도 안 좋고 하니까. 홧김에 저질렀어요."

"엄마, 아빠랑 싸워서요. 그래서 그냥 했어요."

"죽고 싶었어요. 그런데 죽을 용기는 없고 그냥 될 대로 되라는 식으로 그랬어요. 죄송합니다. 정말 죄송합니다. 다시는 안 그럴게요."

"담배 피는데 뭐라고 해 가지고 짜증나서 그냥 확 찔러 버렸어요."

몰입하며 보고 있던 중 민서가 급히 채널을 돌렸다. 바꾼 채널에서는 또 다른 뉴스가 나오고 있었다. 모 고등학교의 교사가 전신주에 묶여 기절한 채로 발견됐다는 뉴스였다. 그의 옆에는 나이트 후드의 메모가 남겨져 있었고, 다음과 같은 글귀가 쓰여 있다고 했다.

다시는 학교 학생들을 욕망의 대상으로 대하지 않겠습니다. 다시는 성추행을 하지 않겠습니다.

뉴스를 보던 동해는 아닌 척 고개를 돌렸다. 후딱 먹을 것을 입에 밀어 넣은 동해는 집으로 들어갔다.

* * *

"자, 오늘도 고생 많았다. 이만 집에 들어가 봐라."

"고생하셨습니다!"

이곳은 민철의 도장.

주말에 초등반을 운영하던 민철의 도장은 이제 평일에 중고등학생들까지 받으며 전보다 수강생이 늘었다. 제법 수입이

짭짤해지다 보니 전에 없던 학원 버스까지 운용할 수 있게 됐다.

밤 10시.

학생들은 저마다 민철에게 90도로 인사하고 도장을 빠져나갔다. 학생들이 우르르 빠져나가고 드넓은 도장에 혼자 남게 된 민철은 창을 통해 밖을 살폈다. 학생들은 서로 낄낄거리며 버스에 탑승했다. 버스가 떠나고, 민철은 곧장 욕실로 향했다. 깔끔하게 땀을 씻어낸 뒤 전용복이라 할 수 있는 파란 추리닝으로 갈아입었다.

"어디 보자."

버릇처럼 주머니를 뒤져 담배를 찾았지만 담배가 보이지 않았다. 민철은 과장되게 귀찮아하며 밖으로 나갔다. 아직 물기가 마르지 않은 머리칼을 탈탈 털며 편의점 안으로 들어갔다.

"오, 형님 오셨어요?"

이 편의점은 도장과 거리가 가까운지라 민철이 자주 찾는 곳이었다. 아르바이트생은 서글서글한 눈매가 인상적인 청년이었다. 그는 오늘도 어김없이 반갑게 민철을 맞이했다. 파란 유니폼을 입은 청년은 민철이 뭐라 입을 열기도 전에 담배 한 갑을 바코드 찍은 뒤 건넸다.

"요즘은 어때? 전처럼 술 먹고 진상 부리는 놈들 많아?"

"하하, 전에 비하면 많이 줄었어요. 그때 형님이 도와주신 도움이 컸어요."

"내가 뭘 했다고. 검정고시 준비는 잘돼가?"

카운터에는 글씨가 빼곡하게 적힌 노트와 검정고시 대비 문제집이 놓여 있었다. 그것을 본 민철은 고개를 끄덕였다. 청년의 현재 나이는 스물한 살. 중학생, 고등학생 시절에 방황을 하다가 학교를 자퇴했다. 그 이후에도 계속 방황을 하다가 아버지가 돌아가신 이후 이렇게 아르바이트를 하는 동시에 검정고시를 준비하며 착실하게 살고 있다.

그 점이 마음에 들었는지 민철은 이 편의점을 찾아와 자주 청년의 말동무가 되어 주었다. 물론 민철도 그리 머리가 좋은 편이 아닌지라 한 발짝 떨어져서 응원해야 했다. 공부하는 데 직접적인 도움을 줄 수는 없었다. 가끔 청년이 뭔가를 물어보거나 하면 급히 구석으로 가서 물건을 고르는 척하며 딴청을 피우기 일쑤였다.

짤랑짤랑.

민철과 편의점 직원이 잡담을 나누는 사이, 한 커플이 들어왔다. 남자 쪽은 머리에 왁스를 잔뜩 발라 위로 세우고 있었고 몸에 딱 맞는 정장 차림을 하고 있었다. 여자 쪽은 머리를 갈색으로 염색했으며 타이트한 짧은 치마와 킬힐, 그리고 가슴골이 깊게 드러나는 민소매티로 치장하고 있었다. 화장도 무척 진하다. 딱 봐도 학생들이 어른 티를 내기 위해 온갖 노력을 했다는 걸 알 수 있었다. 직원도 그걸 알았는지 긴장한 표정을 지었다.

"말레랑 던프 주세요."

혹시나 했는데 역시나, 담배를 찾는 모습에 직원은 씁쓸하게 미소 지었다.

"저기 손님, 죄송하지만 민증 확인 좀 할 수 있을까요?"

두 남녀는 서로 쳐다보며 피식 웃었다. 두 사람은 동시에 지갑에서 주민등록증을 꺼내 건넸다.

"흐음."

두 사람의 주민등록증을 뚫어져라 바라보던 직원은 깊게 한숨을 쉬었다. 몇 번을 확인해 봐도 이상했다. 사진과 비슷하게 생겼지만 문제는 생년월일이었다. 본인의 나이를 알려주는 숫자 부분이 칼로 긁힌 듯 흠집이 많았고 흐릿했다. 마치 고의적으로 긁어 놓은 것처럼 말이다. 직원은 주민등록증의 숫자처럼 흐릿한 미소를 지으며 말했다.

"손님, 죄송합니다만 안 되겠네요."

직원의 말에 정장 남자는 대놓고 인상을 찌푸렸다.

"뭐라고요? 지금 장난해요? 민증 보여 달라고 해서 보여줬잖아요. 그런데 왜 안 돼요?"

"죄송하지만 민증이 너무 흐릿하고 흠집이 많아서 안 되겠네요. 다음에 재발급 받으시고 다시 오시죠."

"하, 진짜 미치겠네. 그거 제 민증 맞으니까 좀 달라고요. 씨발 짜증나게 왜 이래?"

직원은 어색한 표정으로 민철을 바라보았고 민철은 그를

향해 씁쓸하게 웃어 보였다.

"당신은 뭐야? 뭔데 실실 쪼개?"

이번에는 민철을 향해 시비를 걸어왔다. 민철도 사람인지라 속에서 열이 부글부글 끓어올랐지만 가만히 있었다. 되도록 그도 어지간한 상황이 아니면 시비를 붙이고 싶지 않았다. 비록 상대방이 먼저 잘못을 했더라도 말이다.

"씨발, 불만 있냐고."

남자의 욕설에 민철은 잇몸을 드러내며 웃었다. 그리고 그의 어깨에 손을 올리며 민철이 말했다.

"아니요, 없습니다."

민철이 겉으로 보기에는 만만했지만 그에게 붙잡힌 어깨에서 느껴지는 악력은 만만한 것이 아니었다. 남자는 침을 꿀떡 삼키며 그 손을 뿌리쳤다. 딱 거기까지였다. 욕설이 몇 번 오갔지만 그 외엔 큰 문제없이 일단락되었다. 어린 커플은 투덜거리며 밖으로 나갔고 민철과 직원은 서로 보며 애석하다는 듯 웃었다. 몇 마디를 더 나눈 후 민철은 편의점 직원에게 위로의 말을 건네며 밖으로 나갔다.

"고생해라. 너무 마음 쓰지 말고 공부 열심히 해."

"예, 형님도 잘 들어가세요."

툭.

밖으로 나오기 무섭게 민철은 누군가와 어깨를 부딪쳤다. 목에 헤드폰을 걸친 남자였다.

"죄송합니다."

"아이쿠, 사과할 것까지야. 잘 살펴 가소."

짧게 사과를 하며 다시 가던 길을 가는데, 문득 이상함을 느낀 민철은 획 뒤를 돌아보았다.

"어라?"

방금 어깨를 부딪친 청년이 보이지 않았다. 그 짧은 시간에 자취를 감춘 것이다. 그렇다고 해서 거리에 사람이 많은 것도 아니었다. 귀신에 홀린 표정을 짓던 민철은 고개를 갸웃거렸다.

"이상하다. 방금 굉장한 기운이 느껴졌는데?"

* * *

앞머리를 길게 길러 오른 눈을 가리고, 목에는 은색 헤드폰을 걸친 청년 성주는 빠른 걸음으로 밤길을 걷고 있었다. 그는 조금 전에 부딪쳤던 어깨를 훌훌 털었다. 크게 신경 쓰지 않고 무언가에 홀린 사람처럼 성주는 계속해서 길을 걸었다. 도시를 방황하는 사람들 눈에는 보이지 않지만, 성주의 눈에는 보이는 것이 있었다. 그것은 하얀 아지랑이 같은 것이었다.

심해의 생물체처럼 허공을 아른거렸으며 어디론가 주욱 이어져 있었다. 성주는 그 기운을 쫓고 있었다. 기의 사용자는 자신의 것은 물론이거니와 다른 사용자의 기를 눈으로 볼 수 있다. 그리고 거기서 한 발짝 더 나아가면 각각의 기를 구분하는 것이 가능하다.

나이트 후드가 기 수련자라는 걸 알게 된 것은 얼마 전의 일이었다. 학교를 가던 중 우연히 도로 쪽에 바리케이드가 쳐진 것을 발견했다. 바로 옆에 육교가 있는 자리였다. 그 자리에서 누군가의 강력한 기를 느낄 수 있었고, 나중 일이지만 그곳에서 나이트 후드가 싸움을 벌였다는 것을 알게 되었다.

'나이트 후드…….'

호기심이 일었다. 대체 어떤 녀석이기에 기를 다루며 영웅 행세를 하는 걸까? 몇 번 동영상을 통해 봤지만 그것만으로는 만족할 수 없었다. 직접 눈으로 보고 싶었다.

'기의 흔적이 남아 있다는 건 그렇게 고수는 아니라는 소린데…… 감출 수 있는데 일부러 안 감춘 건가?'

성주는 나이트 후드를 만나 보기 위해 그가 남긴 흔적을 쫓았다.

'직접 만나서 뭘 하지?'

확고한 목적이 있는 건 아니었다. 만나서 뭘 할 건지 정한 것도 없었다. 말 그대로 그냥 보고 싶었다. 직접 눈으로 보면 말할 수 없는 그 뭔가를 느낄 수 있을 것만 같았다.

"이쯤인가?"

아직 완공이 덜 된 아파트 단지였다. 나이트 후드의 기운은 이쪽으로 이어져 있었다. 성주는 천천히 고개를 들어 건물의 꼭대기를 바라보았다. 어둠 속에 우뚝 솟은 아파트의 모습이 수직으로 세워진 관처럼 보였다. 함부로 안에 들어갈 수 없게 바리케이드가 세워져 있었지만 그에게는 아무 문제도 되지 않았다. 성주는 훌쩍 바리케이드를 뛰어넘어 안쪽으로 넘어갔다. 혹시나 그냥 지나쳤을까 싶었는데 다행히도 나이트 후드의 기운은 이곳에 멈춰 있었다. 어떤 소리가 들려왔다. 그것은 여러 명이서 싸우는 듯한 소리였다.

"흐음."

딱 봐도 학생처럼 보이는 여러 명의 남자들이 바닥에 쓰러져 있었다. 거의 대부분이 누워 있는 와중에 두 명만이 서 있었고, 그 중심에는 나이트 후드가 있었다. 어둠이 짙게 깔린지라 나이트 후드의 금색 눈동자는 더욱 빛을 발했다.

"이제 그만하고 돌아가. 이곳은 함부로 들어오는 곳이 아니야."

"웃기지 마! 네가 뭔데 우리한테 이래라 저래라야? 남의 일에 끼어들기나 하고. 망할, 덤벼 봐!"

덤볐다.

5초도 안 되는 사이에 나머지 둘을 제압한 나이트 후드는 가볍게 손을 털었다. 여기서 끝내면 수습이 안 되니 나이트 후드는 휴대폰을 꺼냈다. 경찰에 전화를 해서 뒤처리를 하려는 것이다. 휴대폰을 열고 112를 눌렀다. 휴대폰을 귀에 붙이는 순간, 기척을 느낀 나이트 후드는 급히 휴대폰을 닫으며 자세를 고쳐 잡았다. 나이트 후드와 눈이 마주친 성주는 가볍게 웃었다.

"생각보다 늦게 알아차리네, 나이트 후드."

"넌 누구지?"

나이트 후드는 성주를 알아보지 못했다. 당연했다. 성주는 기 수련자였고 동해보다 더 급이 높았다. 인식 장애를 걸어 알아보지 못하게끔 한 것이다. 성주는 바닥에 쓰러져 꿈틀거리는 학생들을 보며 감탄했다.

"그래도 이 정도면 꽤 하는 것 같아. 대단해, 나이트 후드."

"넌 누구냐고 물었다."

"왜, 내가 나쁜 놈처럼 보여?"

"……."

"넌 나쁜 놈들만 처단한다며. 내가 딱히 나쁜 짓을 한 건 아니잖아. 그러니 그만 긴장 풀어."

그래도 나이트 후드는 끝까지 경계를 늦추지 않았다. 둘 사이의 거리는 30미터였다. 그 정도까지 다가왔는데 모를 나이트 후드가 아니었다. 나이트 후드는 요즘 수련이 부족했다고 속으로 자책하며 경계를 풀지 않았다.

"설마 너도 기 수련자?"

성주는 작게 웃으며 고개를 끄덕였다.

"무슨 말을 하는 건지 모르겠군. 그냥 별 의도는 없어. 그보다는 조금 궁금해서 그래. 왜 이런 행동을 하는 거지?"

"이런 거라면 어떤?"

"네가 지금 하고 있는 거. 이 일 자체로 위험하기도 하고 사실 너에게 도움 될 것도 없잖아. 오히려 너에게 불리하게 작용할 수도 있어. 실제로 수배 명단에도 올랐고. 솔직히 네 속마음을 잘 모르겠어. 하지만 이런 짓을 몇 년이고 반복해 봐야 세상에 나쁜 놈들이 뿌리 뽑히지는 않아. 그건 너도 잘 알잖아?. 그런데 왜 이렇게까지 하는 거지? 무슨 의미가 있는 거야."

주머니에 휴대폰을 넣으며 나이트 후드가 말했다.

"가능할지 불가능할지 어떻게 알아? 해 보기 전까진 모르는 거지. 나는 안 될 거 뻔히 안 다고 안 하고, 될 거 같으니까 하는 그런 기회주의자가 아니야."

"그런가."

"어차피 누군가는 나서서 해야 할 일이야. 내게는 그럴 만한 힘이 있어."

"노블리스 오블리제 같은 건가."

"비슷한 거 같아. 딱히 거기에 명분 같은 걸 붙이고 싶지 않아."

"흐음."

성주는 턱을 만지면서 밤하늘을 올려다보았다. 마치 깊은 생각에 빠진 것처럼 한참을 그리 있다가 웃으며 혼잣말을 중얼거렸다.

"재밌겠네."

"뭐라고?"

"아니야. 오늘 대화 즐거웠어. 다음에 또 볼 일이 있었으면 좋겠네."

"그런데 넌 대체……."

"그보다 뒤 조심."

성주의 말에 나이트 후드는 휙 뒤를 돌아보았다. 허나 뒤에는 아무도 없었고, 다시 앞을 돌아봤을 때 성주는 그 자리에 없었다. 조금 전에 쓰러트렸던 학생들만이 그 자리에 있을 뿐이다. 두 발로 서 있는 건 자신뿐이었다.

"무슨 귀신도 아니고."

경찰에 연락해 수습을 마친 나이트 후드는 현장을 벗어났다.

"후우."

후드와 마스크를 벗으며 동해는 얼굴의 식은땀을 닦았다. 오늘도 한 건 해결했으니 가뿐한 느낌이 들어야 하는데 전혀 그렇지 않았다. 오히려 찝찝하고 불쾌한 기분이 들었다.

"대체 누구야."

아까 전에 만났던 정체를 알 수 없는 소년 탓이었다. 아니, 소년이라고 부르기가 민망할 정도였다. 대학생쯤이나 됐을까? 동해와는 비교도 할 수 없이 키가 훤칠했으니까.

'젠장, 따지고 보면 남자한테 키가 그렇게 중요한 건 아니

잖아? 마음이 예뻐야 남자지!'

곰곰이 기억을 떠올려 보는데 순간 그의 얼굴이 잘 기억나지 않았다.

'어라? 그러고 보니 어떻게 생겼더라?'

진한 안개 속에 서 있는 사람처럼 흐릿하게는 기억나는데 뚜렷하지 않았다. 동해는 머리를 긁적이며 두뇌를 풀가동해 보지만 소용없었다. 꺼림칙했지만 어차피 파고들어 봐야 나올 것도 없었다. 동해는 고개를 털며 대문을 열고 집으로 들어갔다.

*　　*　　*

끼이익. 쾅.

대문을 닫으며 집으로 돌아온 성주. 집에는 웬일인지 불이 훤하니 켜져 있다.

"엄마? 언제 들어왔어요?"

거실에는 TV가 켜져 있었고 애국가가 흐르고 있었다. 맞은편의 소파에는 민서가 잠들어 있었다. 그녀는 소파에 새우처럼 누워 잠들어 있다.

"으음……. 으이그, 우리 아들…… 싸우지…… 엄마가 푸우……."

성주는 귀엽다는 듯 웃으며 가까이 다가갔다. 혹여 민서가 깰까 조심하며 성주는 그녀를 안방의 침대 위에 눕혔다. 살포시 이불을 덮어 주고는 자신의 방으로 들어갔다.

"노블리스 오블리제."

성주가 전신 거울 앞에 섰다. 그리고 나이트 후드가 했던 말을 떠올렸다.

'내게는 그럴 만한 힘이 있고.'

'딱히 거기에 명분 같은 걸 붙이고 싶지 않지만.'

'어차피 누군가는 해야만 하는 일이야.'

잠시 옷걸이를 살피던 성주는 뭔가를 끄집어냈다. 검은색 목도리였다. 목도리가 워낙 길어서 두어 번 감았음에도 허리에 닿을 만큼 남았다. 그것도 나름대로 멋이 있었다. 그리고 안경을 벗어 책상 위에 올려놓았다. 목도리를 살짝 올려서 입을 가린 성주는 거울에 비친 자신의 모습을 유심히 보았다.

"재밌겠네. 앞으로는 더 재밌어질 거야."

목도리에 가리어 있었지만 그 안에 감춰진 입은 분명 웃고 있었다. 성주는 거울 속의 자신을 바라보며 상념에 잠겼다. 그리고 스스로에 대해 잠시 돌이켜 보는 시간을 가졌다.

나는 신성주다. 나는 특별하다.

사춘기 시절 으레 품는 그런 멍청한 마음과는 달랐다. 남들과 다르다는 결정적인 능력이 있었으니까. 그것은 바로 기라고 부르는 과학으로 해명할 수 없는 초월적인 힘이었다.

이 기라는 놈은 두뇌 회전과 동체 시력, 청력, 기억력, 운동 신경, 그리고 육감까지 인간의 모든 감각을 인간 이상으로 만들어 준다. 매우 어린 시절부터 기를 깨우친 탓에 내게 있어 학생들이 겪어야 할 대부분의 일들은 누워서 책을 보는 것만큼이나 쉬웠다.

두뇌를 활성화시켜 공부를 하고, 오감을 발휘해 운동을 하고, 간혹 시비가 붙으면 동체 시력과 운동 신경을 끌어 올려 싸우고, 사람을 대할 때도 매우 큰 도움이 됐다. 사람은 누구나 독자적인 기운을 가지고 있었고 나는 그 기운의 느낌을 통해 상대의 감정을 파악할 수 있었다. 상대의 패를 알고 도박하는 것과 마찬가지였다.

쉬웠다. 너무도 쉬웠다. 반대로 말하면 지루했다. 너무나도 지루했다. 다 큰 어른이 유치원에서 노는 것과 다를 바가 없는 삶이라 생각했다. 굳이 학교를 다녀야 할 필요성을 느끼지 못했다. 내가 학교생활에 염증을 느끼는 것과 별개로, 집안 사정은 나날이 안 좋아져 갔다.

어머니는 이른 나이에 결혼을 하고 또 일찍 이혼하셨다. 젊은 시절부터 과부가 되어 집안을 이끌어 왔다. 나는 그런 어머니께 죄스러운 마음과 실질적인 도움이 되고 싶다고 생각했다. 이대로 아무 의미도 없이 학교생활을 하느니 돈을 벌어

보탬이 되고 싶었다. 그 문제로 어머니와 한참을 싸웠다.

"성주야. 네 마음은 잘 알겠어. 하지만 고등학교 졸업장은 따야 하고, 그리고 최소한 대학교는 나와야 하지 않겠니? 등록금 걱정은 하지 마. 지금 포장마차 장사 잘되고 있으니까. 이대로 차곡차곡 모으면 문제없을 거야. 응? 너는 그냥 학교 문제만 걱정해. 나머지는 이 엄마가 다 알아서 할게. 성주야, 엄마 말 들어."

어머니의 고집은 꺾을 수가 없었다. 그러나 내 고집 역시 꺾을 수는 없었다. 그래서 방법을 달리 하기로 했다. 학교는 계속 다니되 다른 일거리를 알아보는 것이다. 깊게 생각해 보았다. 과연 무엇으로 돈을 벌어야 쉽고, 또 빠르게 모을 수 있을까 하고 말이다. 학생의 신분으로 아르바이트를 하는 것은 지지부진했다. 오래 생각한 결과 답은 의외로 간단했다.

'능력'을 사용하는 것이다.

이 능력이라는 것이 다방면에 활용이 가능하지만, 역시 가장 높은 활용도를 보이는 것은 폭력이었다. 조폭들 밑에서 해결사로 활약하는 것이다. 얼핏 들으면 허무맹랑하게 들리겠지만 기는 이 모든 것들을 소설이나 만화가 아닌 현실로 이끌어낼 수 있는 힘이었다. 그만큼 대단했다.

문제는 그런 부류의 인간들과 어떻게 해야 접선이 가능한 가였다. 고민은 그리 길게 가지 않았다. 의외로 가까운 곳에서 찾을 수 있었던 것이다. 같은 학교에 다니는 만수가 바로 답이었다. 만수를 무시했던 것과 달리 의외로 발이 넓은 녀석이었다. 만수 자체는 어디에 내놔도 '쓸모가 없는' 녀석이었지만 그 윗선으로 넘어가는 중요한 연결 다리였다.

일종의 피라미드를 구성하는 것이다. 가장 밑에는 중고등학교 양아치들, 그 위로는 이십 대 초중반의 불량배들, 그리고 가장 위에는 그들을 관리하는 조폭들. 잘은 몰라도 조폭들 위에도 다른 누군가가 있을지 모르겠다. 뭐, 그 부분은 아무래도 좋았지만.

나는 먼저 만수에게 접근했다. 놈의 생각은 굉장히 단순해서 친해지는 것은 굉장히 쉬웠다. 만수와 친해지고 그 윗선과 닿고, 또 그 윗선과 닿는 식으로 해서 조폭들과 만날 수 있었다. 일이 마냥 순탄하지만은 않았다. 반은 두드려 패고 협박하듯이 알아내야 했다.

그렇게 해서 만나게 된 조폭들과는 의외로 쉽게 대화가 진행되었다. 조폭의 우두머리를 만나러 가는 과정에서 본의 아니게 수십 명과 싸워야 했기 때문에 그 자체로 자연스레 실력을 입증할 수 있었다.

그리하여 나는 그곳에서 얼마간 청부업자로 일했다. 경쟁업에 종사한다거나, 자신들에게 위협이 되는 조직들을 처리하고 돈을 받는 것이다. 그리 나쁠 것도, 힘들 것도 없었다. 가장 중요한 건 돈이었으니까. 하지만 이 일도 그리 오래 할 수는 없었다.

"성주야, 이 돈 대체 뭐니? 솔직하게 말해 줘."

갑자기 돈을 벌어 가지고 오자 어머니가 이상한 낌새를 눈치챈 것이다. 거짓말이라도 해서 둘러댔어야 하는데 차마 그럴 수가 없었다.

능력을 통해 상대의 감정, 생각을 읽을 수 있다는 건 그렇게 썩 좋은 것만은 아니다. 상대가 날 미워하거나, 뒤로 무슨 꿍꿍이가 있다거나 하는 경우는 양반이다. 오히려 상대가 나를 조건 없이 사랑하고 위해 주는, 그리고 그 크기가 감히 어림잡을 수 없을 정도라면 능력이 원망스럽다. 어머니가 그런 경우였다. 그 눈동자를 쳐다보면 난 무능력자로 변해 버렸다. 걱정해 주고, 사랑해 주는 그 눈빛 때문에 말이다.

그래도 이미 받아버린 돈은 어쩔 수 없다. 그냥 장롱 속에 쑤셔 넣고 나왔다. 물론 어머니는 곧이곧대로 돈을 받지는 않고 어딘가에 기부를 한 모양이다. 한동안 이 일 때문에 서로 사이가 굉장히 안 좋았었다. 어머니는 울기도 많이 울었다. 하나뿐인 가족이다. 날 길러주고 보살펴 준 어머니이다. 그런 어머니의 마음에 상처 주고 싶지는 않았다. 그래서 일을 그만두었다.

그게 바로 며칠 전의 일이다.

조직에 일방적으로 일을 그만둔다고 통보했다. 일을 끝내는 김에 다른 조직을 찾아갔다. 전에 어머니의 가게에 횡포를 부린 놈들이었다. 그리고 만수와도 인연을 끊기로 마음먹었다.

한편으로는 허탈하기도 했다. 누구도 두렵지 않을 대단한 능력을 손에 넣었지만 마땅히 사용할 곳이 없었으니까. 생각해 봤다. 과연 이 능력을 이대로 썩히는 건 올바른 일인가 하고 말이다. 정녕 이 힘을 사용할 곳이 없는 걸까? 그 물음에 대한 해답을 바로 오늘 깨달았다.

*　*　*

일출고의 쉬는 시간.

동해는 한껏 기지개를 켜며 늘어져라 하품을 했다. 아무리 운동하고 기를 수련해도 버티기 힘든 것이 있었다. 그것은 바로 교사들의 수업 시간. 이 시간만큼은 아무리 정신을 집중하려 해도 쉽지가 않았다. 딴생각으로 시간을 보내려 해도 마치 그대로 시간이 멈춰 버린 것처럼 가지 않았다. 전역을 얼마 앞둔 말년 병장의 기분이 이럴까?

'아니지. 내 수련이 부족해서 그럴지도.'

동해는 뿌득뿌득 목을 풀며 자리에서 일어났다. 철광과 아현, 이나가 있는 교실에 놀러 가려던 차에 갑자기 몇 명의 학생들이 동해의 앞을 막아섰다. 다들 할 말이 있는 표정이었다. 별로 친한 사이는 아닌지라 동해는 떨떠름한 반응을 보였다.

“왜? 무슨 할 말 있어?”

학생 중 하나가 머뭇거리다가 동해의 어깨에 손을 얹었다. 그리고 무슨 국가 음모라도 발설하듯 조심스럽게 입을 뗐다.

“있다가 우리 점심시간에 7반 애들이랑 농구하거든. 네 도움이 필요해.”

예기치 못한 말에 동해는 가슴이 뛰는 것을 느꼈다.

‘내 도움이 필요한 일이라니. 그게 뭐지?’

동해는 괴롭힘을 당하면서부터 자신이 쓸모없는 아이라고 생각해 왔다. 그러던 것이 나이트 후드 활동을 시작하면서 조금씩 자신감이 생겼다. 물론 그 자신감은 스스로 그렇게 생각하는 거지 타인에게 인정받은 것은 아니었다. 그런데 이렇게 의도치 않게 인정받을 기회가 온 것이다. 동해는 소년의 두 손을 붙잡으며 고개를 끄덕였다.

“알았어. 힘닿는 데까지 열심히 해 볼게. 무슨 일인지는 모르겠지만 일단 맡겨만 줘!”

잠시 후, 점심시간.

“…….”

희망에 부풀어 있던 동해의 표정은 죽을 날이 머지않은 늙은 소처럼 축 처져 있었다. 목에는 어디서 났는지 호루라기가 걸려 있다. 예정대로 동해의 반 아이들과 7반 학생들의 농구 대결이 있었다. 그리고 동해는 경기장 외곽에서 점수를 채점 중이었다.

그랬다. 동해의 역할은 양측의 점수를 매기는 것이었다. 거기에 심판의 역할도 겸하고 있었다. 딱히 농구를 잘한다거나 그런 건 아니었지만 그래도 직접 뛰며 활약을 펼쳐 보고픈 동해였다. 굳이 기를 사용하지 않더라도 이때까지 쌓아온 체력과 순발력이면 나름 도움이 될 거라고 생각했다. 하지만 보다시피 결과는 이 모양이다. 꿈은 높은데 현실이 시궁창이었다.

"쩝."

"야, 동해야! 똑바로 봐!"

심판이 같은 반일 경우 편파 판정이 있을 수도 있다며 7반 학생들이 항의를 했다. 그러나 누군가의 '동해랑은 그렇게까지 친하진 않아'라는 말에 항의는 금세 사라졌다.

7반 멤버들 중에는 성주가 끼어 있었다.

총 3 대 3의 반코트 농구 대결.

그중에서도 성주는 유독 눈에 띄었다. 큰 키와 잘생긴 외모도 한몫했지만, 무엇보다도 뛰어난 농구 실력이 눈길을 잡아끌었다. 그 때문인지 몇몇 여학생들은 근처의 벤치나 가로수 아래서 농구 경기를 관람했다. 심지어 심판을 보는 동해의 뒤에도 여학생들이 있을 정도였다.

'체, 좋겠다.'

동해는 묵묵히 점수판을 넘기며 입술을 비죽이 내밀었다. 딱히 성주가 잘못한 것은 없었으나 괜히 질투심이 일었다. 듣자 하니 비주얼만 뛰어난 게 아니라 공부도 무척 잘한다고 한다. 거기에 잘생기고 키까지 크니 집이 부자이기만 했다면 그랜드슬램을 달성하는 셈이다.

"자, 받아!"

동해가 멍하니 넋 놓고 있을 때였다. 농구공이 빠르게 회전하며 동해에게로 날아왔다. 공이 잘못 날아간 것이다. 동해의 뒤에 있던 여학생들은 손으로 얼굴을 가리며 비명을 질렀다.

"꺄악!"

"윽!"

동해가 무의식적으로 오른손을 뻗어 공을 받아냈다. 찰나의 순간에 그것도 한 손으로 공을 붙잡은 동해를 보며, 농구를 하던 학생들이 동작을 멈추었다. 다들 놀란 표정을 지으며 숨을 죽였다.

"야, 너 손 괜찮아?"

"으응, 괜찮아. 좀 따갑긴 하네."

동해의 위치는 공이 날아오기가 어려운 위치였다.

"방금 그거 뭐야? 왜 공이 이쪽으로 와? 깜짝 놀랐잖아."

"미안. 손이 미끄러졌어."

범인은 성주였다. 성주는 자신의 실책을 고백하며 동해에게 손을 흔들어 보였다. 동해는 특별한 반응을 보이지 않았고,

그 뒤에 있던 여학생들이 얼굴을 붉히며 부끄러워했다. 왜 자기네들이 부끄러워하는 건지는 모르겠지만 말이다.

"동해야, 괜찮니? 미안해."

"아, 아니. 괜찮아."

성주는 바보처럼 헤헤거리며 웃는 동해를 가만히 바라보았다. 아주 찰나의 순간이었지만 성주의 한쪽 입꼬리가 슬쩍 올라갔다. 잠깐 문제가 있었지만 경기는 금방 속행됐다. 경기가 너무 과열된 건지 학생 중 하나가 발목 통증을 호소했다. 발목을 삔 모양이다.

"이거 안 되겠는 걸. 동해랑 바꾸자."

부상을 당한 학생은 도저히 경기를 뛸 상황이 아니었다. 다리를 다친 학생과 같은 팀인 남학생들은 잠시 고민하는가 싶더니 멀거니 동해를 바라보았다. 갑자기 자신을 바라보자 동해는 고개를 갸웃했다. 그러기를 한참, 뒤늦게 그들의 의도를 알아챈 동해는 당황했다.

"잠깐만, 설마 나보고 경기를 뛰라고? 그래도 괜찮아? 너희들 내기했다며."

"어차피 경기 시간 다 됐으니까 대충 패스만 돌려 줘. 그럼 나머지는 우리 둘이 알아서 할게. 아이스크림이 걸린 일이야! 부디 최선을 다해 줘."

지구의 운명이 안 걸린 게 어디인가.

"좋았어, 한번 해 보는 거야."

동해는 콧김을 씩씩 내뿜으며 각오를 다졌다. 동해는 힐끔 여학생들을 바라보았다. 동해와 눈이 마주친 여학생들은 쭉 찢어진 도끼눈이 되어선 팩 한숨을 쉬었다.

"걔, 뭐니? 흥!"

'으윽. 저것들이!'

갑작스럽게 참여하게 되어 당황스러웠지만 그런 여학생들의 반응은 동해의 마음에 오기를 불러일으켰다. 이리저리 몸을 풀며 동해는 속으로 생각했다. 이번 기회에 의외의 모습을 보여 줘서 전세를 역전시켜 주겠다고. 마침 스코어도 동해의 반이 2점 차로 뒤지는 중이었다. 게다가 남은 시간은 3분밖에 되지 않았다. 매우 적절한 타이밍이 아닐 수 없었다. 잠시 몸을 풀다가 성주와 눈이 마주친 동해는 흥흥거리며 시선을 피했다. 성주는 그런 동해의 모습을 보며 작게 웃었다.

"자, 경기 시작!"

다시금 경기가 시작됐다.

남아 있는 시간이 얼마 없는지라 경기는 무척 빠르게, 또 거칠게 진행됐다. 예고 없이 끼게 된 동해는 그 안에서 정신을 바짝 차려야 했다. 같은 팀이 자신에게 공을 넘기면 동해는 한두 번 정도 드리블을 하다가 다시 같은 팀에게 패스하는 형식이었다. 중간 다리 역할이자 어시스트가 동해의 주 임무였다. 공이 올 때마다 동해는 골대를 바라보았다.

'잘하면 넣을 수도 있을 것 같은데.'

농구 골대에 공을 넣는 것은 근력이나 순발력과는 별개의 문제다. 경험이 쌓이지 않으면 아무리 운동 신경이 좋아도 힘들다. 하지만 동해에게는 비장의 무기가 있었으니, 바로 기의 운용이다. 기를 사용한다면 동해에게 부족한 경험을 어느 정도 충당할 수 있을 것이다. 허나 쉽사리 사용할 수 없는 것이, 동해에게 두 가지 마음이 충돌 중이었기 때문이다.

하나는 기를 써서라도 멋진 모습을 보이고 싶다는 마음, 다른 하나는 이런 일에는 기를 쓸 수는 없다는 마음이다. 사람은 누구나 이중적인 마음을 갖고 있으니 동해라고 다를 건 없었다.

'그래. 한 골 정도는 괜찮겠지.'

다시 공을 건네받은 동해는 이리저리 패스할 곳을 찾았다.

"시간 얼마 안 남았어!"

같은 팀의 두 명은 밀찰 수비를 당하는 중이고 동해의 앞에는 성주고 버티고 서 있다. 성주의 키가 우월한 탓에 가볍게 돌파하기란 쉽지 않은 일이었다. 패스를 하더라도 중간에 가로채일 확률이 높았다. 그렇다면 방법은 하나뿐, 마침 위치도 3점 슛 라인 밖이었다.

'모험이다!'

동해는 돌파하려는 듯 발을 움직였다. 그에 맞춰 밀착 중이던 성주도 따라서 움직였다. 바로 그 순간 동해는 지면을 딛고 뒤로 몸을 날렸다. 쓰러지듯 뒤로 점프하며 골대를 향해 공을 던졌다.

"페, 페이드 어웨이!"

놀람의 탄성과 감탄이 터져 나왔다. 구경 중이던 여학생들과 같이 경기 중이던 남학생들, 그리고 마크 중인 성주마저도 놀라 눈을 크게 떴다. 그 순간 마치 비디오의 슬로우 버튼을 누른 것처럼 세상의 모든 시간이 느리게 흘렀다. 최소한 동해에게는 그렇게 느껴졌다. 허공에 떠오른 동해는 공을 쥔 양손에 힘을 주었다.

'응?'

정면에서 누군가가 따라서 점프했다. 성주였다. 둘 사이에는 두세 걸음 정도 거리가 있었다. 상대의 신장이 아무리 크고 점프력이 높다 해도 이 정도 거리에서 슛 쏘는 걸 막을 수는 없었다.

동해는 그렇게 생각했지만 성주가 계속 위로 상승했다. 등에 와이어라도 달아 놨는지 성주는 훌쩍 뛰어 올랐다.

'대체 어디까지 떠오르는 거야!'

동해는 일단 슛을 쏘았다. 그리고 동해보다 더욱 높이 떠오른 성주는 그대로 손을 파리채처럼 휘둘렀다. 성주의 블로킹에 튕겨져 나간 농구공은 그대로 동해의 얼굴에 명중했다.

퍼억!

"꽥!"

안면을 강타 당한 동해는 파리채에 정통으로 얻어맞은 파리처럼 바닥으로 떨어졌다.

"동해야, 괜찮아?"

바닥에 대(大)자로 쓰러진 동해는 눈을 희게 뒤집어 까고 있었다. 그러면서 입으로는 신음인지 뭔지 모를 말을 주문처럼 웅얼거렸다.

"으으흐하를므어……."

성주와 학생들은 일단 경기를 접고 동해를 양호실로 옮겼다.

성주의 등에 업혀 양호실로 실려 간 동해는 결국 양 콧구멍을 휴지로 틀어막아야 했다. 크게 다친 것은 아닌지라 그 정도가 고작이었다. 양호실을 나오며 성주는 미안하다며 동해의 어깨를 토닥였다.

"진짜 미안해. 고의로 그런 건 아니었어. 설마 공이 그 쪽으로 튈 줄이야."

"괜찮다니까. 농구 하다 보면 그럴 수도 있지. 난 정말 괜찮아."

그렇게 말하는 동해의 얼굴은 폭발할 듯 새빨개져 있었다. 보기에는 별로 안 괜찮아 보였다. 어깨를 부르르 떠는 것이 속으로는 화가 나긴 했나 보다. 동해는 코에 꽂은 휴지를 살살 만지며 성주를 힐끔거렸다. 성주는 웃고는 있었지만 어쩔 줄을 몰라 하는 그런 웃음을 지었다.

다시 운동장으로 돌아간 두 사람.

성주가 말했다.

“그냥 이번 경기는 무효 처리 하자. 그렇게 하는 게 좋을 거 같아. “

“그럼 아이스크림은 누가 사냐?”

“아이스크림은 내가 살게.”

“오옷, 좋아!”

승패 구분 없이 성주가 아이스크림을 산다는 소리에 다들 환호성을 질렀다. 매점에서 아이스크림을 사 먹은 뒤 각자 뿔뿔이 흩어졌다. 동해도 자신의 교실로 돌아가려 했으나 정신을 차리고 보니 성주와 함께 걷고 있었다. 응? 하는 기분이 들었으나 그냥 그러려니 했다. 이참에 성주와도 친해지면 좋은 거니까.

“동해 너 우리 어머니가 하시는 가게에 자주 들르나 봐?”

“거기 앞에 있는 도장 다녔었거든. 사범님이랑 밥 먹으러 매일 가고 그랬어. 그래서 자주 뵙고 대화도 많이 나눴지. 그런데 아들이 있을 줄은 진짜 꿈에도 몰랐어. 되게 젊어 보이시던데 말이야, 헤헤.”

너무 말을 많이 한 걸까? 실실거리며 말하는 동안 성주는 동해의 얼굴을 빤히 바라보았다.

“왜 그래? 내 얼굴에 뭐 묻었어?”

“아니, 다행이어서.”

“다행이라니, 뭐가?”

"우리 어머니. 젊어 보이는 게 아니라 젊은 거거든. 일찍 결혼하시고 날 낳았어. 그리고 또 일찍 이혼했지. 그래서 혼자서 날 키우기 위해 거리에서 장사를 시작하셨어. 지금은 그나마 다행히 자리를 잡은 거지. 그전에는 자릿세 내라고 하는 조폭들이 얼마나 많았는데, 술 먹고 진상 부리는 사람도 많았어. 전에 무슨 관광객 유치 차원에서 거리 깨끗하게 한다고 단속반도 많이 돌아다니기도 했잖아? 심지어 같은 일하는 사람들 텃세도 장난 아니었지. 그땐 정말 많이 힘들었어."

"아아."

거리에서 장사를 하다 보면 다양한 부류의 사람들을 만나게 된다. 그 중에 반드시 좋은 사람만 있으리란 법은 없다. 그리고 그 좋지 않은 부류를 동해는 본 적이 있었다.

성주는 걱정이 됐던 것이다. 과부가 거리에서 장사를 하면서 겪게 될 다양한 일들을 말이다. 또한 노점 단속의 경우 정부 차원에서 시행하는 거라 어찌해 볼 도리가 없는 문제였으니까.

동해가 말했다.

"너무 걱정하지 않아도 돼. 아까 말한 대로 거기 앞에 도장이 있거든. 사부님이랑 네 어머님이랑 되게 친하셔. 무슨 일이 생기면 바로 출동할걸? 실제로 몇 번 도와주기도 하셨어."

"그 사람이 우리 어머니랑 친하다고?"

일순간 성주의 얼굴이 정색했다. 찰나의 순간이었지만 동해는 그 미묘한 차이를 발견할 수 있었다. 현재 성주의 눈은 웃고 있었지만 미묘하게 그 눈동자 안에서 이글거리는 불꽃을 보고 말았던 것이다.

"그! 아니, 뭐, 단골이니까…… 단골이니까 친한 건 당연하지. 그건 뭐랄까, 하하. 너희 어머니 수완이 좋다고 해야 할까나? 그런 거야. 절대로 아무 사이도 아니야, 아닐 거야."

늘 입가에 부드러운 미소를 머금고 있던 성주였다. 그런 사람의 얼굴이 순식간에 정색하니 그 차이가 어마어마했다. 물론 금방 다시 표정 관리를 했지만 중요한 건 찰나의 순간 동해가 봐 버린 것이었다.

'의외로 무서운 면이 있구나. 조심하자.'

성주는 예의 부드러운 웃음을 지으며 동해에게 악수를 청하며 말했다

"왠지 앞으로 자주 볼 거 같은데 친하게 지내자."

"으응, 그래."

동해도 따라 웃으며 그 손을 잡았다.

* * *

이곳은 민서의 포장마차.

"오늘도 안 오려나? 요즘 들어 어째 뜸하네."

하루가 멀다 하고 출근 도장을 찍던 민철이었다. 그랬던

것이 어느 순간부터 발길이 뚝 하고 끊겼다. 평소 자주 티격태격하던 두 사람이었지만 미운 정도 정이라고 민서는 그에게 친밀감을 느끼던 참이었다.

지루한 장사 속에서 그나마 그와 잡담을 나누는 게 유일한 낙이었다. 당시엔 몰랐지만 없어지고 나니 그런 부분들이 가슴에 와 닿았다.

"후우."

민서는 허리까지 닿는 기다란 머리칼을 말아 올렸다. 동그랗게 말아 올린 머리카락에 젓가락을 꽂아 고정하며 깊게 한숨을 내쉬었다.

"하이고, 땅 꺼지겠네, 땅 꺼지겠어. 뭔 한숨을 그리 쉰디야."

"으응?"

그곳에는 민철이 서 있었다. 흔히 보던 민철의 모습과는 많이 다른 달라진 모습이었다. 까슬까슬하던 수염도 깔끔하게 깎고, 부스스하던 머리칼도 깔끔하게 정돈돼 있었다. 그리고 트레이드마크라고 할 수 있는 파란색 추리닝 대신 검은색 정장으로 쫙 빼입고 있었다. TV나 잡지에 나오는 모델 아니, 그 이상이었다. 말아 올린 머리카락에 젓가락을 꽂는 자세 그대로 굳은 민서는 눈을 동그랗게 떴다. 그대로 시간이 멈춰 버린 듯 전혀 미동조차 없었다.

"이놈의 여편네가 얼어 죽었나. 뭘 그렇게 쳐다봐?"

"미, 민철 씨?"

"그럼 내가 민철이지 박철인가? 왜 그렇게 넋을 빼놓고 있어?"

"아니, 아니. 그게 아니라 지금 그 모습이, 그게."

귀신을 봐도 이것보단 덜 놀랄 것 같았다. 민서는 얼굴이 새파랗게 질려서는 식은땀까지 흘려댔다. 민서가 놀라는 모습을 보며 민철은 작게 웃었다. 겉모습은 많이 바뀌었지만 그래도 민철은 민철이었다.

"됐고, 떡볶이나 하나 싸 주쇼. 3인분으로다가."

"3인분이요?"

민서는 귀를 쫑긋거렸다. 민철의 경우 다른 사람들보다 통이 컸기에 일반적으로도 2인분을 시켰다. 그게 보통이었다. 그런데 3인분이라니, 평소 다른 사람의 몫까지 사는 모습을 본 적이 없었기에 지금의 주문은 꽤 의외의 것이었다.

왠지 여기서 오래 끌면 분위기가 이상해질 것 같아서 민서는 허둥지둥 떡볶이를 준비했다.

"오늘 어디 가나 봐요?"

민서의 물음에 민철은 작게 웃을 뿐 대답하지 않았다.

민철은 떡볶이를 담은 봉투를 들고서 버스 터미널로 향했다. 그곳에서 표를 끊고 어딘가로 이동할 동안 떡볶이에는 손도 대지 않았다. 그렇게 버스를 타고 이동해 다시 택시를 타고 그가 향한 곳은 어느 납골당이었다. 납골당의 외벽에는 이곳은 찾은 사람들이 남긴 낙서와 포스트잇으로 빼곡했다.

민철은 잠시 넥타이를 고쳐 매고는 납골당 안으로 들어갔다. 그 안에는 여러 개의 납골함들이 옹기종기 모여 있었다. 민철은 이름도 확인하지 않고 곧장 어딘가로 향했다.

"잘 지냈지? 당신 좋아하는 떡볶이 사 왔어."

고인의 유골이 담겨 있는 납골함은 투명한 유리벽에 막혀 있었다. 그 유리벽에 사진이 한 장 붙어 있었다. 환하게 웃고 있는 어떤 여성의 사진이 있었다. 그 사진을 어루만지며 민철도 작게 웃었다.

*　　*　　*

일출고의 하교 시간.

"뭐야, 네가 여기 왜 있어? 오늘은 학원 안 가?"

평소처럼 홀로 교문을 통과하던 동해는 사색이 돼서 부들부들 떨었다. 그 얼굴은 때 빼고 광낸 민철을 마주한 민서와 같은 표정이었다. 분명 학원을 가야 할 이나가 미리 교문 앞에서 대기하고 있는 것이 아닌가. 이나는 주인 만난 고양이 마냥 동해의 어깨에 뺨을 비벼대며 말했다.

"앞으로 평일에는 학원 안 나가도 된데, 그러니까 우리 앞으로 자주 만나서 데이트하자. 응? 응?"

"싫어."

라고 대답하고 '싶은' 동해였다.

비록 대답은 안 했지만 어떤 마음인지 얼굴에 전부 쓰여 있었다. 눈치 빠른 이나가 그것을 모를 리가 없었다. 이나는 작전을 바꿔서 한 발짝 떨어지며 툴툴거렸다.

"대체 남자 애가 왜 이리 튕겨대? 그만 좀 도도하게 굴고 이젠 항복하라구. 내가 그렇게 여자로서 매력이 없니?"

"꼭 그런 것만은 아니고……."

"그럼 대체 뭐가 문제야? 이래도 싫다, 저래도 싫다. 뭐 이렇게 싫은 게 많아?"

"글쎄, 근데 우리 이런 문제로 몇 번 대화하지 않았어? 굉장히 많이 말했던 거 같은데."

"예전에 했던 건 제대로 된 대답이 아니었으니까, 이번 기회에 확실하게 답해 봐. 내가 여자로서 그리 매력이 없어?"

"그런 문제는 아니라니까 그러네."

여우같은 눈으로 동해를 힐끔힐끔 관찰하는 이나. 그 모습이 마치 눈으로 핥는 것만 같아 동해는 몸서리 쳤다. 무슨 생각을 하는 건지 예리하기 그지없는 눈빛이었다.

"왜 그렇게 쳐다봐? 할 말이 있으면 해."

"동해야, 너 혹시 고자니?"

"큭!?"

예기치 못한 이나의 강력한 한 방에 동해는 두 손을 붕붕 휘저었다.

“그, 그게 무슨 소리야 갑자기! 내가 고…… 아니, 고등학생이 벌써 그럴 리가 없잖아! 그, 나는 아직 팔팔하거든? 아니, 내가 지금 무슨 소릴 하는 거야.”

“얘는 참, 요즘엔 환경 호르몬이다 뭐다 해서 우리 또래 애들도 비리비리하고 그렇다고. 너도 조심하는 게 좋을걸? 아침마다 잘 체크해 봐.”

“잘 체크하고 있거든? 이 아니라, 으악! 나한테 말 걸지 마! 이젠 네가 무슨 말해도 아무 대답 안 할 거야.”

“아니면 같은 남자를 좋아한다거나? 물론 사람이 그럴 수도 있다고 봐. 인류가 총 60억이니 이런 사람이 있으면 저런 사람도 있는 법이지. 동해야, 만약 고민이 있다거나 하면 내게 다 털어 놔. 비밀 같은 거 만들지 말고. 이 누나는 다 이해해 줄 수 있어요.”

“시끄러워! 내가 그럴 리가 없잖아! 난 멀쩡해!”

“으음? 그럼 동성애자들은 안 멀쩡하다는 거야? 비정상이라는 거? 너 지금 인권 유린 하는 거니?”

“그, 그런 이야기가 아니잖아! 이제 그만해! 안 들을 거야!”

“우리 동해 삐졌어요? 삐졌나요? 에헤.”

“아아아, 안 들린다, 안 들린다, 안 들린다.”

동해는 양 손바닥으로 귀를 막으며 웅얼거렸다. 이나를 피해 이리저리 웅크리다가 누군가와 눈이 마주쳤다.

"……."

누군가 했더니 태수였다. 똑같이 교문을 나오다가 마주친 것이다. 동해도 놀라긴 했지만 태수는 더 놀란 모양이다. 그는 아랫입술을 깨물며 이나와 동해를 번갈아 가며 쳐다보았다.

동해는 더 이상 태수가 두렵지 않았다. 하지만 그가 이나와 자신을 이리저리 쳐다보는 건 신경 쓰지 않을 수가 없었다.

"어이, 겁쟁이. 뭘 보냐?"

이나가 어깨를 으쓱하며 자극하자 태수는 대놓고 인상을 찌푸렸다. 화라도 낼 것처럼 하더니 이내 발길을 돌려 버렸다. 뒤돌아 멀어져 가는 그의 뒷모습을 보며 이나는 흥 하고 코웃음 쳤다. 태수가 어떤 식으로 나올까 조마조마하며 지켜보던 동해는 안도의 한숨을 내쉬었다.

"이나야, 좀 심한 거 아니야?"

"심하긴 뭐가 심하니? 다 자업자득이지 뭐. 뿌린 대로 거두는 법이라고."

"아무리 그래도 전에 사귀었던 사이잖아. 그렇게까지 할 필요는 없어."

"끝나면 쫑이지. 안 그래? 난 쿨한 사이를 원해. 따지고 보면 걔랑 사귄 게 며칠 되지도 않잖아? 흥."

"아하, 그렇구나?"

이나를 바라보는 동해의 눈이 게슴츠레 해졌다. 그 눈을 곰곰이 바라보던 이나는 순간 아차 싶어 허둥댔다.

“무, 물론 동해 너는 달라. 넌 특별하거든. 저 따위 녀석과는 비교할 수 없어. 호호.”

“아아~ 그러셨쎄요?”

“어우 야, 너 지금 비꼬는 거야? 그러지 마.”

두 사람을 등지며 걷는 태수는 으득으득 이를 갈았다. 이나가 그에게 보여 준 태도는 참을 수 없는 모욕이자 수치였다. 그리고 태수의 눈에는 동해의 눈빛이 이상해 보였다. 그 눈빛은 마치 자신을 비웃는 것처럼 보였던 것이다.

물론 실상은 멍 때리는 눈빛이었지만 태수가 가진 일종의 자격지심이 알아서 필터링을 해 주었다. 사랑에 빠진 자와 질투에 눈먼 자는 대상을 삐뚤게 보는 경향이 있으니까.

‘젠장, 나 좋다고 데이트할 때는 언제고 이제 와서 이러다니. 억울해 죽겠네, 진짜.’

분노로 일그러졌던 태수의 표정은 점차 슬픔으로 물들었다. 미워하지만 그럼에도 이나를 좋아하는 마음이 완전히 사라진 건 또 아니었다. 미워하는 마음과 좋아하는 마음이 공존해 형용하기 힘든 복잡한 감정이 태수의 가슴속을 휘저었다.

“칫, 두고 보라고!”

태수는 신경질적으로 머리를 긁적였다.

*　　*　　*

도시의 밤하늘은 칙칙했다. 별빛은 물론이거니와 달도 구름 뒤에 숨어 시꺼멓기 그지없었다. 그 대신 도시의 네온사인 빛을 받아 강물이 반짝반짝 빛나는 중이었다.

"후우."

준호는 다리 아래로 흐르는 강물을 보며 감상에 젖어 있었다. 출렁거리는 강물 위로 가끔 침을 뱉기도 했다. 무뚝뚝한 표정을 유지하다가 어느 한 순간 콱 미간에 힘을 주었다.

"나이트 후드, 이 자식."

두 번이다. 두 번이나 패배했다. 한 번도 참을 수가 없는데 두 번씩이나 굴욕을 당하다니, 그것은 준호에게 견딜 수 없는 일이었다. 그의 세상에서 자신은 왕이었다. 일상에서는 아무것도 아닌 존재지만, 바이크 위에 올라타면 신으로 돌변한다. 바이크를 탔을 때는 아무것도 거칠 것이 없었고 그 누구도 자신의 앞을 가로막을 수 없었다. 그랬던 것이 깨진 것이다. 바로 나이트 후드 때문에. 자신의 권력과 힘, 자유, 그 모든 것을 빼앗긴 기분이 들었다. 그래서 견딜 수가 없었다.

"야이, 망할 새끼야! 나이트 후드라고? 두고 봐라, 아주 그냥 뭉개 버릴 테니까!"

준호는 마치 술에 취한 사람처럼 다리의 난간과 가로등을 마구 걷어차며 비틀거렸다.

"씨발, 난 바람이야! 폭풍이라고! 누구도 날 막을 수 없어. 난 제멋대로니까. 날 가로 막는 놈들은 다 가만 안 둘 거야! 나이트 후드건 짭새건 누구도 날 막지 못해! 이런 엿 같은, 다 날려 버릴 테다!"

바락바락 허공에 소리를 지르는 동안, 경찰관 두 명이 차에서 내렸다. 근처의 갓길에는 준호의 바이크가 세워져 있었다. 바이크를 확인한 경찰관들은 준호에게 말을 걸었다.

"잠시 실례하겠습니다. 혹시 뒤에 있는 바이크 본인 것 입니까?"

"앙? 뭐요?"

안 그래도 가뜩이나 기분 안 좋은데 말을 걸어오니 굉장히 거슬렸다. 준호가 살벌한 분위기를 풍기자 경찰관들은 당황한 듯 말을 더듬었다.

"그게 아니라, 뒤에 있는 오토바이. 그게, 불법 개조한 거 같아서요. 혹시 본인 소유이신지 알아보려고."

확, 난간 위에 올라 두 발로 선 준호가 쩌렁쩌렁한 목소리로 외쳤다.

"내 겁니다! 그래요, 내 거예요! 그래서 뭐! 뭐 어쩌라고!"

"으아아! 위험합니다. 내려오세요!"

"조까!"

난간을 딛고 뛰어오른 준호는 갓길에 세워진 자신의 바이크 위에 안착했다. 이미 시동은 걸려 있는 상태였다. 헬멧을 써야 한다며 경찰관들이 다가왔다. 허나 준호는 가운뎃손가락을 들어 보이며 쓰로틀을 당겼다.

부르릉!

"잡아 볼 테면 잡아 봐라, 이 짭새들아!"

차 안으로 들어간 경찰관들은 급히 그 뒤를 쫓았다. 하지만 이미 늦어도 한참을 늦은 상태였다. 느려터진 경찰차로는 바이크를 잡을 수 없었다. 준호의 바이크는 엔진부터 시작해 모조리 뜯어고친 물건이었다. 일반적인 바이크와는 차원을 달리했다.

"어어? 저거 뭐야?"

보이지도 않을 만큼 까마득하게 멀어졌던 바이크가 다시금 보이기 시작한다.

"저 미친 새끼! U턴했어!"

"으악!"

달아나다가 무슨 생각이 든 건지 준호는 거꾸로 역주행해서 접근했다. 경찰관이 운전대를 비틀 시간도 없었다. 무서운 속도로 다가오던 준호는 바이크의 앞바퀴를 들었다.

콰직!

준호는 앞바퀴를 들었고 그 상태로 반동을 이용해 바이크를 점프시켰다. 그 상태로 경찰차를 짓밟고는 그대로 반대편으로 뛰어넘었다.

"끄악!"

힘껏 날아올라 아스팔트에 착지한 준호는 바이크를 한 바퀴 돌려 자리에 멈춰 섰다. 앞 유리가 박살이 나 정지한 경찰차를 향해 다시금 가운뎃손가락을 날려 주며 이내 자리를 떴다. 역주행과 정주행을 넘나들며 준호는 휴대폰을 꺼냈다. 누군가에게 전화를 걸었다.

"여보세요? 나 준호야, 나야 잘 지냈지 뭐. 너는 요즘 어때? 그런가? 하하, 다른 게 아니라 우리 한 번 뭉쳐야겠다. 그래. 라이더들 싹 다 불러 모아 줘. 뭐라고? 멍청아 그런 게 아니라 일이 좀 생겼단 말이다. 부산이고 인천이고 할 것 없이 싹 다 연결하라고."

준호의 말에 휴대폰 너머의 목소리가 당황하며 말했다.

〈왜 그렇게까지…… 형, 무슨 일 있어요?〉

"일? 있지."

비웃듯 입 꼬리를 올리며 준호가 말했다.

"나이트 후드라고 들어봤냐? 이 개자식하고 전쟁 한판 벌여야겠다."

〈다음 권에 계속〉

Night Walker
Night City
coming soon—!!

『흑사자』, 『적포용왕』의 작가!

김운영 판타지 장편소설

김운영 판타지 장편소설

FANTASYSTORY & ADVENTURE

TALES OF DRAGOON

용기사전

이제 세상에는 4명의 용기사가 존재한다.
새롭게 탄생한 용기사는 레이어스 왕국의 레빈!

dream books
드림북스

Noblesse

노블레스

손제호 장편소설

Son Je ho popular literature

극화 사상 최대 조회수를 자랑하는

네이버 화요웹툰 노블레스의 소설판!

손제호 장편소설 『노블레스』

사립 예란 고교에 온 의문의 전학생.

그 정체는 820년 만에 깨어난 노블레스!

dream books

드림북스

정령왕 엘퀴네스
개정판
이환 판타지 장편소설
『숲의 종족 클로네』, 『은빛마계왕』의 작가,
이환 대표작 『정령왕 엘퀴네스』 완전 개정판!
설픈 정령왕의 좌충우돌 모험기를 다시 만난다!
컬러 일러스트 · 네 칸 만화 · 캐릭터 프로필 & QnA
매권 미공개 외전 수록!
dream books
드림북스

Swallow Knight Tales

"스왈로우 나이츠 신입 기사 엔디미온 키리안,
『SKT 개정판』으로 다시 돌아왔습니다!
미온이라고 불러 주세요."

dream books 드림북스